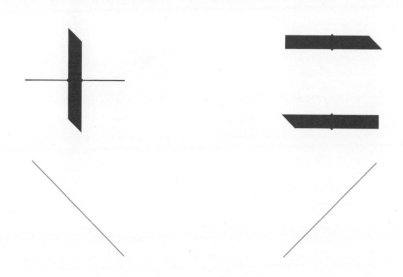

3

四の滄海

옮긴이 추지나
—

대학에서 일본지역학을 전공했다. 출판 편집자로 일하다 지금은 일본 문학 전문 번역가로 활동하고 있다. 옮긴 작품으로는 오노 후유미의 십이국기 시리즈를 비롯해,『잔예』,『귀담백경』,『시귀』,『흑사의 섬』, 미야베 미유키의『지하도의 비』, 오카모토 기도의『한시치 체포록』, 나쓰키 시즈코의『W의 비극』등이 있다.

—

HIGASHI NO WADATSUMI NISHI NO SOUKAI by FUYUMI ONO
Copyright ⓒ1994 FUYUMI ONO
Korean translation copyright ⓒ2015 Elixir, an imprint of MUNHAKDONGNE Publishing Group.
All rights reserved.
Original Japanese language edition published by KODANSHA Publishing Co.,Ltd.
Japanese language edition republished by SHINCHOSHA Publishing Co.,Ltd.
Korean translation rights arranged with SHINCHOSHA Publishing Co.,Ltd. through Danny Hong Agency.

—

이 도서의 국립중앙도서관 출판예정도서목록(CIP)은
서지정보유통지원시스템 홈페이지(http://seoji.nl.go.kr)와
국가자료종합목록 구축시스템(http://kolis-net.nl.go.kr)에서 이용하실 수 있습니다.
(CIP제어번호 : CIP2015001956)

군사 단위

軍師 單位

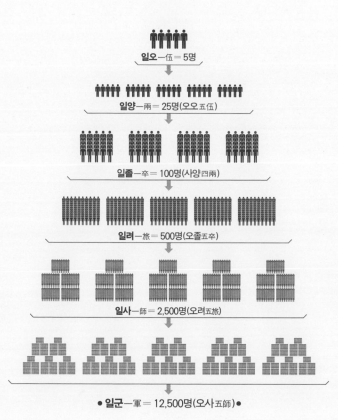

일오一伍 = 5명

일양一兩 = 25명(오오五伍)

일졸一卒 = 100명(사양四兩)

일려一旅 = 500명(오졸五卒)

일사一師 = 2,500명(오려五旅)

● **일군**一軍 = 12,500명(오사五師) ●

十二國記、東の海神 西の滄海、小野不由美

십이국기

3

동의 해신 서의 창해

小野不由美

오노 후유미 지음, 추지나 옮김

엘릭시르

東の海神、西の滄海

차
례

十二國記 3

십이국전도

十二國全圖

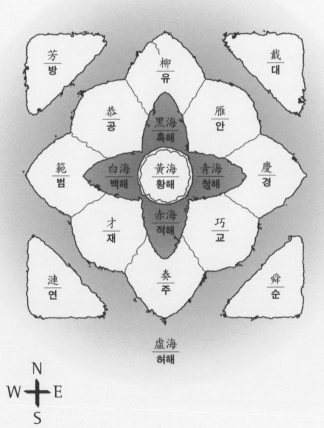

芳 / 방
戴 / 대
柳 / 유
恭 / 공
雁 / 안
黑海 / 흑해
範 / 범
白海 / 백해
黃海 / 황해
青海 / 청해
慶 / 경
才 / 재
赤海 / 적해
巧 / 교
漣 / 연
奏 / 주
舜 / 순

虛海 / 허해

N
W + E
S

안국도

雁國圖

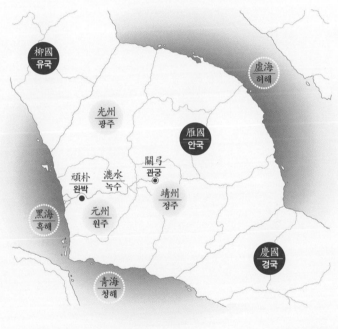

W—E N S

관직

官職

국부國府
- 재보宰輔・왕을 보좌하며, 수도의 주후. 존칭은 태보台輔.
- 총재冢宰・육관을 총괄하는 관리.

◎삼공三公 | 태사太師, 태부太傅, 태보太保. 재보를 보좌하는 관리.
◎육관六官
  1. 천관天官 | 궁중의 일을 다스리는 관리.

  2. 지관地官 | 토지를 다스리는 관리.
     ① 대사도大司徒 - 지관장.
     ② 소사도小司徒 - 지관차장.
     ③ 수인遂人 - 땅을 정비하는 관리.
     ④ 전렵田獵 - 백성을 관리하고 세금을 거두기 위한 대장을 정비하는 관리.

  3. 춘관春官 | 제사, 학교 등을 관장하는 관리.
     ① 내사內史 - 사관史官.
     ② 어사御史 - 내사부의 중급관.

  4. 하관夏官 | 군사, 경비 등을 관장하는 관리.
     ① 대사마大司馬 - 하관장.
     ② 금군禁軍 - 왕의 직속 군사.
     ③ 사인射人 - 왕의 경호장관.
     ④ 사우司右 - 사인 밑에서 경비를 맡은 관리.
        공적인 곳에서 경호병을 통괄한다.

관직

官職

⑤ 대복大僕 – 사인 밑에서 경비를 맡은 관리.
사적인 곳에서 경호병을 통괄한다.
⑥ 소신小臣 – 대복의 밑에서 실질적으로 경비를 하는 관리.

5. 추관秋官 | 법, 외교 등을 관장하는 관리.
① 대사구大司寇 – 추관장.
② 조사朝士 – 경무와 법무를 관장하는 관리.
③ 사형司刑 – 재판을 관장하는 관리.

6. 동관冬官 | 기술 개발, 제작을 관장하는 관리.

주州

◎ 주후州候 | 주를 통치하는 관리.
◎ 사사射士 | 주후 이하의 경호 장관.
◎ 영윤令尹 | 주후를 보좌하여 주의 육관을 통솔하는 관리.
◎ 주재州宰 | 주후를 보좌하여 주의 육관을 통솔하는 관리.
◎ 목백牧伯 | 왕의 칙명으로 주후를 감독하는 관리.
◎ 주사마州司馬 | 주의 하관장.

그외

◎ 태수太守 | 군郡의 장長.
◎ 부사府史 | 고위 관직에 있는 사람이 부리는 하급 관리.

군사 조직

軍師 組織

왕사 王師 · 왕의 군대

◎ **금군**禁軍 · 왕의 직속 군대
- 상비常備 삼군三軍
   좌군左軍 — 흑비黑備 12,500명
   중군中軍 — 흑비黑備 12,500명
   우군右軍 — 흑비黑備 12,500명

◎ **수도**首都 **주사**州師 · 수도 주의 군대
- 상비常備 삼군三軍
   좌군左軍 — 흑비黑備 12,500명
   중군中軍 — 흑비黑備 12,500명
   우군右軍 — 흑비黑備 12,500명

그 밖의 주사
- 상비常備 이군二軍~사군四軍
   좌군左軍 — 황비黃備 7,500명
   중군中軍 — 황비黃備 7,500명
   우군右軍 — 황비黃備 7,500명
   좌군佐軍 — 청비靑備 2,500명

서
장

■

　세상의 끝에 허해虛海라 불리는 바다가 있다. 이 바다 동쪽과 서쪽에 두 나라가 있었다. 평소에는 접점 없이 동떨어져 있는 두 나라에는 똑 닮은 한 가지 전설이 있다.

　바다 너머 아득한 저편에 환상의 나라가 있다는 전설.

　선택받은 자만이 갈 수 있는 더없이 행복한 나라, 풍요가 약속된 땅, 금은보화가 샘처럼 샘솟고 늙지도 죽지도 않으며 어떤 괴로움도 존재하지 않는다. 한쪽 나라에서는 이를 봉래蓬萊라 부르고, 다른 한쪽 나라에서는 도코요常世라 불렀다.

　서로 다른 세상에 동떨어져 있는 두 나라, 봉래국과 도코요노쿠니 양쪽에서 아이가 눈을 떴다. 깊은 밤에 있었던 일이다.

이야기 소리에 퍼뜩 눈을 떴다. 어둠 속에서 소곤소곤 목소리가 스멀거린다. 부모의 목소리가 집밖에서 새어 들어왔다.

집이라고 해봤자 네 기둥 사이에 벽과 지붕 대신 멍석만 두른 엉성한 건물이다. 잠자리는 흙바닥 위, 벌레 소리가 시끄럽게 울었지만 뒤집어쓸 이불 한 장 없다. 몸을 붙이고 잠든 형과 누이의 체온에만 의지한 잠자리였다. 전에는 조금 더 나은 집에 살았지만, 그 집은 이제 없다. 초토화된 도읍 한구석에서 재가 되어 버렸다.

"……어쩔 수 없지."

아버지의 목소리가 나직하다. 어머니는 반발하며 우물거렸다.

"나이는 제일 어려도 영특해서 무서워."

아이는 어둠 속에서 몸을 움찔하고 떨었다. 자신의 이야기를 한다는 사실을 알자 잠이 달아났다.

"그래도……."

"분별도 있고 머리도 잘 돌아가잖아. 그 또래 애들은 아직 말도 제대로 못 하는데. 꼭 하늘에서 내려준 것 같아."

"아무리 그래도 결국 어린애야. 아마 무슨 일이 일어났는지도 모르겠지."

"그게 아니라, 그런 애를 죽이면 천벌이 내릴 것 같지 않아?"

아이는 옷깃을 여몄다. 어둠 속에서 작게 몸을 말고 잠을 청했다. 두 사람 목소리를 듣고 싶지 않았다. 태어난 지 아직 사 년 남짓에 불과했지만 아이는 부모가 무슨 이야기를 하는지 알고 있었다.

목소리는 계속 이어졌지만 애써 듣지 않으려 했다. 의식에서 쫓아내고 억지로 잠 속으로 빠져들었다.

그로부터 이틀 뒤, 아버지가 "아가야" 하고 얼굴을 들여다보았다.

"아버지는 볼일 보러 갈 건데, 아가도 함께 갈래?"

아이는 어디로 가느냐고, 왜 가느냐고 묻지 않았다.

"응. 갈래."

"그래."

아버지는 왠지 모르게 복잡해 보이는 표정으로 손을 내밀었다. 아이는 아비의 손을 꼭 잡았다. 커다랗고 거친 손의 감촉을 느끼며 집을 떠나 온통 불에 탄 땅을 걸었다. 기누가사 산에서 더욱 안쪽으로 헤치고 들어가 비탈을 몇 번이나 오르락내리락하다, 또래보다 영특하다던 아이조차 온 길을 기억해내지 못할 즈음에야 아버지는 손을 놓았다.

"아가, 여기에 있어. 금방 돌아올게. 기다려."

"응."

그는 고개를 끄덕였다.

"움직이면 안 된다. 알겠지?"

"응."

다시 한번 고개를 끄덕이고 몇 번이고 돌아보며 숲을 떠나가는 아버지의 큼직한 등을 지켜보았다.

—꼼짝하지 않을게. 이 자리에 쭉 있을게.

아이는 주먹을 쥐고 아버지가 넓은 등을 움츠리며 자취를 감춘 방향을 응시했다.

—절대로 집으로 돌아가지 않을게.

맹세대로 아이는 그 자리에서 한 발자국도 움직이지 않았다. 밤이 되면 그곳에서 자고, 배가 고프면 손이 닿는 곳에 있는 풀을 뽑고 뿌리도 캤다. 밤이슬로 목을 적시며 버텼다. 사흗날에는 움직이고 싶어도 움직일 수 없었다.

—괜찮아, 절대로 돌아가지 않아.

돌아가면 부모가 곤란해지리라는 사실을 아이는 알고 있었다.

도읍은 불타고, 주위에는 온통 죽은 이들의 송장이 널렸다. 아버지를 고용했던 남자는 서군西軍의 병졸에게 살해당했다. 직업도 없고 집도 절도 없이, 일가가 앞으로 살아가기 위해서는 일도

동의 해신 서의 창해

못 하면서 밥만 축내는 아이를 한 명이라도 줄여야 한다.

아이는 눈을 감고 흐리멍덩해지는 의식에 몸을 내맡겼다. 잠에 빠지기 전에 짐승이 풀을 헤치는 듯한 소리를 들었다.

─여기서 기다릴게.

어떻게든 살아남아 자리를 잡고 행복해진 일가가 어느 날 아이를 떠올리고 넋을 애도하러 찾아와주기를 기다릴 것이다.

언제까지고 기다릴게.

아이는 밤중에 눈을 뜨고 사람들의 이야기 소리를 들었다. 너무 졸려서 무슨 이야기인지 알아들을 수는 없었다. 그렇지만 직감적으로 다들 엄마를 나무라고 있다는 것만은 알 수 있었다. 어린 마음에도 도와주어야겠다고 생각했지만, 꼼짝하지 못한 채다시 잠 속으로 빠져들었다.

다음날, 어미의 손에 이끌려 그는 마을을 나왔다. 엄마는 울면서 그의 손을 잡아끌고 걸었다. 처음 보는 엄마의 눈물이었다.

아이에게는 아비가 없다. 엄마는 아버지가 먼 나라에 갔다고 일러주었다. 살던 농갓집이 불타는 바람에 모자는 마을 광장 한

구석에서 잤다. 작은 마을에는 많은 사람이 모여 있었지만 한 사람씩 사라지더니 이윽고 겨우 몇 사람밖에 남지 않았다. 어린 아이는 자신뿐이었다.

엄마를 제외하고 다른 어른들은 아이에게 차가웠다. 늘 무자비하게 때리고 차가운 말을 퍼부었다. 특히 아이가 배가 고프다고 말하면 꼭 그랬다.

엄마는 아이의 손을 끌고 소리 죽여 울면서 불타 황폐해진 논두렁길을 걸었다. 마침내 산으로 접어들어 숲속을 헤치고 들어갔다. 아이는 이렇게 멀리까지 온 적이 없었다.

숲속에 들어서서야 엄마는 아이의 손을 놓았다.

"여기서 잠깐 쉬자. ……물 마시고 싶지 않아?"

목이 말라서 고개를 끄덕였다.

"금방 물 가지고 올게. 여기서 기다리고 있어."

엄마가 사라지는 건 불안했지만, 걷는 데도 지쳐 있던 터라 고개를 끄덕였다. 엄마는 몇 번이고 아이를 쓰다듬다 갑자기 거리를 두더니 잔달음질로 숲을 달렸다.

그 자리에 주저앉아 있던 아이는 엄마가 돌아오지 않자 안절부절못하며 그녀를 찾아 걸었다. 엄마를 부르며 비틀거리면서 숲을 헤맸지만 엄마가 어디로 갔는지, 자신이 어느 길로 돌아가야 하는지도 알 수 없었다.

추웠다. 배고팠다. 목마름이 가장 괴로웠다.

울면서 엄마를 찾아 걸었다. 숲을 빠져나가 바닷가를 따라 걷다가 결국 날이 저물 무렵에야 간신히 마을을 발견했다. 엄마를 찾아 마을 안으로 뛰어 들어갔지만 낯선 사람들만 보였다. 아무래도 다른 마을로 와버린 모양이다.

한 남자가 아이의 곁으로 다가왔다. 훌쩍이는 아이에게 사정을 듣더니 머리를 쓰다듬고는 물과 먹을거리를 아주 조금 나눠주었다.

그러고 나서 남자는 주위 사람들과 눈빛을 교환하고 아이의 손을 잡아끌었다. 이번에는 바닷가로 끌려갔다. 푸른 바다 너머로 벽처럼 높은 산이 줄지어 있는 모습이 보인다. 툭 튀어나온 절벽 끝에 다다르자 남자는 다시 한번 아이의 머리를 쓰다듬고 작은 목소리로 미안하다면서 아이를 절벽에서 떠밀었다.

그다음 눈을 떴을 때 아이는 어두운 굴속에 있었다. 코를 찌르는 바다 냄새에 뒤섞여 익숙한 썩은 내가 났다. 시체 냄새다. 아이는 송장 냄새에 익숙해져서 특별히 무섭다고 생각하지도 않고, 의아하게 여기지도 않았다.

젖은 몸이 그저 춥고, 동시에 불안하고 외로웠다. 가까이에서 무언가 움직이는 소리가 들려서 그쪽을 보았지만 어둠 탓에 커다란 그림자만 보였다.

그는 울었다. 당연히 무섭기도 했지만 외로움이 제일 컸다.

느닷없이 팔에 뜨뜻한 숨결이 닿는 바람에 아이가 깜짝 놀라 떨자 이어서 폭신한 것이 팔을 쓰다듬었다. 새의 깃털 같은 감촉이다. 이 어두운 곳에 있는 어떤 커다란 새가 아이의 상태를 꼼꼼히 살피고 있었다.

놀란 나머지 아이가 경직되어 있자 따뜻한 깃털을 갖다 댔다. 품듯이 날개로 소중히 감싸 안는다. 날개가 무척 따뜻해서 아이는 깃털에 매달렸다.

"엄마……."

그저 엄마만 부르며 울었다.

허해의 끝에는 행복이 있어야 하지 않았던가.

봉래도 도코요도 결국 황폐에 괴로워하는 사람들이 키운 간절한 바람의 구현일 뿐이다.

허해의 동쪽과 서쪽, 두 나라에서 버려진 아이들은 훗날 해후한다.

똑같이 황폐를 짊어진 채 지상에서 환상의 나라를 찾아 헤매고 있었다.

1
장

001

절산折山이라 한다.

하늘을 꿰뚫는 능운산凌雲山의 거대하고 험한 봉우리조차 꺾일 듯한 황폐.

로쿠타六太는 망연하게 산야를 둘러보았다. 일전에 한번 본 이 나라는 더는 황폐해질 여지마저 없는 듯했는데, 이전보다 더욱 참담한 이 상황은 무슨 일이란 말인가.

구름이 엷게 드리운 하늘은 높다. 여름 직전인데도, 잔혹할 정도로 화창하고 푸른 하늘 아래 지상에는 풀 한 포기, 꽃 한 송이도 보이지 않는다. 사막처럼 황폐해질 대로 황폐해진 농지. 밀이 초록빛 바다를 이루어야 할 시기지만 밀은커녕 우거진 잡초조차 없다. 대체 언제부터인지 쩍쩍 갈라진 대지 여기저기에서 하늘거리고 있는 이름 모를 풀은 얼마나 오래전에 시들었는지 따뜻한 노란빛마저 잃었다.

논두렁은 무너지고, 농갓집들이 있던 장소에는 대지를 둘러싼 돌담만 남았다. 돌담 또한 곳곳이 무너지고 시커멓게 탄데다 비바람을 맞아 칙칙하고 초라한 빛깔을 드러냈다.

언덕 기슭에 보이는 마을. 마을의 격벽 역시 무너지고 그 안의 집들도 얼마 되지도 않는 잔해로 변모했다. 여廬와 이里를 지키는 나무 한 그루조차 남아 있지 않다. 불에 타 그은 은색으로 변한 이목里木만이 마을 안쪽에 덩그러니 서 있고, 그 아래에 주저앉아 줄곧 꼼짝도 하지 않는 몇 사람의 그림자가 보인다. 마치 돌이라도 된 것처럼 누구 한 사람 움직이지 않는다.

이목 위로 몇 마리 새와 그보다 많은 수의 요마가 선회하고 있었다. 요마는 새를 닮은 모습이었다. 이목에는 잎도 꽃도 달리지 않는다. 허옇기만 한 성긴 가지 너머로 상공에서 먹잇감을 노리는 요마가 보이지 않을 리 없는데, 요마를 신경쓰는 이 하나 없다. 이목 아래에 있는 생물은 짐승이나 요마도 덮치지 않는다. 그렇다고 무시할 수 있는 존재는 아니나 요마에게 공포를 느낄 수조차 없을 만큼 그들은 메말라 있었다.

산의 녹음은 다 타버리고 강은 범람하여 마을이란 마을이 모

조리 잿더미로 돌아갔다. 수확을 바랄 땅도 더이상 없고, 황폐해
진 땅에 괭이질하려는 백성도 없다. 이듬해 수확을 기대하며 일
하기에는 그들은 너무나 지쳐 있었다. 괭이를 쥐려고 해도 굶주
린 손에는 힘이 들어가지 않는데다 서로 도우며 몸을 기댈 만한
일손도 없었다.

선회하는 요마 역시 날갯짓에 힘이 없다. 요마 또한 굶주렸다.
지켜보던 로쿠타의 눈앞에 한 마리가 떨어졌다. 여기에는 마물
조차 먹어치울 것이 없는 황폐만이 존재한다.

절산의 황폐, 망국의 괴멸.

안주국雁州國의 종언을 고하는 듯한 풍경이다.

선왕의 시호는 효왕梟王이라 한다. 즉위하여 오래도록 선정을
베풀었으나, 어느 틈에 악한 마음이 움텄는지 이윽고 백성을 학
대하고 그들의 비명을 들으며 기뻐하게 되었다. 거리 모퉁이마
다 병사를 세워 눈과 귀로 삼아, 왕에게 불평하는 자가 있으면
그 자리에서 체포해 일가친척에 이르기까지 길거리에서 처형했
다. 반란이 있으면 수문을 열어 마을을 침수시키거나 기름을 붓
고 불화살을 쏘아 갓난아이까지 몰살했다.

일국一國의 제후는 아홉. 분별 있는 주후州候는 왕에게 주살당
하여, 더이상 말릴 자도 없었다.

이에 마음을 다친 재보宰輔가 죽을병으로 몸져눕자, 오만하게도 제 입으로 천명이 다했노라고 떠들며 자신을 위한 거대한 능묘를 만들었다. 역부를 징발하여 장대한 이중 해자를 파고, 파낸 토사와 참살당한 역부의 시체를 쌓아 올려다보아야 할 정도로 광대하고 높은 능을 축조해냈다. 사후 후궁으로 삼고자 죽인 여자와 아이의 숫자가 십삼만 명에 이른다는 말도 전해진다.

효왕은 능묘가 완성되기 직전에 붕어했다. 나라는 이미 황폐하고 도탄의 괴로움에 신음하던 만민은 붕어 소식을 듣고 한목소리로 쾌재를 불렀으니, 그 소리가 타국까지 이르렀다고 한다.

백성의 기대는 다음 왕으로 향했지만 새로운 왕은 끝내 등극하지 않았다. 이 세상에서 왕은 기린麒麟이 선택하는 존재. 신수 기린이 천계를 받아 천의에 따라 왕을 고른다. 고른 뒤에는 왕의 신하가 되어 바로 옆에서 재보를 맡는데, 재보가 왕을 찾아내지 못한 채 삼십여 년의 천수가 다해 죽고 말았다. 개벽 이래 여덟 번째 큰 흉사였다.

왕은 나라를 통치하고 나라의 음양을 조절한다. 왕이 옥좌에 없는 것만으로 자연의 섭리가 기울고 천재지변이 이어진다. 효왕 때문에 황폐해진 국토는 이 흉사로 더욱 황폐해졌다. 사람들에게는 비탄을 외칠 힘마저 남지 않았다.

그리고 쑥대밭만 남았다.

로쿠타는 언덕에 서서 시선을 움직여 옆에 있는 남자를 쳐다보았다. 남자는 말없이 불모지만 바라보고 있었다.

로쿠타의 호는 엔키延麒. 아이의 모습을 하고 있지만 본성은 인간이 아니다. 안국의 기린은 옆에 있는 남자를 왕으로 골랐다.

—나라를 원해?

로쿠타는 이 남자에게 그렇게 물었지만, 나라는 기울고 이미 다스릴 만한 땅도 백성도 없는 것이나 마찬가지였다.

—그래도 좋다면 너에게 일국을 주지.

원한다고 단언한 남자는 지금 이 황무지를 보고 무슨 생각을 할까. 설마 이 정도로 황폐할 줄은 생각하지 못했으리라.

한탄할까, 화를 낼까. 그렇게 생각하며 올려다본 남자는 자신을 바라보는 시선을 느꼈는지 느닷없이 로쿠타를 돌아보았다. 그러더니 웃는다.

"깔끔할 정도로 아무것도 없군."

로쿠타는 고개만 끄덕였다.

"무無에서 일국을 일으키기라. 이거 너무 큰 임무인데."

무사태평한 말투다.

"이만큼 아무것도 없다면 오히려 마음대로 주무를 수 있어서 편하겠지."

남자는 천연덕스럽게 껄껄 웃었다.

로쿠타는 고개를 떨어뜨렸다. 까닭도 없이 울고 싶어졌기 때문이다.

왜 그러느냐고 묻는 목소리가 너글너글하고 따뜻하다. 로쿠타는 깊이 숨을 내쉬었다. 찌부러질 정도로 무겁게 어깨에 얹혀 있던 짐의 존재를 그것이 사라진 지금에서야 깨달았다.

남자가 로쿠타의 어깨에 손을 얹었다.

"그럼 대임을 쟁취하러 봉산蓬山이란 곳에 가볼까."

이제 어깨에 느껴지는 것은 남자의 손바닥 무게뿐이다. 세상에 태어나 십삼 년. 십삼 년 치의 목숨이 짊어지기에는 너무나 무거웠던 일국의 운명을 좋든 나쁘든 간에 맡겨야 할 상대에게 위임했다.

로쿠타는 어깨를 가볍게 두드리고 걸어가는 남자를 바라보았다.

"부탁해."

무엇을 부탁한다고 말하지 않았지만 남자는 그저 웃었다.

"맡겨둬."

"……푸르러졌구나."

로쿠타는 궁궐 노대에서 운해雲海 너머 펼쳐진 관궁關弓의 들을 멍하니 들여다보았다.

새로운 왕이 등극하고 스무 해. 국토는 간신히 몸을 일으키기 시작했다.

안주국의 도읍 관궁산關弓山. 왕궁인 현영궁玄英宮은 관궁산 꼭대기에 있다. 왕궁은 일대에 펼쳐진 운해 가운데 떠 있는 작은 섬이다.

하늘 높은 곳에 있는 운해가 천상과 천하를 가른다. 하늘 아래에서는 올려다보아도 물이 있다는 사실을 알 수 없다. 능운산 정상에 밀려오는 파도가 하얀 구름처럼 보일 뿐이다. 천상에서 보면 옅은 푸른빛을 띤 투명한 바다. 깊이는 겨우 사람 키만 하게 보이는데 아무리 깊이 잠수해도 바닥에 닿지 않는다. 그 운해의 물 너머로 지상이 보였다. 밀이 이룬 푸른 바다. 산에 되살아난 녹음, 여廬와 이里를 지키는 수목.

"스무 해 동안 고작 이만큼밖에 못 했느냐고 할 수도 있겠지만."

로쿠타는 난간에 양팔을 얹고 팔 사이에 턱을 괴었다. 운해의 물이 노대 다리에 소리를 내며 부딪혀 부서지면서 바다 냄새가 밀려왔다.

"태보台輔."

"뭐, 이만한 것도 훌륭한가. 현영궁에 들어왔을 때에는 새까만 땅 말고는 아무것도 보이지 않았으니까……."

한때는 아무것도 없는 온통 시커먼 땅이었다. 스무 해에 걸쳐 초록빛이 눈에 띌 만큼 나라가 회복되었다. 다른 나라로 탈출했던 사람들도 서서히 돌아오고, 농사를 짓는 사람들이 한목소리로 부르는 노랫소리가 해마다 커진다.

"태보."

"으응?"

로쿠타는 난간에 팔꿈치를 괸 채 돌아보았다. 서면을 든 조사朝士가 생긋 웃는다.

"망극하옵게도 올해 밀 경작은 풍년인 듯하옵니다. 태보께서는 바쁘신 와중에도 하계에 마음을 써주시니 백성을 대신해 감사드립니다만, 소관의 주청에도 좀더 마음을 써주신다면 더욱 기쁘기 그지없겠습니다."

"듣고 있으니까 계속해, 계속."

"실례지만 더 진지하게 귀를 기울여주실 수는 없으시겠습니까."

"진지해, 진지하고말고."

조사는 깊은 한숨을 내쉬었다.

"그처럼 어린아이 같은 모습 보이지 마시고 하다못해 이쪽을 보아주십시오."

로쿠타는 노대에 놓인 도기로 된 사자 머리 위에 앉아 있었는데, 의자로 삼기는 다소 높았다. 정신이 들고 보니 다리를 덜렁거리면서 난간을 툭툭 차고 있었다.

로쿠타는 뒤돌아 앉아 씩 웃었다.

"나 아직 어린애인걸!"

"춘추가 어찌되시는지요?"

"서른셋."

나이 서른을 넘긴 지위 있는 남자가 할 행동이 아닌데다 겉으로도 확실히 열서너 살로 보일 것이다. 기이한 일은 아니다. 운해를 내려다보며 사는 자는 다들 나이를 먹지 않기 때문이다. 기린은 보통 십 대 후반에서 이십 대 중반에 성수成獸가 되니 조금더 나이를 먹어도 좋았으련만, 로쿠타는 현영궁에 입성한 무렵부터 성장이 뚝 멈추어버렸다. 겉모습이 성장하지 않으면 알맹이도 성장이 멈추는지, 아니면 다른 이들이 겉모습에 맞춰 아이 취급하기 때문인지 성품 역시 열세 살에서 조금도 성숙한 감이 없다. 덧붙여 나이는 부역 때문에 관례에 따라 만으로 센다.

"책임 있는 분께서 장년에 접어들고서도 어찌 여전히 그 같은 모습이십니까. 재보라 하면 왕을 보좌하고 백성에게 어진 정치를 베푸는 것이 직무, 신하 중에서는 유일하게 공公 작위가 있는 조신朝臣의 필두, 좀더 자신의 위치를 자각하십시오."

"잘 듣고 있대도. 녹수漉水의 제방 얘기지? 그런 이야기는 주상께 말씀을 올려야……."

조사는 가늘고 모양새가 좋은 눈썹을 움찔했다. 피부가 희고 마른 몸의 곱상한 남자지만 겉모습에 속아서는 안 된다. 씨는 요楊, 자는 슈코朱衡, 왕이 직접 하사한 별자를 무보無謀(무모)라 한다. 무보라는 자는 결코 이유 없이 내린 것이 아니다.

"……그럼 아뢰옵기 황송하오나 여쭙겠습니다. 주상은 어디에 계십니까?"

"나한테 묻지 마. 관궁에 내려가서 여자라도 희롱하고 있는 거 아냐?"

슈코는 온화한 얼굴에 미소를 지었다.

"태보께서는 어찌하여 조사인 소생이 녹수 이야기를 드리는지 모르시는 모양이군요?"

"아, 그런가."

로쿠타가 손을 탁 쳤다.

"치수에 대해서는 담당 관리가 말해야지. 네 일이 아니잖아?"

조사는 경무와 법무를 관장하는 관리, 특히 관리의 몸가짐을 감독하는 것이 본무다. 치수 공사라면 토지를 다스리는 지관地官 관할, 적어도 땅을 정비하는 수인遂人이나 더욱 형식을 따지자면 지관장 또는 육관六官을 총괄하는 총재家宰가 말을 올려야 맞는 절차다.

"예, 소관의 일이 아니옵지요. 그러나 안국은 이제부터 우기, 치수가 미흡하면 태보께서 흡족해하시는 푸른 농지도 모조리 잠겨버릴 겁니다. 한시라도 빨리 재가를 내려주셔야 할 문제건만 주상은 어디에 계신 것입니까."

"글쎄?"

"이 문제를 오늘 이 시각에 논하자고 지정하신 분은 다름 아닌 주상이십니다. 책임 있는 분께서 약속을 지키시지 않는 것입니까. 자고로 왕은 백관의 모범이 되어야 하거늘."

"그 녀석은 그런 놈이라니까. 정말이지 엉망진창이야."

"주상은 나라의 기둥, 큰 기둥이 흔들리면 나라도 흔들리겠지요. 조의에도 참석하지 않으시고, 정무 시간에도 어디에 계시는지 알 수가 없습니다. 그래서 나라가 바로 설 수 있다 생각하십니까?"

로쿠타는 눈을 치뜨고 슈코를 쳐다보았다.

"그런 얘기는 쇼류尚隆한테 하지그래."

슈코는 유려한 눈썹을 떨면서 들고 있던 종이로 느닷없이 탁자를 쳤다.

"태보께서는 이달 조의에 몇 번이나 계셨습니까!"

"어디 보자……."

로쿠타는 가만히 손을 보며 손가락셈을 했다.

"오늘이랑 요전번이랑, ……그리고 또……."

"가르쳐드리죠. 네 번입니다."

"너, 용케 아는구나."

조사는 조의에 참가하지 않는다. 그만한 고위 관리가 아니다. 로쿠타가 반쯤 어이없는 기분으로 쳐다보자 슈코는 대단히 온화한 미소를 지었다.

"그야 왕궁 구석구석에서 백관이 한탄하고 있으니까요. 조의란 본디 날마다 열려야 합니다, 아십니까?"

"그건……."

"그것을 사흘마다 하자고 정하신 분은 주상이셨지요. 사흘마다 열리면 달에 열 번. 벌써 이달이 끝나가는데 태보께서 출석하신 조의가 겨우 네 번이라니 어찌된 영문입니까?"

"으음."

"주상께서는 단 한 번! 주상께서도 태보께서도 나라의 정사를 어찌 생각하시는 것입니까!"

쾅, 하고 격렬한 소리가 들렸다. 노대에서 의자가 쓰러지는 소리다. 돌아보니 어느새 수인인 이탄幃湍이 와 있었던 모양이다. 이탄도 이마에 핏대를 세우며 어깨를 떨고 있었다.

"어째서 궐에 얌전히 있지를 못하는 거야, 이 주종은!"

"이탄, 언제 왔어?"

이탄은 로쿠타의 애교 어린 미소를 얼어붙을 듯한 시선으로 바라보았다.

"어휴, 이 탕아 놈들. 안국이 무너지지 않고 유지되는 것이 신기하군!"

"대부, 대부."

슈코가 쓴웃음을 지으며 나무랐지만 이탄은 벌써 발길을 돌렸다.

"대부, 어디 가십니까."

"붙잡아 올게."

쿵쿵 발소리를 내며 지나가는 이탄을 지켜보며 로쿠타는 한숨을 쉬었다.

"성격도 급하지……."

이탄은 별자를 조토쓰猪突(저돌)라 한다. 조토쓰 역시 이유 없이 붙은 자가 아니다.

"유감스럽게도."

슈코는 미소 지으며 로쿠타를 보았다.

"이탄 정도는 아닙니다만, 소생도 성격이 아주 급한 편입니다."

"아, 그래?"

"조의에 나오지 않으신 까닭에 재가를 하나도 받지 못해, 이탄이 감히 아뢰면 나중에 하라고 하십니다. 오늘 이 시각을 지정하신 건 주상이옵지만 기다리고 또 기다려도 오시지 않는군요. 본디 같으면 그럴 때야말로 왕을 보좌하는 역할인 태보께서 들어주셔야만 하는데 태보마저 듣는 시늉조차 하지 않으시니."

"으─음."

"다시 이러한 일이 있다면 소생에게도 각오한 바가 있습니다. 외람되오나 주상이건 태보건 용서하지 않을 터이니 그리 아십시오."

"아하하하……."

로쿠타는 힘없이 웃고는 고개를 숙였다.

"미안합니다. 반성합니다."

슈코가 씩 웃었다.

"직언을 넓은 마음으로 듣는 것은 매우 바람직합니다. 정말로 알아들으셨습니까?"

"진짜로 알겠어."

동의 해신 서의 창해

"그렇다면."

슈코는 품에서 서책을 꺼내 로쿠타에게 내밀었다.

"『태강太綱』하늘 편 1권에는 천자와 태보의 마음가짐이 씌어 있습니다. 반성의 증거로 조의를 빠진 만큼 필사하십시오."

"슈코……."

"내일까지 1권을 여섯 부 쓰셔야 합니다. 설마 싫다고는 하지 않으시겠지요?"

"그러다가는 정무가 밀리지 않을까?"

안색을 살피며 올려다본 상냥한 얼굴은 흠잡을 데 없는 미소를 짓고 있었다.

"이제 와서 하루 늦는다고 별 차이도 없습니다."

003

슈코는 바람을 맞으며 왕궁 길을 걸었다. 내궁에서 퇴출한 참이었다.

안국은 사주四州 북동의 나라, 한랭한 지역이다. 겨울에는 북동쪽에서 건조한 계절풍이 불어 춥고, 여름에는 흑해黑海에서 불어오는 차가운 바람을 맞이한다. 계절은 여름을 지나 소리도 없이 가을이 다가오고 있었다. 흑해의 바람은 날마다 약해지고, 태양에 달구어진 대지의 온기가 대기까지 덥힌다. 여름은 서늘하고 비가 내리지 않아 식물이 번성하기에 적합하지 않지만 대신에 가을이 길다. 포근하니 줄곧 따뜻하다가 북동의 계절풍이 불기 시작하면 갑작스레 추워진다.

왕궁은 운해 위에 있어 하계의 기후와는 관계가 없다. 그래도 아직은 하계의 바람도 이와 별 차이가 없으리라. 이제부터 안국은 가을을 맞이하고, 가을 끝자락에 한 달 정도 우기가 오고 비가 그치면 북동풍이 분다. 대국戴國에서 건조하고 몸이 떨릴 만한 냉기를 실어 오는 바람이다.

"녹수…… 늦지 않아야 하는데……."

슈코는 운해 서쪽을 보았다. 우기가 오기 전에 녹수의 치수를 행할 수 있을까.

녹수는 관궁이 있는 정주靖州에서 흑해 연안 원주元州로 흐르는 커다란 강이다. 원주에는 평야 지대가 많다. 계절마다 범람을 되풀이하는 녹수가 만든 비옥한 평야다. 흑해 쪽 해안가 일대는 효왕이 제방을 없앤 뒤로 사람이 살 수 없는 땅이 되어버렸지만, 그토록 그리워하던 고국 땅으로 돌아온 사람들이 토지를 개척해 제법 많은 마을이 생겼다고 들었다. 원주 주후가 감당할 수 없다. 유명무실하여 치수를 시행할 실권이 없기 때문이다. 현재는 아직 선왕이 임명한 주후가 정리되지 않아 대부분 실권을 박탈당한 상태였다.

가볍게 한숨을 쉬며 걸어가다가 돌계단을 올라오는 이탄과 마주쳤다.

"어떻게 되었습니까."

슈코가 웃음기 섞인 목소리로 묻자 이탄은 고개를 획 들었다.

"목덜미를 붙잡아 끌고 왔어. 내궁에서 의복을 갈아입고 계신다."

그렇다면 함께 금문禁門을 통해 내궁으로 가서 이야기하면 될 터인데, 이 남자는 굳이 정문으로 돌아온 모양이다. 운해 위에 떠 있는 현영궁에는 직접 드나들 수 있는 문이 하나밖에 없다. 이를 금문이라 하며, 관궁 기슭에서 올라오는 길에 있는 다섯 개의 문을 정문이라 한다. 본디 금문은 왕과 재보밖에 통행할 수 없지만 이탄은 금문을 이용할 권리를 하사받았다. 그런데 이탄은 이런 원칙에는 고지식한 남자다.

"그러면 저도 돌아가지요. 한마디해야겠어요."

"단단히 혼쭐을 내줘. 어디에 계셨는 줄 알아?"

"글쎄요."

"관궁의 기루에서 도박에 빠져 가지고 있던 돈을 홀랑 빼앗겼대. 빚 담보로 기수騎獸를 압수당해 돌아오고 싶어도 돌아오지 못하고 있었어. 마당을 쓸어서 빚을 갚겠다며 빗자루를 쥐고 있는 걸 붙잡았어."

슈코가 큰 소리로 웃었다.

"쇼류 님답군요. 그래서 대신 빚을 갚으셨습니까."

"떼어먹을 수는 없잖아. 그렇다고 다 갚을 때까지 허드렛일을 하게 둘 수야 없지. 솔직하게 왕이라고 고백하고 봐달라고도 할 수 없는 노릇이고. 그놈들, 저런 놈이 자국의 왕인 줄 알면 실망해서 꺼이꺼이 울 거야."

"그러겠지요."

예전에 안국은 망했다는 말까지 들었다. 그만큼 나라가 엉망이었다. 그래서 새로운 왕의 즉위는 백성의 비원이기도 했다. 그 간절한 바람의 실체가 저런 지경이라면 정말로 눈물 흘리는 자도 있으리라.

"정말이지, 태평한 자식이야."

슈코는 왕을 상대로 이렇게 막말하는 자가 또 있을까 싶어 쓴웃음을 지었다.

이탄은 원래 전렵田獵이라고 하여 백성을 관리하고 세금을 거두기 위한 대장을 정비하는 관리였으나 파격적으로 수인에 발탁되었다. 그것도 왕이 직접 조토쓰라는 자를 하사하며 온갖 특권까지 주면서 말이다. 이탄은 왕의 침소에 드나들고, 금문을 사용하고, 내궁 안쪽까지 기수를 타고 갈 수 있으며, 왕 앞에서 평복하지 않아도 된다. 그래도 왕을 욕해도 된다는 특권은 없었을 터인데.

"너그러운 분이니 그대도 목이 붙어 있겠지요?"

새로운 왕이 즉위하고 백관은 현영궁에서 새 군왕을 경하하며 배알했다. 영예로운 식전이 한창일 때 이탄은 움켜쥔 호적을 왕의 발치에 내던졌었다.

슈코의 말에 이탄은 넌더리를 냈다.

"……케케묵은 이야기는 꺼내지 마."

일찍이 천제가 천지를 만들고 열두 나라를 일으켰다. 사람을 골라 옥좌에 앉힌 이가 왕, 천제의 뜻을 받아 왕을 선정한 것은 기린이다.

기린은 한 나라에 하나, 터무니없는 요력을 지닌 신수이며 천의를 받아 왕을 고른다. 기린이 태어나는 곳이 세상의 중앙에 있는 오산 동악東岳 봉산, 스스로 왕이 되고자 하는 자는 봉산에 올라 기린을 면회한다. 기린을 뵙고 천의를 묻는 것을 승산昇山이라 한다.

이탄은 호적을 옥좌 단상에 내던졌다.

"어찌하여 등극에 십사 년이나 걸렸나. 기린은 육 년만 자라면 왕을 고를 수 있건만, 네놈이 어물어물 승산하지 않은 탓에 팔 년이라는 세월을 허비했어. 그것이 팔 년 치 관궁의 호적이다. 여덟 해 동안 얼마나 많은 백성이 죽었는지 그 눈으로 직접 확인하시지."

새로운 왕의 등극으로 들떠 있던 자리는 한순간에 쥐 죽은 듯 고요해졌다.

이탄은 옥좌의 왕을 보았다. 그는 흥미진진한 표정으로 층계 위에 널린 호적과 이탄을 번갈아 볼 따름이었다.

괜한 화풀이일지도 모른다. 이탄은 그저 안국이 얼마나 어려운 상황인지 왕에게 알리고 싶었다. 믿기지 않을 정도로 황폐해졌다. 옥좌가 채워진 왕궁에 빛이 넘쳐도 하계에는 죽음과 황폐가 만연하고 있다. 다들 새로운 왕의 등극에 희망을 걸고 있었지만 이탄은 새 왕이 들어서는 것만으로 나라가 다시 일어나리라고 도저히 믿을 수 없었다.

무례하다며 죽음이 내려지리라 각오하고 한 행동이지만 이탄이라고 죽고 싶었던 것은 아니다. 효왕의 압정 속에서 왕에게 거스르지 않고 정도에도 거스르지 않고, 왕의 역정을 사지 않으면서도 양심에 어긋나지 않도록, 그야말로 외줄을 타는 심정으로 살아남았다.

어느 관리고 새로운 왕이 등극했으니 모두 잘되리라고 말한다. 하지만 왕이라 할지라도 이미 일어난 일을 없던 일로 할 수는 없다. 죽은 목숨은 돌아오지 않는다. 그 사실을 잊고 들떠 있는 관리들이 원망스러웠고, 등극한 기쁨으로 들떠 있을 왕이 원망스러웠다.

자신이 죽더라도 영예로운 자리에서 일어난 불쾌한 일을 왕은 잊을 수 없으리라. 백관은 등극하자마자 신하를 죽인 왕을 보고 효왕의 포악한 짓을 떠올리며 들떴던 기분을 조금 가라앉히리라. 근거도 없이 경사스럽다는 말을 입에 달고 살던 놈들의 가슴속에 떨어지는 한 개의 불쾌한 돌멩이가 된다면 그것으로 만족한다.

이탄은 새 군왕을 보았다. 왕은 이탄을 보았다. 한참 동안 그 자리에는 공기의 흐름조차 끊겼다. 얼어붙어 움직이지 못하는 사람들 가운데 맨 처음 움직인 이는 왕이었다. 후, 하고 웃으며 옥좌에서 일어나 주저 없이 호적을 줍는다. 먼지를 가볍게 털고 이탄을 보고 웃었다.

"들여다보지."

이탄은 넋을 놓고 한동안 그 남자를 응시했다. 호위하는 소신小臣들 손에 끌려나가, 당시의 지관장 대사도大司徒에게 관직을 박탈당했다. 그대로 얌전히 집으로 돌아가 처분을 기다리며 근신하고 있었다. 도망칠 마음도 없었지만, 병사가 문 앞을 엄중히 지키고 있었으므로 애초에 도망칠 수도 없었다.

스스로 근신하기를 닷새. 문을 두드리는 칙사는 칙명을 들고 있었다. 이르노니 복직을 허락하고 수인에 봉한다. 얼이 나간 채 인사를 올리기 위해 승전한 이탄에게 새 왕은 앞뒤 생각 않고 돌진하는 사람이라고 말하며 웃더니, 훗날 조토쓰라는 자를 하사해 오늘에 이르렀다.

"저는 당시 막 관직을 받은 소관이었지만 소문을 듣고 진심으로 그 자리에 있었으면 했어요."

슈코가 정말로 우스워하며 웃는 통에 이탄은 언짢은 표정을 지었다. 남이 들으면 퍽이나 재미있는 소문이겠지만 이탄에게는 웃을 이야기가 아니다. 진심으로 죽을 각오였다.

아무리 이탄이라도 당시에는 왕을 존경하며 불평 한마디 하지 않고 경건하게 있었지만, 얼마 못 되어 그런 기특한 짓은 그만두었다. 얌전히 있다가는 속이 터질 것이다. 도박으로 있는 돈을 전부 잃고 정무를 돌보지 않는 왕에게 언제까지고 고개만 숙이고 있을쏘냐.

"배포가 두둑한 분이라며 감동한 나 자신이 증오스러워. 그 녀석은 배포가 두둑한 게 아니라 그저 태평한 놈이었어."

"대부, 말씀을 삼가세요. 그대를 위해서라도 조금 더 자신의 신분을 자각하고 예의를 갖추어야지요."

"너한테만은 그런 소리 듣고 싶지 않아."

이탄이 슈코를 바라보았다. 슈코는 원래 춘관春官 중 하나인 내사內史의 하관이었다. 왕이 내사부를 순시할 때 슈코가 왕에게 고했다고 한다.

─이미 시호는 준비되어 있다. 흥왕興王 아니면 멸왕滅王이다. 당신은 안을 부흥하게 하는 왕이 되거나 안을 몰락시키는 왕이 될 것이다. 둘 중 어느 쪽이 마음에 드시는가.

이탄이 지적하자 슈코가 경쾌하게 웃었다.

"뭘요. 대부를 흉내내었을 뿐이죠. 아무래도 그게 출세의 길 같기에요."

"그 말은 안 통해. 등극 사흘째에 있었던 일이잖아. 그때 나는 아직 근신하고 있었어."

"그랬던가요? 이거, 나이가 드니 깜빡깜빡해서."

"너 진짜……."

이탄이 슈코의 새치름한 얼굴을 노려보았다. 그들 모두 젊지만 겉보기에 그럴 뿐, 실제 연령은 이미 나이 핑계를 대도 이상하지 않을 정도였다.

"그런 제가 조사니 말입니다. 어허, 주상은 참으로 마음이 넓으세요."

―둘 다 싫군.

왕은 대답했다.

슈코가 무모한 짓을 한 동기 또한 이탄의 동기와 크게 다르지 않다. 슈코 역시 죽을 각오였다. 애초에 슈코는 국관國官이 아니라 국관인 내사가 자신을 위해 고용한 부사府史, 왕에게 직접 입을 여는 것조차 죄였다. 역정을 내며 이 자리에서 죽이라고 명령하든가, 아니면…….

지켜보는 슈코 앞에서 새로 등극한 왕은 얼굴을 찌푸렸다.

"둘 다 사양하지. 그런 평범한 이름을 받아서야 어디 부끄러워서 고개를 들 수 있나."

"네?" 하고 되묻는 슈코를 왕은 강렬한 시선으로 응시했다.

"그만한 글재주로 사관으로 일할 수 있겠어? 부탁이니 더 멋들어진 이름을 생각해줘."

"예……. 아, 네."

"너, 사관이란 자리에 안 맞는 것 아닌가?"

부끄럽지만 그럴지도 모른다. 그런 슈코에게 칙사가 찾아왔다. 잘해야 해임이리라 각오한 슈코를 내사부의 중급관인 어사御使로 불러들여 훗날 추관秋官 조사로 임명했다.

"너와 나를 측근으로 둔 것을 보면 어쩌면 왕은 밉살스러운 소리를 지껄이는 놈을 좋아하는 것뿐 아닌가."

이탄의 말에 슈코가 웃었다.

"정말로 그럴지도 모르겠군요."

슈코는 웃고 나서 표정을 다잡았다. 걸어오는 발소리를 들었기 때문이다.

다가온 이는 총재와 그 부사, 슈코와 이탄은 예에 따라 길을 양보하고 고개를 살짝 숙여 총재 일행을 지나가게 했다. 고개를 숙인 머리 위로 목소리가 들렸다.

"한데, 여기는 내전으로 향하는 길인 것 같은데."

"이보게."

부사 중 한 사람이 슈코와 이탄에게 말을 걸었다.

"이런 곳에서 무엇을 하시는가. 설마 길을 잃으셨나?"

슈코도 이탄도 대답하지 않았다. 내전까지 승전을 허락받은 관리는 한정되어 있다. 두 사람의 관위는 본디 내전 출입이 허락되지 않는다. 두 사람은 왕이 직접 특권을 주었지만 이는 파격적인 대우였다. 특별 대우를 시기하여 비아냥거리는 사람은 차고 넘친다. 슈코도 이탄도 익숙해졌다.

"내전에 드는 길인가?"

"예."

이탄이 짧게 대답하자 총재 일행은 다 들리도록 한숨을 쉬었다.

"이거야 원, 그러면 주상께서는 정무를 보실 때가 아니겠군."

"지금부터 자기 사람들과 놀이 시간인 게야."

"방해했다가는 불호령이 떨어지지. 거참, 언제가 되어야 정무를 보실는지."

"천박한 놈들이 자꾸 꾀어내니 말일세."

고개 숙인 두 사람 앞을 비웃으며 지나간다. 동쪽 관저로 돌아가는 길인 듯, 되돌아가는 발소리가 사라지기를 기다렸다 이탄이 고개를 들었다. 건물 사이를 잇는 돌바닥을 보며 나직하게 내뱉는다.

"……누가 누구를 보고 천박한 놈이래. 효왕에게 벼슬을 산 간신 놈들이."

슈코는 쓴웃음을 지었다. 간신이라는 표현은 부당하지 않다. 효왕이 정도를 잃고 정무에 흥미를 드러내지 않는 것을 기회 삼아 관리의 전횡은 극에 달했다. 어떤 자는 돈으로 관위를 사고 그보다 더 많은 재물을 국고에서 가로챘다. 포악한 짓을 간하기는커녕 효왕의 관심을 받고자 오히려 부추기고 뻔히 보면서도 국토를 쑥대밭으로 만들었다.

"능력이라곤 비아냥대는 것밖에 없는 인간들이니 내버려두세요."

"왕이 노는 데 정신이 팔린 게 우리가 부추긴 탓이라고 생각하는 거야! 그놈이 방탕하게 노니까 우리까지 욕을 먹는다고.”

　이를 가는 이탄에 비해 슈코는 계속해서 쓴웃음을 지으며 말렸다.

　“욕을 먹는 것은 하는 수 없습니다.”

　이탄은 수인, 지위로 말하면 겨우 중대부에 지나지 않지만 총재는 후에 해당한다. 네 계급이나 낮은 수인 따위가 온갖 특권을 받고, 총재인 자신이 왕을 면회하는 데 일일이 말을 전해야만 하니 참을 수 없는 것이 당연하리라. 슈코는 이탄보다 더욱 아래인 하대부에 지나지 않는다.

　“하는 수 없다고 넘어갈 셈이야? 그 얼빠진 놈 좀 어떻게 해봐!”

　“저에게 말씀하셔도 도리가 없습니다.”

　“아무튼 세이쇼成筰 잘못이야. 가장 가까이 있으니까 목덜미를 붙잡아 옥좌에 꽁꽁 묶어두면 될 텐데.”

　왕의 신변을 경호하는 사람까지 욕하는 이탄을 슈코는 질렸다는 듯이 바라보았다.

　“그렇게 화낼 만한 일입니까?”

　“너는 화도 안 나? 왕에게 유흥을 권하는 불충한 신하인 양 떠들고 있잖아! 하다 하다 그렇고 그런 사이라느니 뭐니!”

　“그거 고생이 많으시네요.”

"멍청한 자식아! 네가 그런 소리를 듣는다고!"

슈코는 웃고 나서 목소리를 낮추었다.

"떠들고 싶은 사람들은 떠들게 두세요. 주상은 곧 관리를 정리하실 생각입니다."

이탄은 돌계단을 오르던 걸음을 멈추었다.

"드디어?"

"내정은 거의 안정이 되었으니 가야 할 방향은 정해져 있습니다. 길은 깔렸어요. 이제는 수레를 달리게 할 차례예요. 여태껏 백관의 정비까지는 손을 쓰지 못했지만, 아무래도 제후와 백관을 갈아엎을 시기가 온 모양입니다."

주후와 관원을 임명한 사람은 효왕이다. 새로운 왕이 등극하면서 이를 전부 파면하고 새로운 관리를 등용해도 되었지만 그 일에 시간을 쪼개기가 아까워 그대로 남겨두었다. 주후의 실권만은 제한하고, 주마다 목백牧伯을 두어 감독하게 하고, 관리는 측근만을 엄선해 견뎌왔으나 효왕 곁에서 아첨과 아부로 안일을 탐하며 백성을 학대하는 데 가담한 놈들을 그대로 둘 수는 없다.

"조정에 풍파가 일 것입니다. 파면되지 않고 넘어갔다고 우습게 생각하던 놈들은 허둥지둥 암약을 재개하겠죠. 어디서 어떤 방해가 들어올지 모릅니다. 한동안은 푸념을 삼가시는 편이."

"……스무 해인가. 잘도 버텼군. 저런 놈들도 조금쯤 마음을 고쳐먹었나 보네."

"웬걸요, 국고에서 배를 채우려 해도 훔칠 재물이 없었을 뿐이지요. 최근에 움직임이 수상한 자들이 늘었어요."

"겨울 동안 땅속에서 숨어 지내던 놈들이 드디어 겨울을 나고 움직이기 시작한 거로군."

이탄은 근처 건물로 시선을 돌렸다.

"긴 겨울이었지만……."

안국 백성의 비원이었던 새로운 왕이 등극한 시절, 현영궁은 금은이 빛나는 웅장하고 빼어난 궁궐이었다. 지금 이 궁에는 화려한 구석이 없다. 유현의 궁이라 불리기는 하나, 왕이 모든 장식과 금은보화, 그야말로 옥좌의 돌까지 벗겨 팔아치웠기 때문이다. 그만큼 안은 가난했다. 건물의 숫자도 절반 가까이 줄었다. 왕이 해체해 목재부터 석재에 이르기까지 팔아치웠다. 관궁산 봉우리에 줄지은 검은색 지붕만이 그 시절과 똑같았다.

천제가 초대 왕에게 하사했다고 하여 궁궐을 손볼 때는 조심한다. 따라서 대대로 왕은 왕궁에 손을 대기는 해도 헐지는 않았다. 왕조의 역사 그 자체인 건물의 장식을 걷어내기만 하는 것이 아니라 해체해서 팔아치운다고 하니 백관은 이만저만 낭패한 것이 아니었다.

단칼에 그런 명령을 내린 왕은 효왕 곁에서 국고의 부를 훔쳐

제 배를 불린 놈들을 내버려두었다. 제후와 백관을 해임하고 사재를 압수할 수도 있었지만 그러지 않았다. 그런 일을 하고 있을 여유조차 없었다. 황폐한 국토에서 소출을 거둘 수 있도록 땅을 다스리는 것이 먼저였다.

논밭은 초토화되었다. 그곳에 괭이질하여 밭을 간 백성의 생활을 지탱해줄 만한 소출을 얻게 될 때까지 스무 해가 걸렸다. 왕궁의 소장품을 타국에 팔고, 창고 안의 물건이라는 물건, 하다 못해 병졸의 소도에 이르기까지 팔아치워 간신히 연명해왔다.

맡겨두었다고 생각하면 된다. 저런 놈들은 모으는 데 열심이니 큰 손실은 없으리라. 눈에 띄게 해먹는 놈만 단속하라. 때가 오면 단숨에 돌려받을 것이다.

왕은 그렇게 말했다. 그때가 왔다.

"혼자만 태평한 놈이지만 멍청이는 아니야."

이탄이 나직하게 말하자 슈코가 가볍게 웃었다.

"유능하지만 엉터리 정도로 해두세요."

004

유능하지만 엉터리인 안국왕은 내궁 안쪽, 개인 방에 해당하는 정침에서 네 인물의 간곡한 충고를 듣는 지경에 처했다.

"……너희가 하는 말은 알았어."

쇼류는 주위의 네 사람을 차례로 보았다. 이탄은 언짢은 표정으로 자국의 왕을 노려보았다.

"알기만 했냐."

"반성했다."

"나는 그토록 수치스러웠던 적은 처음이야. 이 원한, 웬만한 일로는 잊지 않을 테다."

"옳소, 옳소."

등뒤에서 고소하다는 듯한 맞장구 소리가 들렸지만 이탄은 신경쓰지 않았다. 슈코가 한숨을 쉬었다.

"정말이지, 주상은 자신의 입장을 어찌 생각하고 계십니까. 나라의 돛인 왕이 이래서야 어떻게 백관을 다스리겠습니까. 모범이 되어야 할 분이 이 꼴이라니. 소생은 백성을 볼 낯이 없습니다."

"그럼, 그럼."

남자는 표정 하나 없이 좀처럼 열지 않는 입을 열었다.

"어이가 없어서 입이 다물어지지 않는군. 이런 어리석은 왕을 섬기는 자신까지 한심해."

"스이쿄醉狂(괴짜), 너까지 잔소리야?"

자는 스이쿄, 별자를 세이쇼라 한다. 갈색 피부에 마른 몸의 자그마한 젊은 남자인데, 군사를 관장하는 사마司馬의 관리, 그 중에서도 왕의 신변을 경호하는 이들의 장, 대복大僕이다. 효왕에게 금군 장군으로 등용되어 지략에 뛰어나고 무도 또한 출중하여 견줄 자가 없다고들 한다. 효왕에게 간언하다 붙잡혔으나, 그 우매한 왕조차 죽이기 아깝다며 유폐하였다. 효왕이 쓰러진 뒤 관리들이 감옥에서 빼내려 했지만 본인은 왕이 투옥했으니 왕의 사면이 없다면 나가지 않겠다고 했다. 그렇게 다음 왕이 사면하기까지 잠기지도 않은 감옥에서 오십 년 가까이 버틴 걸물이다.

"……그런 시시한 이름을 멋대로 붙이지 마시지."

"마음에 안 들어?"

"당연하지."

언짢아하는 세이쇼를 이탄은 원망스러운 눈빛으로 보았다.

"너는 그래도 나아. 나는 조토쓰라고."

왕에게 직접 자를 하사받는 것보다 더한 명예는 없으나, 그 명예의 알맹이가 저돌이니 괴짜니 무모함 같은 말이라서야 황공함을 느낄 수 있을 턱이 없다. 더욱 말하자면 쇼류가 기린인 재보 로쿠타에게 내린 자는 바카馬鹿(바보)라 한다. 말과 사슴 중간쯤인 생물이니까 좋지 않느냐며 쇼류 혼자 좋아했지만 아무도 그렇게 받아들이지 않았다.

이탄은 불쾌한 얼굴을 했다.

"정말이지 경박하다는 말은 이 녀석을 이르는 소리라니까."

"아무렴, 그렇고말고."

이번에는 세 사람이 일제히 뒤돌아보았다.

"태보도 똑같습니다!"

느닷없이 차가운 시선이 쏟아지자 무책임하게 맞장구를 치던 로쿠타는 고개를 움츠렸다.

"나는 도박 같은 건 하지 않았는걸."

"그러면 조의를 빠진 동안에 어디에 계셨는지 말씀해주시지요."

슈코가 다그치자 로쿠타는 억지로 웃었다.

"시찰. 나라가 얼마나 재건됐는지 말이지."

"시찰의 성과를 들려주십시오."

"그게……."

"주인을 배신하니까 그렇지."

중얼거리는 말에 로쿠타는 자국의 왕을 보았다.

"애초에 네가 놀러 다니니까 이렇게 된 거잖아. 나까지 잔소리를 듣는다고. 이게 말이 돼?"

"너도 게으름 피웠잖아."

"너만큼은 아니야!"

"오십보백보라는 말 아냐?"

"비슷한 것 같아도 오십 보의 차이는 확실하다는 뜻이지?"

슈코가 탁자를 쾅 내리쳤다.

"진지하게 들어주시겠습니까."

쇼류가 알겠다며 손을 들었다.

"반성했어. 정무는 소홀히 하지 않을게. 그러면 됐지?"

"진심이시죠?"

"서쪽이 수상쩍기도 하고, 한동안 얌전히 옥좌를 덥히고 있어야지."

네 사람이 동시에 쇼류를 보았다.

"서쪽."

쇼류가 웃었다.

"원주다. 곧 움직일 거야."

이탄이 등뒤를 돌아보았다. 그들이 회합할 때에는 반드시 사람을 물리지만, 아무도 없는지 재차 확인했다.

"그 얘기는……."

"거리에서 들었지. 요새 원주의 위세가 하늘을 찌른다더군. 원주사의 병사가 달에 몇 번이나 찾아와서는 기루에서 돈을 펑펑 쓰고 간다는 거야. 올 때는 빈손이지만 돌아갈 때는 짐이 상당하대."

"관궁에서 무언가를 사들이는 건가?"

"식량이라면 문제없지만 무기일 가능성이 높지."

슈코가 의아한 표정을 지었다.

"모반을 대비할 정도의 무기를 조달할 수 없을 텐데요. 마을에서 무기를 사 모으면 정말로 떠들썩해질 겁니다."

쇼류가 웃으며 세이쇼를 보았다.

"관궁에는 왕사王師의 무기고가 있지."

세이쇼가 실눈을 지었다. 무기고를 관리하는 관리가 무기를 횡령하고 있지는 않은가. 효왕이 무기고에 끌어모은 무기의 숫자는 장난이 아니다. 그것을 팔아 국고에 보태었지만 너무 많은 무기가 나돈 탓에 나중에는 거의 값이 붙지 않았다. 그래서 지금도 무기고에는 무기가 산더미처럼 쌓여 있다.

"하지만 원주후는……."

슈코의 말에 이탄이 고개를 끄덕였다.

"효왕의 벌을 두려워하고, 효왕이 붕어하고 나서는 백성의 보복을 두려워하고, 지금은 주상의 파면을 두려워하며 내궁 깊숙한 곳에 숨은 채 나오지 않는다고 들었어. 마음의 병을 앓고 있다는 소문도 있고."

"……궁지에 몰린 쥐가 고양이를 문다고 하지. 내몰린 놈이 더 무서워. 게다가 원주에는 수완가인 영윤슈尹이 있다지. 원주후의 아들 말이야. 아쓰유斡由라고 했던가."

이탄이 눈을 깜빡거렸다.

"잘도 아는군."

"거리에서 입수했지. 사람들의 소문은 우습게 볼 게 아니야."

"그렇군……."

감탄하는 듯한 이탄을 흘끔 보며 슈코가 가볍게 헛기침을 했
다.

"외람되오나, 주상."

"뭐야?"

"왕이라는 분께서 일부러 민초 틈에 끼어 간자間者 흉내 따위
내지 않으셔도 됩니다!"

못살겠다는 듯이 천장을 올려다본 쇼류를 비웃으며 로쿠타가
자리에서 일어났다.

"왜 그러지, 로쿠타."

로쿠타는 방을 나가면서 돌아보았다.

"나랑 안 맞는 이야기니까 갈래."

2
장

001

왕과 이탄 일행을 남기고 로쿠타는 노대로 나왔다. 이미 해가 기울어 운해는 어둡다. 동쪽에 가느다란 초승달이 떠올랐다.

"……피비린내…….."

전쟁이 일어날 것이다. 제후와 관리는 뱃속이 시커먼 놈들만 모여 있었으니 여태껏 내전이 일어나지 않은 것이 신기하다.

피비린내 나는 예감을 바람에 흘려버리며 로쿠타는 정원을 거닐었다. 침울해지고 마는 까닭은 천성이 다툼이나 피를 싫어하기 때문이다.

쇼류는 맡겨두라고 말했다. 하지만 전쟁은 싫다. 많은 병사가 죽고, 죄도 없는 백성이 휘말린다.

작은 궁 옆까지 온 로쿠타는 별생각 없이 문을 밀어젖혔다. 문이 작게 삐걱거리는 소리를 내며 열린다. 문지기의 초소에 사람이 보이지 않는다. 원칙대로라면 불침번이 있어야 하지만 왕궁에는 사람이 적었다. 효왕이 씨를 말려버렸다. 그 탓에 얼마 남지 않은데다 새로운 관리를 등용하지 않아서 왕궁은 어디고 한산했다.

앞뜰을 지나 더 안쪽 건물로 들어간다. 그곳에는 작은 안뜰이 있고, 하얀 모래를 깐 정원 안에 은백색 나무가 한 그루 서 있다. 낮게 가지를 드리운 자태. 가지가 마치 은으로 만든 것 같은 빛깔을 띠고 있다.

이 나무에서 사람이 태어난다.

자식을 원하는 부부는 나무에 아이를 기원한다. 하늘이 기도를 들으면 가지에 난과卵果라 불리는 열매가 열린다. 아이는 열매 속에 들어 있다. 아이가 부화하기까지 열 달, 그러나 부화 전에 어딘가로 흘러가버리는 난과가 있다.

로쿠타는 그렇게 흘러갔다. 쇼류 또한 그랬다. 식觸이라 불리는 재난에 휘말려, 본디 다른 세상이어야 할 이쪽과 저쪽이 뒤섞일 때 저쪽으로 흘러가버렸다. 흘러간 난과는 다른 세상에서 여자의 배로 들어가, 부모를 닮은 껍질을 덧쓰고 모친에게서 태어난다. 그렇게 태어난 아이를 태과胎果라 한다.

로쿠타는 그렇게 흘러가 바다 저쪽 다른 세상, 봉래의 도읍에 이르렀다. 부모와 조부모, 형과 누이가 있었다. 자신이 본디 있어서는 안 되는 아이라고는 생각도 해보지 않았다.

아주 어릴 적에 집이 불탔다. 연기가 가득찬 집에서 뛰쳐나오자 도읍은 온통 불바다였다. 불길에서 이리저리 도망치며 하룻밤을 보냈다. 그 일로 누이 한 명과 조부모를 잃고 말았다.

전화戰火를 피해 도읍 서쪽 외곽에 살았지만 집에는 비축해놓은 것도 없고 전란 통인 도읍에는 부친이 원하는 일자리도 없었다. 형 하나가 죽고, 막내 여동생이 죽고, 로쿠타는 산에 버려졌다. 일가가 살아남기 위해서는 하는 수 없었다.

산속에서 굶주림과 목마름으로 죽을 뻔했는데 이쪽 세상에서 마중을 왔다. 덕분에 로쿠타는 간신히 목숨을 건졌다. 맞으러 온 이가 있었던 이유는 로쿠타가 기린이라는 특별한 생물이었기 때문이다.

로쿠타가 기린이 아니었다면 그대로 산야에서 숨을 거두었으리라. 똑같은 일을 당해 죽은 아이도 많았겠지. 그 시대, 그 장소에서 아이가 버려지는 일은 드물지 않았다.

—절산의 황폐.

전화는 사람을 불행하게 한다. 간신히 초록빛이 되살아난 이 나라에 다시 전란이 일어난다. 그런 생각을 하면 숨이 막힐 정도로 괴로웠다.

황폐한 산야, 흐르는 피, 부모를 잃거나 궁핍한 형편에 죽어나가는 아이들.

쇼류는 등극하기 전에 국토를 보고 싶다고 했다. 언덕 위에서 내려다본 대지에는 무엇 하나 남아 있지 않았다. 그로부터 겨우 스무 해밖에 지나지 않았다. 그 시절 아이들은 부모가 되었을까. 왕도 기린도 왕을 섬기는 백관도 수명 없는 생물이라 곧잘 잊지만 하계에서는 그만한 시간이 흘렀다.

산야에 버려진 아이는 지금쯤 어디에서 어쩌고 있을까. 어쩌면 그들을 괴롭힌 불행이 같은 이들에게 다시 내릴지도 모른다.

로쿠타는 하늘을 올려다보았다. 중천에 뜬 달이 날카로운 손톱으로 찢은 상처 같다.

"고야更夜."

부모가 자식을 버리려고 의논하던 깊은 밤, 로쿠타는 눈을 뜨고 그 대화를 들었다. 마찬가지로 깊은 밤에 눈을 뜬 아이가 있었다. 이 나라의 이야기다.

로쿠타는 그 아이를 만났다가, 헤어졌다.

십팔 년 전, 다름 아닌 원주에서 있었던 일이다.

　로쿠타는 리카쿠悧角의 등에 타고 있었다. 리카쿠는 로쿠타가 자신의 심복으로 지배하에 둔 요마, 사령使令이다. 오로지 기린만이 요마를 지배할 수가 있다. 그런데······.

　질풍처럼 하늘을 가르는 리카쿠의 등에 타고 원주 해안가를 서성이던 로쿠타는 사람과 스쳐지났다. 정확하게는 요마에 탄 아이를 지나쳤다.

　단순히 놀란 정도가 아니었다. 거대한 늑대는 날개가 있고 부리가 있다. 아마도 천견天犬이라 불리는 요마이리라. 그 등에도 한 아이가 있었다. 둘 다 질풍 같은 속도라 스친 것은 한순간, 정말로 뜻밖의 만남이었다.

　"돌아가, 쫓아!"

　로쿠타는 곧바로 사령에게 명령했다.

　"태보, 저것은 요마입니다."

　리카쿠의 경고에 로쿠타가 고개를 끄덕였다.

　"알아. 그러니까 돌아가라는 거야. 기린의 사령이라면 모를까 어째서 요마가 사람을 태우지? 말이 안 되잖아."

　바다 위를 뒤져 붉은 털 짐승을 타고 있는 아이를 만났다. 아이는 로쿠타가 쫓아오는 것을 알아채고 겁먹은 듯이 몸을 웅크

렸지만, 요마가 기이한 소리를 지르며 한껏 살의를 드러내자 두꺼운 목을 끌어안으며 말렸다.

"안 돼. 안 된다고."

나이는 로쿠타보다 조금 적을까. 푸른빛을 띤 검은색 머리카락에 창백한 얼굴의 몸집이 작은 남자아이다. 기린이라면 머리카락은 로쿠타처럼 금색이다. 금색은 기린의 본성인 갈기의 색이기 때문이다.

어이, 하고 말을 걸자 움찔한다. 상대방이 겁먹은 것을 알아채고 로쿠타는 최대한 서글서글한 미소를 지었다.

"너는 누구야?"

아이는 창백한 얼굴로 고개를 저었다. 바다 위에는 차가운 바람이 휘몰아쳤다. 아이는 넝마 같은 천을 몇 겹이나 몸에 감고 있었다.

"나는 로쿠타. 이런 곳에서 만나다니 기이한 인연이네. 하늘 위에서 다른 사람을 만나기는 처음이야."

아이는 응, 하고 작게 고개를 끄덕였다. 아이 역시 하늘에서 사람을 만나기는 처음이라는 의미일까.

"넌 어디 가는 길이야? 어딘데 그렇게 서둘러 가고 있었어?"

이 질문에도 그저 고개만 저어 대답했다. 로쿠타는 씩 웃었다.

"점심을 먹으려는 참인데 괜찮으면 같이 먹을래?"

아이는 놀라서 눈을 동그랗게 떴다.

"……같이?"

로쿠타는 웃으며 고개를 끄덕였다. 아래쪽 바닷가를 가리켰다. 손을 내밀고 싶었지만 그만두었다. 섣불리 다가가면 도망쳐 버릴 것 같았다.

"싫어?"

로쿠타가 묻자 아이는 요마의 얼굴을 살폈다. 고개를 갸웃거리며 얼굴을 들여다보고 나서 고개를 살짝 끄덕였다.

"……좋아."

"저 녀석, 요마지?"

바닷가에 내려서서 과일과 떡을 꺼내주면서 로쿠타는 아이에게 물었다. 요마를 길들이다니 들은 적이 없다. 있어서는 안 되는 일이라고 들었다.

아이는 고개만 갸우뚱했다.

"그래?"

이 대답에 깜짝 놀랐다.

"요마와 요수 말고 하늘을 나는 존재가 어디 있어. 어떻게 길들인 거야?"

"몰라."

"모른다니, 너 진짜……."

황당해서 중얼거리고는 로쿠타는 어깨의 힘을 뺐다.

"……놀랐다."

"그래?"

"응."

바닷가에 앉아 이야기를 나누었다. 눈앞에는 흑해, 세계 중앙을 크게 둘러싼 금강산 봉우리가 벽처럼 가로막고 서 있다.

아이는 깊은 밤에 눈을 떴다. 그리고 이튿날 산에 버려졌다. 그런 이야기를 털어놓았다.

"그랬구나."

로쿠타는 고개를 끄덕이며 놀랄 만한 만남에 신음했다. 다른 세계의 아이 둘이 전란으로 벼랑에 몰린 부모에게 버림받아 여기서 만났다.

"마을 놈들이 버리라고 했겠지. ……힘들었겠구나."

"그런가."

"이름은 뭐야?"

"몰라."

옛날에는 있었을지도 모르지만 기억나지 않는다고 했다.

"그래서 떠돌다 요마의 소굴에 들어갔구나."

"내가 들어간 게 아니라 큰 거가 데려왔나 봐."

"큰 것?"

이 녀석, 하고 아이는 등뒤의 요마를 돌아보았다. 요마는 얌전히 아이를 지켜보고 있었다.

"큰 거는 먹이를 굴로 가져와. 아마 그렇게 가져온 걸 거야."

"너를 먹을 작정이었던 걸까. 그런데 길러주었네."

"맞아."

아이가 고개를 끄덕였다. 얼토당토않은 이야기다. 요마가 아이를 기르다니 듣지도 보지도 못했다.

"그런 일이 있을 수 있나?"

로쿠타는 자신의 뒤에 서서 깊이 경계하는 눈매로 요마를 지켜보는 리카쿠를 보았다. 물음에는 대답하지 않는다. 설령 사역되더라도 요마는 자신의 이야기를 하지 않는다. 아무리 명령해도 자기 종족에 대해 한마디도 발설하지 않았다. 본디 요마는 그정도로 거리감 있는 생물이다.

로쿠타는 캐묻기를 포기하고 다시 아이를 보았다.

"아무튼 죽지 않고 살아남아서 다행이다. 그 뒤로 계속 굴에서 살았어?"

"가끔 밥을 먹으러 나오기는 해."

"큰 것은 사람 안 먹어?"

대답은 이미 알고 있었다. 요마와 제법 떨어져 있지만 짙은 피 냄새가 난다. 인간의 피 냄새다.

"……먹어. 먹지 않으면 배가 고프잖아."

로쿠타는 마른침을 삼켰다.

"……너도 먹어?"

아이의 고개가 축 처졌다.

"안 먹어. 사람도 짐승도. ……큰 거한테도 먹지 말라고 했는데 들어주지를 않아."

아이는 매달리는 듯한 눈으로 로쿠타를 보았다.

"사람이나 짐승을 덮치면 다들 무서워하니까. 그래서 큰 거는 늘 사람한테 쫓기는 거야. 다들 쫓아와서 무서운 짓을 해. 아니면 도망치거나."

"그렇겠지."

로쿠타가 고개를 끄덕였다. 억지로라도 웃으며 아이를 쓰다듬었다.

"장하다. 사람은 먹으면 안 돼. 덮치지 않는 것이 제일 좋아."

"응. 로쿠타는 어디에서 왔어? 이쪽?"

로쿠타가 그렇다고 대답하자 아이가 몸을 쑥 내밀었다.

"그럼 봉래를 알아?"

"어……?"

로쿠타가 아이의 얼굴을 바라보았다.

"봉래라니."

"바다 동쪽 멀리 봉래라는 나라가 있대. 그곳에 가면 아무도 싸우거나 무서운 짓을 하지 않아. 아빠가 그곳에 있어. 어쩌면 엄마도 그곳에 있을지 모르잖아? 그러니까 계속 찾고 있는데……."

아이는 말하다가 눈물을 글썽였다. 로쿠타는 그 모습을 딱하게 지켜보았다.

아마도 아버지는 이 세상 사람이 아닐 것이다. 모친은 사실대로 말하지 못하고 아이에게는 봉래로 갔다고 했다. 흔한 이야기다. 어미도 아이를 버릴 수밖에 없었고, 버려진 아이는 지금도 모친의 말을 믿으며 환상의 나라를 찾고 있다.

"있지……. 봉래가 있는 바다는 여기가 아니야……."

로쿠타의 말에 아이는 눈을 똥그랗게 떴다.

"아니야? 바다 동쪽이 아니었어? 이쪽이 동쪽이지?"

"이 바다는 흑해야. 봉래가 있는 바다는 훨씬 더 동쪽에 허해라는 바다지. 하지만 허해의 아주아주 먼 동쪽이라 큰 것을 타고도 갈 수 없어. 정말로 멀거든."

이쪽에서 봉래는 갈 수 없다. 허해를 건널 수 있는 존재는 신선과 요마뿐이라고들 한다. 사람은 갈 수 없다. 난과만이 건너갈 수 있다.

"그렇……구나……."

아이의 어깨가 축 처졌다. 아마도 아이는 부모를 찾기 위해 봉래를 찾고 있었겠지. 바다 동쪽이라고 들어서 흑해 연안을 돌아다녔던 것이리라. 하지만 요마는 위협이다. 마을에 다가간 요마를 사람들이 어떻게 대할지 안 봐도 뻔하다. 물론 요마가 인간을 공격하기 때문이지만, 이 아이는 그저 양부모인 요마가 사람을 공격하지만 않으면 받아들여지리라 믿고 있었다.

"……미안."

로쿠타의 탓은 아니지만, 어깨가 축 처진 아이의 모습에서 배어나오는 크나큰 실망감에 절로 사과가 나왔다.

아이는 몇 번이나 숨을 쉬며 작게 울음소리를 내 요마를 불렀다. 근처 암반에 올라가 있던 요마가 뛰어내려 아이 옆으로 다가왔다. 아이는 사람 피로 더럽혀진 털에 얼굴을 묻었다.

아아, 로쿠타는 새삼스럽게 깨달았다. 아이는 제대로 말하고 있지 않았다. 곰곰이 돌이켜보면 아까부터 사람 말로 떠들지 않고 반 이상 울음소리였다. 기린이나 신선에게는 요마나 짐승의 뜻을 알아듣는 술법이 주어지는 덕에 말하는 것처럼 들렸을 뿐이다.

요마는 아이의 목덜미에 부리를 대고 쓰다듬었다. 작게 울었다. 말은 들리지 않았지만 돌아가자는 소리라는 것은 알았다. 아이가 고개를 들고 풀이 죽어서 일어났다.

"……돌아가야겠다."

"너, 또 올래?"

"……몰라. 봉래가 없다면 와도 소용없겠지……."

로쿠타는 대답이 막혔다.

"마을로 가면 어른들이 큰 거한테 못되게 구니까……."

"……그렇겠구나."

요마한테만 그러는 것이 아니리라. 넝마의 소매 아래 드러난 아이의 다리에는 화살 상처임 직한 흉터가 여럿 보였다.

"마을에서 살고 싶지 않아?"

아이가 돌아보았다.

"……큰 거도 함께?"

"으음. 큰 것은 안 되겠지……."

"그럼 됐어……."

로쿠타는 그러냐며 고개를 끄덕였다.

"만약 마음이 바뀌어 큰 것과 헤어지더라도 마을에서 살고 싶어지면 관궁으로 와."

"관궁."

아이는 입속으로 되뇌었다.

"나를 찾아와서…… 아, 너한테는 이름이 없었지."

"응."

"뭐라도 붙여봐."

"모르겠어."

"그럼 붙여줄게."

로쿠타의 말에 아이는 얼굴이 밝아졌다.

"응."

로쿠타는 한참 고민하며 몇 번이나 고개를 갸웃거리더니, 갑자기 손을 탁 치고는 모래 위에 글자를 썼다.

고야 更夜.

"고야라는 이름은 어때?"

"무슨 뜻인데?"

"깊은 밤."

아이는 그 말에 수락했다.

"응."

신이 나서 자신의 이름을 몇 번이나 되뇐다.

두 번 다시 만나지는 못하리라 생각하면서도, 로쿠타는 떠나는 고야에게 손을 흔들었다.

"고야, 곤란한 일이 있으면 관궁으로 와. 나는 현영궁에서 일하고 있어. 로쿠타라고 하면 알 거야."

"응."

요마를 탄 아이는 멀찍이서 고개를 끄덕였다.

"꼭 와, 고야!"

003

로쿠타가 궁으로 돌아갔을 때는 이탄 일행은 벌써 물러나고 없었다. 쇼류만 홀로 책상 앞에 앉아 있다.

"피비린내 나는 얘기는 다 했어?"

로쿠타가 묻자 쇼류가 고개를 숙인 채 "대충" 하고 대답한다. 무엇을 그리 열심히 하나 들여다보니 종이와 『태강』 하늘 편이 펼쳐져 있다.

"슈코가 명령했구나. 정말 어느 쪽이 주인인지 모르겠네."

"그러게 말이다."

쇼류는 대답하며 팔짱을 끼고 고민에 빠진 모습이었다. 펼쳐 놓은 종이에는 쇼류답게 시원시원한 글자가 줄지어 있다.

첫째 가로되, 천하는 금전으로 이를 다스릴 것.

"……어이, 이봐 아저씨."

『태강』의 시작은, '천하는 인도로 이를 다스릴 것'이라는 유명한 문장이다.

"여기서 슈코를 더 화나게 해서 어쩌려고 그래. 슈코는 앙심을 품을 거야. 이탄이나 세이쇼처럼 단순히 머리가 꽉 막힌 거랑 달리 마음에 꾹꾹 담아놓고 생글생글 웃으면서 백 년이든 이백 년이든 비아냥거릴 거라고."

"뭐, 나는 대꾸하지 않을 거니까 상관없어. 비아냥은 상대방이 신경쓰지 않으면 치고받지 못하니까 재미가 없는 법이지."

"슈코가 불쌍해."

"전부 적당히 바꿔 쓰려는 시도는 좋은데 생각만큼 잘되지 않네, 이게."

"……나, 가끔 네가 진짜 바보 왕이 아닐까 생각해."

"오, 가끔뿐이야?"

"응. 평소에는 단순히 얼빠진 놈이라고 생각하거든."

"요 녀석이."

날아온 주먹을 로쿠타가 피한다. 방안 커다란 탁자에 휙 뛰어올라 쇼류를 등진 채 책상다리를 하고 앉았다.

"내란이 일어날까?"

"일어나겠지."

"사람이…… 많이 죽겠지."

키득거리는 웃음소리가 들렸다.

"어차피 나라라는 것은 백성의 혈세를 착취해서 성립하게 되어 있어. 솔직히 말하면 나라 따위 없는 편이 백성을 위해서는 좋지만, 그런 줄 모르도록 잘 처신하는 것이 능력 있는 관리의 재주 아닌가."

"어이없는 왕이네."

"사실이잖아. 백성은 왕이 없어도 일어설 수 있어. 백성이 없으면 안 되는 사람은 왕이지. 왕은 백성이 땀 흘려가며 수확한 것을 착취해서 먹고살지. 그 대신 백성 한 사람 한 사람으로는 할 수 없는 일을 해줘."

"……그럴지도."

"결국 왕은 백성을 착취하고 죽이는 존재다. 그러니까 되도록 온당한 방법을 써서 최소한으로 착취하고 죽이지. 그 수가 적으면 적을수록 현군이라고 불려. 하지만 결코 없어지지는 않아."

로쿠타는 대답하지 못했다.

"……살아남은 제후는 다섯, 효왕에게 목숨을 잃고 공석인 채주의 관리들에게 좌지우지되는 주가 셋. 쓸 수 있는 주후는 정주후뿐이야."

쇼류가 로쿠타를 부른다.

"정주후에게 주사를 빌려달라 청한다."

"주사는 네 군대야. 어차피 나는 통솔할 수 없으니까."

재보에게는 수도가 있는 주가 주어진다. 안국에서는 정주가 그렇다. 토지와 백성이 있고 군대가 있지만 실제로 군을 통솔하는 이는 왕, 토지도 분할하여 국관의 녹봉으로 주어진다.

"……전쟁이 그리도 무서운가?"

쇼류의 물음에 로쿠타는 고개를 들었다. 돌아보자 쇼류가 씩 웃는다.

"무서우면 숨어 있어. 전화가 여기까지 미칠 일은 없을 터이니."

"그런 게 아냐. 백성에게 전쟁은 성가시기 짝이 없는 이야기라고. 그게 싫을 뿐이야. 내가 민의의 구현이라잖아."

쇼류가 키득거리며 웃었다.

"기린은 겁이 많은 생물이니까."

"자애로운 생물이라고 해줘."

"죽이지 않겠다고 무리하다 훗날 만 명을 죽일 바에야 지금 여기서 백 명을 죽이고 끝내는 편이 낫지."

로쿠타는 쇼류를 돌아보며 삿대질했다.

"나한테 그런 이야기 하지 마."

"매정하기는. 애써 백으로 끝내겠다고 허세 좀 부렸는데."

"백만 명을 잘못 말한 것 아니야?"

로쿠타가 쏘아보자 쇼류가 웃는다.

"안국에 백만이나 되는 백성이 있던가."

로쿠타는 탁자에서 뛰어내렸다.

"너 같은 녀석한테는 멸왕이라는 시호도 과분해."

그렇게 내뱉고 방을 나가려는 등을 향해 외치는 소리가 들렸다.

"맡겨두라고 했잖아."

로쿠타가 뒤돌았다. 쇼류는 여전히 책상을 보고 앉은 채 넓은 등만 로쿠타 쪽으로 향하고 있었다.

"싫다면 눈을 감고 귀를 막고 있어. 거쳐야 하는 길이니까."

로쿠타는 잠시 등을 응시하다 이내 발길을 돌렸다.

"몰라. 난 너한테 맡겼어."

004

호되게 당하고 조의에 참가한 로쿠타는 쇼류 뒤에 얌전히 서서 하품을 참으며 육관의 말에 귀를 기울였다. 간신히 해방되어 외전外殿을 나가려 할 때, 로쿠타를 불러 세우는 자가 있었다.

로쿠타는 걸음을 멈추고 돌아보았다. 한 관리가 무릎을 꿇었다.

"아뢰옵기 송구하오나 태보를 뵙고 싶다는 자가 있습니다."

"나를? 관리인가?"

관리는 아니라고 한다.

"국부 쪽에서 겁 없이 태보의 존함을 거론하며 뵙기를 청한 자가 있습니다. 궁중에서 일한다고 하는데 이상하게도 궐 안에는 태보와 이름이 같은 자가 없습니다. 혹시 몰라 말씀드리는 편이 나을 것 같았습니다."

로쿠타가 눈을 부릅뜨고 걸음을 내디뎠다.

"이름을 말했어?"

"예. 고야라고 하면 아실 것이라 하였습니다."

로쿠타는 마음속으로 믿기지 않는다고 중얼거렸다. 두 번 다시 만날 일은 없으리라 생각했다. 솔직히 목숨이 붙어 있지 않을지도 모른다는 생각마저 했다.

"지금 갈게. 국부라고 했지?"

"치문雉門에서 기다리고 있습니다."

"금방 갈 테니까 절대 함부로 대하지 마. 알았지?"

"예."

고개를 숙인 관리를 흘끔 보고는 서둘러 발길을 돌린 로쿠타를 쇼류가 걸음을 멈추고 의아해하며 지켜보고 있었다.

"놀랍군. 하계에 아는 사람이 있었나."

"난 쇼류랑 달리 친구가 많거든."

"친구라고?"

"그래. 그러니까 좀 나갔다 올게."

"오후 정무는 어쩌고."

로쿠타가 흠흠 헛기침을 하고 자세를 바로 했다.

"어떤 재난의 징조인지, 아니면 부덕의 소치인지 아무래도 급환인 듯하옵니다. 오늘은 이만 물러가겠나이다."

쇼류가 싱긋 웃는다.

"이거 큰일이로군. 황의黃醫를 부를까."

황의는 기린의 주치의다.

"성은이 망극하옵니다만 그럴 정도의 일은 아닌 줄 압니다. 궁으로 물러가 쉬겠사옵니다. 그렇게 말해줘."

"에키신亦信."

쇼류 옆에 서 있던 세이쇼가 곁에 꼿꼿하게 서 있던 소신을 불렀다.

"함께하라."

"됐어, 세이쇼. 그런 거 아니야. 진짜로 친구야."

달려나가며 로쿠타가 말했지만 세이쇼는 눈짓으로 에키신을 재촉했다. 에키신은 인사를 올리고 로쿠타를 뒤따랐다.

 치문은 관궁산 기슭에 있다. 산꼭대기에 펼쳐진 연조燕朝, 여
기에는 왕이 정침이나 조정, 고급 관료의 관저와 관청 등이 줄지
어 있다. 중급 관료 이하의 관저와 관청이 있는 외조外朝는 운해
아래, 산 중턱에 존재했다. 밑으로 더 내려가면 관궁산 기슭이
나온다. 그곳에 국부가 있고, 궁성 입구인 고문皐門부터 국부 안
쪽 치문까지는 백성의 출입이 허락된다. 그래서 치문을 중문中門
이라고도 한다.

 로쿠타는 재빨리 산을 내려가 치문으로 나갔다. 능운산은 말
그대로 구름을 뚫는 산이지만, 내부를 관통하는 길에는 주술이
걸려 있어 실제로 걸으면 그리 먼 거리가 아니다. 하지만 궁성은
광대한데다 예복을 벗어서는 안 되는 탓도 있어 제법 시간이 걸
리고 말았다.

 숨을 헐떡이며 치문에 딸린 누각으로 달려가자 명령대로 빈객
이 잠시 쉬어 가는 건물 안에 사람이 있었다. 단정하게 의자에
앉아 정원을 보고 있다. 십팔 년 전에 만났으니 당시 로쿠타보다
작았던 아이는 어엿한 성인 남자가 되어 있을 터인데, 눈에 보이
는 사람은 아직 젊었다. 열대여섯 살쯤 되었을까. 그래도 머리카
락은 푸른빛을 띤 검은색이었다.

"고야?"

불안한 마음에 방 입구에서 걸음을 멈춘 로쿠타가 말을 걸자 그가 돌아본다. 남자는 생긋 웃으며 일어났다.

"로쿠타."

그는 그렇게 부르며 바닥에 무릎을 꿇었다.

"뵙고 싶어 찾아오고 말았습니다. 태보, 오랜만입니다."

머리를 깊이 조아리는 모습을 보니, 로쿠타가 어떤 지위의 인간인지 안 것이리라.

"벌써 십팔 년이 되나요. 그때는 태보인 줄도 모르고 무례를 저질렀습니다."

옷차림은 말끔하다. 입밖에 내는 말도 더이상 울음소리가 아니다.

"너, 그런데……."

원주에서 만난 아이와 눈앞의 소년이 연결되지 않아, 로쿠타는 조금 당황했다. 그는 고개를 들고 다시 웃었다.

"태보도 심술궂으세요. 재보라고 확실히 말씀해주셨으면 좋았으련만. 나중에 다른 사람에게 금발이라면 태보밖에 없다는 말을 듣고 어찌나 놀랐던지."

"아……. 아아, 그렇군."

이 나라 사람들은 머리카락 색이 천차만별이지만 금빛은 없

다. 이는 기린만 지닌 특유의 빛깔이다.

"황송하게도 태보께 이름을 하사받다니. 하기야 그 시절에 그렇게 말씀하셨다 한들 저는 이해하지 못했을 테지요."

"지금은 어디에 있어?"

"친절한 분께서 거두어주셔서 말부터 배웠습니다. 지금은 그분을 섬기며 관료 말석에 있습니다."

"선적仙籍에 들어갔구나. 그래서 나이를 먹지 않았군……."

예, 하고 고야가 웃었다.

"주인을 따라 관궁에 왔습니다. 여기가 관궁이라 생각하니 꼭 뵙고 싶었습니다. 태보께 알현을 요청해도 문전박대를 당할 것 같아 이름을 대었습니다. 실례가 되었습니까?"

"당치도 않아!"

"다행입니다. 솔직히 저 따위 것은 잊으셨을 줄 알았습니다."

로쿠타는 고개를 가로저었다. 그제야 다시 만난 감격이 치밀어 올랐다.

"잊지 않았어. 정말로 오랜만이야……."

"예."

고야는 대답하며 웃는다.

"일어나. 고야가 이렇게 하니까 왠지 기분이 이상해."

"황송하옵니다."

인사를 올리며 일어나서 고개를 갸웃한다.

"로쿠타로 만났으니까 앞으로도 그렇게 불러도 되지?"

"응. 그게 좋아."

고야가 옆으로 다가온다. 친근하게 내려다보고는 애달픈 표정을 지었다.

"……줄곧 만나고 싶었지만 나한테 관궁은 좀 멀더라고."

"그랬겠구나. ……미안."

"그 녀석이 있으니까 사람 사는 마을에는 좀처럼 갈 수도 없었고. 마을을 지나 길을 묻지 않으면 관궁이 어디인지 알 수 없잖아."

"그 녀석? 큰 것?"

응, 하고 고야가 고개를 끄덕였다.

"큰 것은 어떻게 됐어?"

"있어."

고야는 그렇게 대답하고 장난스러운 미소를 지었다. 꼭 공범을 대하는 태도 같다.

"큰 것과 함께 호위관을 하고 있어. 저기 저 남자처럼."

고야는 그렇게 말하고 로쿠타의 뒤에서 기척을 죽이고 서 있는 에키신을 보았다.

"미안. 이 녀석들 떨어질 생각을 안 해."

"당연하지. 로쿠타는 존귀한 분이니까."

"그런 말은 관둬."

고야는 키득거리며 웃고는 몸을 살짝 숙이고 로쿠타의 얼굴을 들여다보듯이 속삭인다.

"지금 성에서 나갈 수 있어?"

"괜찮아. 농땡이 칠 거라고 말하고 왔으니까."

"그럼 큰 것이랑도 만날 수 있겠네."

"근처에 있어?"

"관궁 바깥에 있어. 괜찮아, 큰 것은 내 말을 들으니까."

고야가 목소리를 죽였다.

"큰 것도 이제 규범을 지키거든."

로쿠타는 무슨 소리인가 싶어 어리둥절해하다가 퍼뜩 떠올렸다. 사람을 먹지 말라고 했던 말.

"큰 것이? 그거 대단하다."

로쿠타도 어지간히 어이가 없었다. 요마가 사람을 기른다. 그 인간의 말을 따른다. 믿기 어려운 일이다.

"갈래? 로쿠타는 관궁에서 나가기도 해? 나는 온 길밖에 모르는데."

로쿠타가 고개를 끄덕였다.

"맡겨둬. 나는 관궁을 잘 알거든. 안내해줄게."

005

관궁은 안국의 도읍, 그래도 그리 큰 마을이 아니다. 적어도 로쿠타가 보기에는 봉래의 도읍이 더 컸던 것 같다.

치문 안쪽에서 로쿠타는 머리에 천을 둘렀다. 이렇게 머리카락을 숨기지 않으면 아무래도 사람들 눈이 신경쓰인다. 기린의 갈기는 무슨 영문인지 어떤 염료도 먹지 않아서 물이 들지를 않으니 하는 수 없다.

지극히 평범한 차림으로 옷을 갈아입고는 태연히 고야와 함께 관궁으로 나갔다. 에키신은 계속 뒤에서 따라왔지만 말이다.

에키신은 원래 세이쇼가 통솔하는 군 휘하의 병사였다. 세이쇼가 투옥되자 세이쇼를 따르는 부하 대부분은 사직을 청하고 자택에서 근신하며 세이쇼가 옥을 나올 때까지 바깥으로 한 걸음도 나가지 않았다. 대부분은 사직이 허락되지 않았고 몇 할쯤은 효왕에게 출사를 명령받고 이를 거절했다 참살당했지만, 살아남은 자의 숫자가 제법 된다. 그들이 대복 세이쇼 밑에서 호위관을 맡고 있었다. 세이쇼에게 심취해 열심히 무예를 닦은데다 세이쇼 또한 아낄 만큼 일에 있어 빈틈이 없다. 그 눈을 속이고 고야와 둘이 행방을 감추기란 여간 어렵지 않아서 포기하는 수밖에 없었다.

에키신 또한 빈틈없이 주위를 둘러보았다. 기린은 한 나라에 유일한 신수, 실수로라도 상하는 일이 있어서는 안 된다. 기린인 줄 알면 억울한 일을 직접 호소하려는 백성들이 몰려들겠지만, 머리카락을 감춘 덕에 다행히 알아챈 이는 없는 듯했다.

관궁은 능운산 기슭에 부채꼴로 펼쳐져 있다. 도성 주위를 격벽이 둘러싸고, 여기에 문이 열한 개 있다. 그중 하나를 지나 바깥으로 나오자 초록빛 비탈이 이어졌다. 근처에는 농지가 펼쳐져 있다. 적어도 관궁 주변은 풍요로운 전원 풍경을 이루고 있다.

"이쪽이야."

고야는 웃으며 작은 언덕을 넘었다. 도성은 나가지 말라며 에키신이 만류했으나 로쿠타는 무시하고 고야를 따라갔다. 이십 년 치 더 자란 숲속을 헤치고 들어가더니 고야가 "오오이" 하고 울었다.

"그거 지금도 할 수 있구나."

로쿠타가 감탄하며 말하자 고야가 고개를 끄덕였다. 가까운 숲속에서 이쪽이라며 우는 소리가 들렸다.

"큰 것도 나이가 들었어?"

"응. 사람 정도는 아니지만."

"인간보다 오래 사는 건가."

"그렇지 않을까."

"그렇구나."

로쿠타가 고개를 끄덕였다. 사령에게는 수명이랄 게 없고 사람 말을 할 줄 알고 지능도 높다. 사령으로 계약했기 때문이리라 생각했지만 어쩌면 요마는 원래 그런 생물일 수도 있겠다.

목소리가 들린 쪽으로 걸어가자 작은 들판에 붉은 짐승이 기다리고 있었다.

"천견!"

에키신이 외쳤다. 그는 경계하는 몸짓으로 허리춤의 검을 잡았다. 로쿠타가 허둥지둥 그를 말렸다.

"그만둬. 저 녀석은 괜찮아."

"태보, 저것은……."

"요마는 맞아. 하지만 저 녀석은 얌전해. 고야의 말도 잘 듣고."

"그럴 리가 없습니다."

"신기하지? 놀랍지만 그렇다니까."

로쿠타의 말에 에키신은 석연치 않은 심정으로 자세를 바로 했다. 그래도 검자루에서는 손을 떼지 않는다. 요마가 사람에게 길들다니 들은 적이 없다. 거대한 붉은 늑대, 푸른 날개에 노란 꼬리, 검은 부리. 천견이라는 요마가 틀림없다. 요수라면 훈련이 가능하지만 요마는 절대로 길들일 수 없다고 들었다.

"괜찮다니까. 봐, 사람이 있잖아."

로쿠타가 웃으면서 하는 말에 다시 보니 요마 옆에 몇 사람이 있었다. 순간적으로 요마에게 시선을 빼앗겨 알아채지 못했다.

"아, ……예."

로쿠타는 그제야 검자루에서 손을 뗀 에키신을 향해 웃고서 고야의 얼굴을 바라보았다.

"큰 것은 변하지 않았구나."

"응."

고야는 대답하고 요마에게 걸어갔다.

"봐, 로쿠타야. 기억하지?"

그러고는 요마 옆의 남자들을 둘러보았다.

"찾았어?"

"예."

남자들이 고개를 숙였으니 고야의 부하이리라. 관료라면 이상한 일이 아니라고 생각하며 로쿠타는 남자들을 보았다. 그중 한 사람이 아직 어린 갓난아이를 안고 있다. 아이를 받아드는 고야를 보고 로쿠타는 입을 떡 벌렸다.

"설마…… 네 아이야?"

고야는 아이를 안으며 미소 지었다. 아이는 얌전하게 잠들어 있다.

"아니. 아니야. 로쿠타를 만날 거라서 찾아온 거야."

생긋 웃으며 아이를 요마에게 내민다. 요마는 예리한 엄니가 박힌 부리를 벌렸다. 흠칫한 로쿠타가 입을 열 새도 없이 고야는 부리 안에 아이를 살짝 놓았다.

"고야!"

"괜찮아."

고야는 돌아보며 웃었다.

"이 녀석은 이렇게 생물을 옮기거든."

로쿠타가 안도의 한숨을 쉬었다.

"아아, 그렇구나."

로쿠타가 미소를 지은 채 고개를 갸웃했다.

"하지만 말이지, 로쿠타나 호위하는 사람이 무슨 짓을 하면 삼켜버릴 거야."

"응?"

"사령에게 움직이지 말라고 해. 태보가 무슨 짓을 하면 로쿠타가 아이의 머리를 물어뜯을 거야."

에키신이 순간적으로 움직여 로쿠타 앞으로 나섰다. 그 등뒤에 선 채로 로쿠타는 넋이 나가 있었다.

로쿠타, 하고 중얼거렸다.

"큰 것한테도 이름을 붙였어. 로쿠타라고. 그때에는 황송한 일인 줄도 몰랐으니까."

"고야⋯⋯."

"아이의 목숨이 아까우면 얌전히 따라와. 아깝겠지? 피 냄새를 견디지 못하고 병들어버릴 정도로 기린은 자비로운 생물이니까."

"고야, 너⋯⋯."

고야는 에키신을 보았다.

"너도 같이 가지. 저항하지 마. 분명히 로쿠타가 그러라고 명령할 테니까."

"네 이놈!"

에키신은 검자루를 잡고 검을 뽑았다. 기린은 분명히 싸울 수 있는 생물은 아니지만 이대로 두 눈 뜨고 납치당하게 할 수는 없다. 설령 어전을 피로 더럽히더라도 죄 없는 아이를 죽이더라도 둘도 없는 재보를 지켜야만 한다.

"에키신, 안 돼! 그만둬!"

로쿠타가 외치는 소리를 개의치 않고 에키신은 팔을 잡았다. 그 자리에서 로쿠타를 끌어내 도망치려고 뒤돌았다가 흠칫 놀라 몸이 굳었다. 에키신의 뒤에는 어느 틈에 그림자 하나가 있었다. 놀라 정신이 팔려 있는 바람에 뒤에서 다가오는 존재를 알아차리지 못했다. 사람이라면 발소리로 알았을 텐데, 그곳에 있는 존재는 사람이 아니었다.

붉은 몸뚱어리, 푸른 날개, 검은 부리.

고야가 작게 웃음을 터뜨렸다.

"요마는 동족을 부를 수 있거든."

에키신이 검을 쳐드는 것보다 요마가 부리를 드미는 것이 빨랐다. 요마는 처음부터 에키신의 숨통을 노리고 있었다.

"에키신!"

로쿠타의 외침은 비명이었다. 요마의 부리는 정확하게 에키신의 목을 관통해 살점을 물어뜯었다. 피가 튄다. 핏방울이 묻지 않게 몸을 지킬 수 있었던 것은 로쿠타의 몸을 뒤에서 안아 끌어당긴 이가 있었기 때문이다.

"태보, 안 됩니다."

여자가 말했다. 로쿠타를 끌어안은 팔은 하얀 비늘로 덮여 있다. 하얀 날개가 몸을 감싸고 얼굴을 덮었다. 로쿠타의 사령이다.

"고야!"

날개에 덮여 있지만 소리조차 나오지 않는 에키신의 비명과 피 냄새, 끔찍한 소리로 무슨 일이 일어났는지 알 수 있다. 쿵 하고 몸이 땅으로 쓰러지는 소리, 그 뒤로 끊어진 에키신의 숨소리. 계속해서 이어지는 먹는 소리. 그에 더해 갑작스레 어린아이가 울음을 터뜨리는 소리가 울려 퍼졌다.

"고야, 어째서……."

"태보, 원주까지 왕림해주시지요."

"원주."

로쿠타가 작게 되뇌었다.

"사령에게는 얌전히 있으라고 명령해. 아이의 목숨이 아깝다면 말이야. 태보를 해칠 생각은 눈곱만큼도 없어. 나랑 함께 내 주인을 만나주기를 바랄 뿐이야."

"……주인."

쇼류가 원주라고 말하지 않았던가.

"원주 영윤이시지."

"아쓰유인가."

로쿠타는 얼굴을 덮은 날개를 치웠다. 요마 옆에 서서 여전히 미소 짓고 있는 고야를 바라본다.

"경백卿伯을 알 줄이야."

"……원주는 무슨 꿍꿍이지."

로쿠타의 물음에 고야는 대답하지 않았다. 감정 없는 목소리로 주위 사람들을 재촉했을 뿐이다.

"태보."

묻는 투의 목소리가 뒤에서 들렸다. 로쿠타는 고개를 가로저었다.

"안 돼, 요쿠히沃飛. 절대로 아무 짓도 하지 마."

"하지만……."

"냐."

로쿠타가 말하자 몸을 끌어안았던 하얀 팔이 얌전히 내려갔다. 로쿠타는 뒤돌아본다. 걱정스러워하는 여괴에게 고개를 끄덕였다.

"요쿠히, 물러나 있어."

비늘로 덮인 하얀 날개와 독수리의 다리를 지닌 여자는 망설이듯 로쿠타를 바라보더니, 잠시 뒤에 뱀 꼬리를 작게 흔들고는 사라졌다. 로쿠타의 그림자 속으로 돌아간 것이다. 그것을 확인한 로쿠타는 다시 똑바로 고야를 쳐다보았다. 고야는 빙긋이 웃었다.

"역시 태보. 자애롭기 그지없군."

3
장

■

001

이제 막 고야라는 이름이 생긴 아이는 그 무렵 금강산 안쪽에서 살고 있었다.

금강산은 세상의 중앙, 황해를 둥그렇게 가둔 운해를 꿰뚫는 준봉이 줄지어 있다. 금강산 절벽에 생긴 폭 좁은 동굴이 요마가 사는 굴인데, 이 동굴은 거대한 산 아래쪽으로 끝없이 이어져 있었다. 어쩌면 황해까지 이어져 있을지도 모른다.

썩은 내가 감도는 굴 안에서 고야는 요마의 얼굴을 들여다보았다.

"나는 고야야. 앞으로 고야라고 불러. 불러주지 않으면 또 내 이름을 까먹을지도 몰라."

그렇게 말하자 요마는 알겠다고 운다.

"큰 거도 이름 갖고 싶니?"

요마는 고개만 갸웃거렸다.

"로쿠타로 하자. 그러면 나도 로쿠타의 이름을 잊지 않을 거야."

로쿠타는 고야가 처음으로 만난, 적이 아닌 사람이었다. 고야를 쫓거나 요마를 쫓지도 않았다. 도망치지도 않고 곁에 와서 말을 걸고 고야라는 이름도 주었다.

고야는 요마의 목을 껴안았다.

"로쿠타도 인간 로쿠타처럼 많이 얘기하면 좋을 텐데."

외롭다는 말을 이해할 수 있는 나이다. 바다를 건너 뭍으로 가면 마을이 잔뜩 있고, 어느 마을에나 사람이 잔뜩 산다. 고야만큼 작은 사람이나 고야보다도 큰 사람이 있고, 손을 잡거나 안기기도 한다. 그런 모습을 보는 것이 좋았지만 동시에 안타깝기도 했다. 마을로 가면 단란한 가족의 모습이나 뛰노는 아이들을 보고 슬퍼서 견딜 수 없는데, 마을을 떠나면 또 그 광경이 보고 싶어 참을 수가 없다.

길러준 부모인 요마는 동료를 데려오지 않았다. 때로 다른 요마를 만나면 싸우니까. 원래 그런 생물인지도 모른다. 그래서 고야는 요마와 단둘뿐이었다.

사람이 그리워 마을로 가면 요마가 사람을 덮친다. 그러면 반드시 엄청난 소동과 함께 칼과 창을 든 사람들이 고야를 쫓아온다. 요마에게 사람을 덮치지 말아달라고 부탁했지만, 배가 고프면 고야의 간청 따위 무시하고 사람을 덮쳤고 인간 역시 요마가 공격하지 않아도 요마와 고야를 보면 비명을 지르고 도망쳤다. 도망치거나 무기를 쳐들고 쫓아온다.

고야는 요마의 얼굴을 가까이 들여다보았다. 몇 번이나 로쿠타라고 불렀다.

"사람을 덮치지 않으면 좋을 텐데. 그러면 함께 관궁에 갈 수 있어."

요마가 "작은 거" 하고 울었다.

"아니야. 나는 고야야. 고야."

작은 거, 요마는 되풀이했다. 바깥으로 나가자고 조르는 목소리다.

"제대로 불러주지 않으면 나는 또 까먹어버려. 진짜 이름을 잊어버린 것처럼."

고야의 손을 잡아끌고 걷던 엄마는 분명히 어떤 이름으로 고야를 불렀다. 아무리 해도 그 이름이 떠오르지 않는다.

"고야라고 불러."

마을에서 뛰노는 아이. 아이를 부르는 소리. 안아 올리는 손,

아이를 혼내는 손. 고야는 전부 부럽다. 고야가 기억하는 손은 고야를 산에 버린 엄마의 손, 바닷가로 고야를 끌고 간 아저씨의 딱딱한 손바닥뿐이다.

어째서 고야에게는 따뜻한 손길이 없었을까. 어째서 사람들은 다른 아이에게는 상냥하면서 고야를 쫓아내고 무서운 짓을 하는 것일까. 바다 너머에 있다고 들은 봉래라는 나라. 그곳에 가면 더는 쫓기는 일도 없고, 틀림없이 따뜻한 손길도 생기리라 믿었는데. 혹시 찾다 보면 고야에게도 따뜻하게 살 수 있는 마을이 생길까.

"……로쿠타."

고야의 이야기를 들어주었다. 먹을 것을 주고 쓰다듬어주었다. 이름을 주었다. 함께 가자고 말해주었다. 같이 따라갔다면 좀더 많은 이야기를 나눌 수 있었을까. 늘 이름을 불러주었을까. 마을에서 노는 아이들처럼 장난도 칠 수 있었을까.

"……로쿠타랑 같이 갈걸."

하지만 요마는 처음으로 고야를 죽이려 하지 않은 존재다.

고야는 요마의 목을 껴안고 붉은 털에 얼굴을 묻었다.

"같이 갈 수 있었으면 좋았을 텐데."

고야는 요마에게 사람을 덮치면 안 된다고 타일렀다. 배가 고프면 눈에 띄는 동물을 죽여서 먹으니까 고야가 동물을 사냥해서 주는 법을 익혔다. 굶주리지 않으면 요마가 고야의 부탁을 들어주었기 때문이다.

그렇게 사람을 습격하지 않게 되어도 여전히 사람들은 요마와 고야를 싫어했다. 마을 근처에 가면 어김없이 비처럼 화살이 쏟아진다. 이제는 바다 건너를 찾아갈 이유도 없지만, 고야는 두 번 다시 가지 않겠다고 다짐할 수 없었다.

나이를 먹을수록 사람에 대한 그리움은 더해갔지만 인간과 교류할 장소가 고야에게는 없었다. 여전히 요마는 이름으로는 고야를 부르지 않는다. 스스로 자신에게 말을 거는 수밖에 없었다.

이따금 고야는 로쿠타를 만난 일이 꿈이 아니었을까 싶을 때가 있다. 그런 식으로 요마나 고야에게 겁먹지 않고 친근하게 이야기를 걸어주는 사람이 있다니, 돌이켜보면 믿을 수 없는 일처럼 여겨졌다. 그러니 억지로라도 자신을 고야라고 부르고 요마를 로쿠타라 부른다. 아무리 배고파도 먹거리는 요마에게 양보하고, 아무리 몸이 힘들더라도 요마를 위해 먹을 것을 사냥하는 일을 잊지 않았다. 사람을 먹지 말라는 로쿠타의 말을 지키면 로쿠타와 이어져 있는 것만 같았다.

어딘가에 고야가 살 장소가 있지는 않을까 하는 꿈은, 사람들이 질러대는 비명의 숫자와 쏘아대는 화살 숫자에 비례하여 작아져갔다. 차라리 요마와 헤어져 관궁을 찾을까도 생각해보았지만 자애로운 목소리로 "작은 거" 하고 불리면 그럴 마음도 사그라들었다.

어차피 고야는 요마의 아이다. 사람과 섞일 수 없다.

그렇게 포기했을 때 아쓰유를 만났다. 로쿠타를 만났을 때와 마찬가지로 흑해 연안의 원주에서였다.

평소처럼 요마를 타고 뭍으로 가 돌을 던져 짐승을 사냥했다. 토끼 한두 마리로는 요마의 굶주림이 채워지지 않는다. 그래서 식사하는 요마 곁을 떠나 다음 사냥감을 찾으러 갔다. 일전에 팔에 화살을 맞은 터라 아파서 잠드는 것마저 괴로웠지만 요마에게 먹이를 주어야만 한다. 그때 화살이 날아왔다.

고야는 울면서 숲속으로 도망쳤다. 화살 세례를 받은 적도 수없이 많고 화살촉이 후빈 상처도 셀 수 없지만 그렇다고 아픔에 익숙해질 리 없다.

숲속으로 굴러 들어가 수풀 사이에 몸을 숨겼다. 화살이 뚝 그쳤다.

"꼬마야, 나와."

또랑또랑한 목소리다. 남자는 숨을 죽인 고야에게 다시 말을 걸었다.

"너, 아까 요마의 등에 타고 하늘을 날지 않았나."

고야는 사람 말을 거의 이해할 수 없었지만 신기하게도 이 남자가 무슨 말을 하는지는 알아들을 수 있었다. 목소리가 노기를 띠지도 않았고 비명도 아니라는 사실에 마음이 끌려 수풀에서 얼굴을 내밀었다.

숲으로 이어지는 비탈 위에 남자 몇 명이 서 있다. 대부분 무릎을 꿇고 활을 겨누고 있었지만, 그중 한 사람, 그들 앞에 서서 팔짱을 낀 남자가 있었다.

"왜 그러지, 나오지 않을 건가."

남자는 주위를 보았다.

"겁먹은 것 같군. 하지 마."

그러고는 반박하려는 남자 시종에게 손을 흔든다. 시종들은 일제히 활을 내렸다.

고야는 무기를 거두는 모습을 보고 수풀에서 얼굴을 조금 더 내밀었다. 남자와 시선이 맞았다. 웃고 있는 남자는 요마와 마찬가지로 붉은 머리카락에 오른쪽 관자놀이 한 줌만 하얗다. 그 때문에 경계심이 풀어져 고야는 무릎을 꿇은 채 몸을 일으켰다.

"나와. 아무 짓도 하지 않으마."

상냥한 목소리였다. 그래서 고야는 슬금슬금 수풀에서 나왔다. 쫓지 않는 인간 곁이라면 다가가보고 싶었다. 그 정도로 사람이 그리웠다.

남자는 몸을 구부렸다. 손을 뻗는다.

"이리 와. 때리지 않을 테니까."

더욱 마음이 끌려 수풀을 나오려 했을 때 고야를 불러 세우는 소리가 들렸다. 안 된다고 말하는 포효 같은 소리다. 격렬한 날갯짓 소리가 들리더니 돌멩이가 떨어지듯 눈앞에 요마가 내려섰다. 요마는 고성을 지르며 남자들을 위협했다. 그러면서 뒷다리를 뻗어 허리를 낮추었다. 고야에게 등에 타라고 재촉하는 것이다.

활을 내려놓았던 남자들이 일제히 다시 조준했다. 그것을 무릎을 꿇은 남자가 막았다.

"그만둬. 쏘지 마."

명령을 내린 남자는 겁내는 낌새도 없이 고야와 요마를 차례로 보았다. 흥미로워하는 표정이었다.

"재미있군. 그 요마가 너를 지키는 것인가."

그러고 나서 다시 손을 뻗는다.

"이리 와. 네게도 요마에게도 아무 짓도 하지 않겠다. 그렇지?"

남자는 뒤를 돌아보았다. 활을 내려야 할지 말지 망설이는 남자들에게 사슴을 가져오라고 명령했다.

"자, 너도 사냥하고 있었지? 돌로는 사슴은 잡을 수 없어."

고야는 어리둥절해서 남자와 사슴을 번갈아 보았다. 자기에게 주겠다는 뜻 같은데, 주는 이유를 모르겠다. 남자는 고야가 쳐다보자 웃었다.

"너도 사슴을 먹나? 아니면 이쪽이 더 좋은가."

허리 주머니에서 녹색 잎으로 싼 꾸러미를 꺼낸다. 눈앞에서 잎을 벗기자 안에서 찐 곡물로 만든 떡이 나왔다.

고야는 그것을 기억하고 있었다. 로쿠타가 나눠주었다.

"음."

남자가 고개를 갸웃했다.

"먹지 않니? 역시 고기가 좋은가."

고야는 수풀을 헤치고 숲 밖으로 나갔다. 요마가 안 된다고 울었지만 그 말을 따르지 않았다. 대신에 남자를 향해 사슴을 가리켰다. 사슴과 요마를 번갈아 가리키자 남자가 고개를 끄덕이기에 요마를 보며 웃었다.

"이거 준대. 먹어도 되니까 사람을 덮치면 안 돼."

요마는 미심쩍어하며 울면서도 몸을 내밀어 사슴 다리를 물어 발치로 끌어당겼다. 고야는 그 모습을 보고 조심조심 남자에게 다가갔다. 방심하지 않고 남자들을 지켜보았지만 특별히 나쁜 짓을 하려는 낌새는 없었다. 안심한 고야는 무릎을 꿇은 남자 옆으로 다가가 가까이에 앉았다.

남자는 천천히 손을 뻗었다. 조금 겁먹고 몸을 뺀 고야의 머리에 손을 얹었다. 크고 따뜻한 손이었다.

"신비한 아이로군. 요마를 길들였어."

상냥한 목소리가 부끄러워서 고야는 몸을 뺐다. 손바닥 감촉이 사라진 머리가 몹시 허전했다.

"……만지는 것은 싫은가. 짐승 같군."

그런 것이 아니라며 고야는 고개를 내저었다.

"좋아. 싫어하는 일은 하지 않으마. 어디 아이지? 근처에 천견을 데리고 다니는 인요가 나온다고 들었는데 진짜 사람 아이일 줄이야."

고야는 그저 미소 띤 남자의 얼굴을 보았다.

"이름은 없나? 어디에 살지?"

"고야."

고야는 대답하고 이름을 말할 수 있는 자신에게 감격했다. 이름을 지닌 자신, 이름을 물어주는 사람이 있다는 사실, 그런 장면을 몇 번이나 꿈꾸었다.

"고야로구나. 고야는 이 근처에 사는 아이인가?"

이름으로 불리는 것이 기뻤다. 더할 나위 없는 행복감에 가득차 뒤돌아보았다. 숲 위로 하늘을 향해 치솟은 산들이 보인다.

그 산을 가리켰다.

"금강산에 사나. 황해는 아니겠군. 황해에는 사람도 짐승도 드나들 수 없다고 하니까."

"절벽."

고야가 말하자 남자가 활짝 웃었다.

"그래, 절벽에 사는구나. 내 말을 이해하는구나. 영특한 아이다."

남자는 고야의 머리에 다시 손을 얹었다. 이번에는 고야도 가만있었다.

"몇 살이지? 열두어 살쯤 되었나."

"몰라."

"부모는 없나."

고야는 고개를 끄덕였다.

"입을 줄이기 위해 흑해에 던진 아이가 많다던데 너도 그런 건가. 지금까지 용케 살아남았구나."

"로쿠타가……."

고야가 요마를 돌아보자 남자는 사슴을 먹고 있는 요마를 보았다.

"이거 놀랍군. 요마가 기른 건가. 저 녀석 이름이 로쿠타로구나."

"……응."

미소 짓던 남자는 고야의 왼팔을 보았다.

"여기는 왜 이러지. 다쳤어? 곪았군."

고야가 고개를 끄덕이자 팔을 잡고 찬찬히 보았다.

"안에 화살촉이 남아 있어. 치료해야겠는데."

남자가 일어났다. 고야는 그 모습을 안타까운 심정으로 쳐다
보았다. 이대로 떠나는 것일까.

남자는 손을 내밀었다.

"따라와. 너에게는 제대로 된 생활이 필요해."

"따라와?"

"나는 아쓰유라 한다. 완박頑朴에 살지. 완박을 아나?"

고야가 고개를 갸웃했다.

"내가 사는 곳으로 오렴. 네게는 치료와 옷과 교육이 필요해."

"로쿠타도…… 함께?"

머뭇머뭇 묻자 대답으로 눈부신 미소가 돌아왔다.

"당연하지."

002

관궁에서 원주의 주도州都인 완박까지는 걸어서 한 달 거리다. 고야는 요마를, 다른 시종은 기수를 탄지라 하늘을 날아 반나절 밖에 걸리지 않는 여정이었다.

로쿠타는 얌전히 고야에게 매달려 요마의 등에 탔다. 확실히 요마에게서 피 냄새가 나지 않는다. 고야가 하는 말을 듣는다는 이야기는 적어도 지금으로서는 거짓이 아니었다.

높이 뜬 태양이 크게 기우는 동안 하늘을 날아가며 고야는 로쿠타가 묻는 대로 아쓰유를 섬기게 된 경위를 이야기했다.

"경백은 완박으로 데려가 여러 가지를 가르쳐주셨어. 로쿠타, 아, 큰 것에게도 먹이를 주어 살 수 있게 해주었어. 그래서 큰 것은 산 짐승이나 사람을 공격할 필요가 없어졌어."

"그럼 요새는 사냥은 전혀 하지 않아?"

"그렇지도 않아. 경백이 나를 호위로 들여주셨거든. 거두어주시고 삼 년쯤 지나서였던가. 위험할 때는 경백을 지키며 인간이든 짐승이든 공격해. 공격하게 하지. 내 일이니까."

"그렇구나."

로쿠타가 중얼거렸다. 내려뜬 시선 끝에 붉게 물들어 저무는 태양에 비친 커다란 도시가 보였다. 관궁보다 클지도 모른다.

"저기가 완박이야?"

"그래. 관궁보다 깨끗한 도시지?"

사실이었다. 거리는 관궁보다 정비되어 있고 내려다본 주변 산야도 관궁 주위보다 훨씬 푸르렀다.

"원주는 풍요롭구나……."

로쿠타가 중얼거리자 고야가 웃으며 돌아보았다.

"그렇지? 경백이 있으니까. 경백은 좋은 사람이야. 백성들도 진심으로 따르지."

고야는 잠시 로쿠타의 표정을 살폈다.

"연왕延王보다 믿음직하대."

그 말에 로쿠타가 고개를 끄덕였다.

"그럴 수도 있지. 쇼류는 바보니까."

고야가 눈을 동그랗게 떴다.

"로쿠타는 연왕을 좋아하지 않아?"

"딱히 싫어하지는 않아. 하지만 그 녀석은 정말로 바보인걸."

"어째서 그런 바보를 섬기지?"

"어쩔 수 없으니까. 고야는 아쓰유를 좋아하는구나."

로쿠타가 묻자 고야가 미소 지었다.

"경백을 위해 로쿠타를 위협해서 납치할 정도로 좋아해."

하지만 아쓰유는 역적이다. 로쿠타는 그 말을 삼켰다. 로쿠타를 납치한 것만으로 죄상은 명백하다. 게다가 원주 사람들이 자주 관궁에 와서 무기를 사들였다고 한다. 모반이다. 달리 생각할 수 없다.

왕은 기린이 고른다. 그렇게 정해져 있다. 하지만 그 질서를 받아들이지 못하는 자도 있다. 왕을 쓰러뜨리고 옥좌를 노린 자는 역사에 끊이지 않는다.

로쿠타는 뒤돌아보았다. 정주가 있는 산줄기는 멀리 희미해져서 더는 보이지 않는다.

쇼류는 어떻게 할까. 조금은 당황할까.

원주 주후의 성은 관궁과 마찬가지로 완박산이라 불리는 능운산 꼭대기에 있다. 기수는 완박산 산허리에 있는 암반에 내려선 뒤 로쿠타를 운해 위로 데려갔다. 원주성이다.

궁성 내전에 상당하는 건물의 커다란 방에는 몇몇 관리 외에 한 남자가 기다리고 있었다. 겉모습은 아직 젊다. 붉다고 해도 될 만큼 짙은 갈색 머리다.

양쪽에서 남자들이 로쿠타의 양팔을 붙들었다. 뒤에서 고야와 요마가 따라온다. 요마는 여전히 부리 안에 갓난아이를 머금었다. 살짝 열린 부리 안에서 울음소리가 이따금 들렸다.

아쓰유는 원주후의 아들이다. 관직은 주후를 보좌하여 주의 육관을 통솔하는 영윤, 작위는 경백, 아쓰유는 주후의 자리에 앉아 로쿠타를 맞이했다.

"고야, 수고했다."

아쓰유는 따뜻한 목소리로 격려하고 자리에서 일어났다. 단상에서 내려와 로쿠타를 그곳에 오르게 하고, 교대하듯 계단 아래로 내려가 무릎을 꿇고 머리를 깊이 조아렸다.

"태보께는 죽을죄를 지었습니다."

자신은 포로다. 그리 각오하고 있던 차에 느닷없이 고개를 숙이니 조금 당황스러웠다.

"……아쓰유인가."

로쿠타의 물음에 아쓰유는 고개를 들었다.

"주후는 병석에 있어 영윤인 소관이 어전을 더럽히게 되었습니다. 무례를 용서하십시오. 비겁하고 무례한 초대임은 충분히 알기에 사죄드릴 말도 없습니다만 부디 아량을 베풀어주십시오."

"……무슨 꿍꿍이지. 목적이 뭐야?"

"일단은 녹수라고 말씀드리지요."

로쿠타가 눈썹을 찡그렸다.

"녹수."

"녹수는 원주를 관통하는 대하. 효왕이 둑을 끊은 이후 하류의 많은 현은 우기 때마다 덮치는 수해에 한탄하고 있습니다. 다행히 지금까지 유역 마을이 괴멸하는 일은 없었지만, 행운이 언제까지 이어지겠습니까. 서둘러 대규모 치수 공사가 필요한데 왕은 재가해주시지를 않습니다. 원주에서 하려 해도 왕이 주후에게서 치수권을 거두어버리신 탓에 불가능합니다."

로쿠타는 입술을 깨물었다. 자업자득이다. 지금쯤 쇼류는 허둥대고 있겠지만 자기가 뿌린 씨앗이다.

"애초에 각 주는 주후에게 내려진 영토입니다. 효왕이 벼슬을 내린 주후가 눈엣가시인 것은 잘 압니다만, 권력까지 몰수하다니 이것이 바른 일이옵니까. 나라의 시정만으로는 국토의 구석구석까지 손길이 미치지 못할 터. 실제로 우기가 가까워졌는데 녹수는 엉망입니다."

아쓰유는 무릎을 꿇은 채 로쿠타를 올려다보았다.

"여러 차례 상소를 올려도 들어주시지를 않습니다. 생각다 못하여 이러한 수단을 썼습니다. 분통하시겠지만 태보만은 소관의 주청을 들어주십시오."

위험하다. 일찍이 로쿠타는 쇼류에게 진언했다.

왕의 통치만으로는 국토의 구석구석까지 관리가 미치지 못한다. 따라서 권력을 나누어 주후를 두고 주의 통치를 맡기는 것이다. 아무리 선왕이 임명했다고 해도 그들에게 권한을 빼앗고, 과연 왕 혼자 아홉 주를 통치할 수 있을 것인가.

　말했지만 들어주지 않았다. 쇼류는 하고 싶은 대로 한다. 쇼류는 왕, 무언가를 강제할 수 있는 자는 없다. 측근을 모아도 수족으로 쓸 뿐, 슈코나 이탄은 측근 중의 측근이지만 그들이 무슨 말을 한다고 쇼류에게 마음이 없는 일을 하게 할 수는 없다.

　오늘까지 대체 얼마나 많은 진언과 간언을 올렸다가 무시당했던가. 왕은 국권을 총괄한다. 나라의 최고 권력자다. 왕이 무언가를 하기로 결의하면 멈출 방법은 없으나 마찬가지다. 효왕의 폭거를 아무도 막지 못했던 것과 마찬가지다.

　로쿠타는 깊이 한숨을 내쉬었다.

　"주상께 그렇게 말씀드리고 처분하지 말라 주청하지. 그러면 돌려보낼 텐가?"

　아쓰유가 평복했다.

　"아뢰옵기 송구하오나 태보께서는 한동안 불편함을 감내하여 주십시오."

　"왕이 진지하게 상대해줄 때까지 인질이로군."

　"죄송합니다."

　"……알았어."

　아쓰유는 놀란 듯이 얼굴을 들었다.

　"들어주시는 것입니까."

"응. 네 주장은 지당하다고 생각해. 수단은 합법적이지 않지만 그 바보가 말을 듣게 하려면 다른 방법이 없지. 한동안 신세 질게."

아쓰유는 감사를 담은 눈길을 보내고 깊이, 아주 깊이 머리를 조아렸다.

"감사드립니다."

"그래."

로쿠타가 중얼거리고는 아쓰유 뒤에 서 있던 고야를 보았다.

"이자가 고야의 주인인가."

고야는 그저 미소만 지었다.

003

로쿠타는 성 깊숙한 곳으로 끌려갔다. 능운산 기저부인지 아래로 상당히 내려간 곳에 방이 있었다. 문을 열자 쇠창살 너머에서 한 여자가 일어났다.

"태보."

"……리비驪媚."

리비는 원주에 보낸 목백, 목백은 왕의 칙명으로 주후를 감독

한다. 실권이 동결된 주후와 영윤을 대신해 내정을 도맡아 관리한다고 할 수 있다. 로쿠타가 직접 다스리는 정주를 제외하고 여덟 주에 보낸 여덟 명의 목백과 그들의 하관, 그리고 이탄, 슈코, 세이쇼가 이끄는 하관이 간신들 사이에서 쇼류를 지지하는 측근이었다.

격자문이 열리고 고야가 로쿠타를 데리고 방안으로 들어간다. 로쿠타는 한숨을 쉬었다.

"당연히 리비도 잡혔겠구나. 쇼류의 개인걸."

"태보까지……."

"응. 뭐, 좀 참아줘. 아무리 생각해도 쇼류의 자업자득이야."

"어찌 그리 말씀하십니까."

"그 녀석이 흥청망청 놀아서 이렇게 된 거라니까. 잠시 여기서 느긋하게 있자고."

리비가 고야를 바라보았다.

"태보께 무례한 짓은 삼가시오."

고야는 웃기만 했다.

"물론 해가 될 만한 짓은 안 해. 그런데 로쿠타, 일단 포로라서 말이야."

"알아."

"이리 와."

고야가 가리키자 로쿠타는 얌전히 가까이 다가갔다. 고야는 품에서 붉은 실타래와 하얀 돌을 꺼냈다. 하얀 돌을 이마에 대는 바람에 로쿠타는 반사적으로 몸을 물렀다.

"하지 마."

"안 돼. 움직이지 마. ……아이가 있잖아."

로쿠타는 입구에 앉아 있는 요마를 보았다. 요마가 보란 듯이 벌린 부리 사이로 작은 팔이 보였다.

"……저항하지는 않겠지만, 나, 싫어."

"이마에 뿔이 있잖아. 뿔을 봉인해야 해. 사령은 방심할 수 없으니까."

로쿠타는 본디 인간이 아니다. 의지가 있으면 진짜 모습인 기린으로 돌아갈 수 있다. 기린의 모습이 되었을 때에 이마에 돋은 일각이 요력의 원천이리라 여겨진다. 그러니까 뿔, 사람 모습일 때에는 이마 위쪽 한 점에 남이 손대는 것을 꺼린다. 뿔을 봉인하면 요력도 봉인된다. 사령을 불러내 부릴 수도 없어질 것이다.

"정말로 싫어. 그냥 싫은 게 아니라 진짜 엄청나게 싫다고."

"요마한테도 그런 역린이 있는 모양이야. ……어서."

그 말에 마지못해 고개를 위로 들었다. 마치 신경이 노출된 듯한, 너무 예민한 나머지 건드리면 고통까지 이는 곳에 차가운 물건이 닿았다. 본능에 따라 도망치려는 몸을 의지의 힘을 총동원해 다독였다.

"……아파. 기분 나빠. 구역질나."

"참아."

붉은 실을 돌을 누르듯 두른다. 고야는 붉은 실을 로쿠타의 머리에 묶고 매듭에 주문을 외웠다. 그러자 갑자기 고통이 그쳤다. 그만큼 속에 텅 빈 공간 같은 것이 생긴 기분이 들었다.

"계속 괴로워?"

"괜찮아. 그런데 느낌이 이상해."

"이제 사령은 부를 수 없어. 전변轉變해서 기린이 될 수도 없으니까 하늘도 날 수 없어. 높은 곳에 올라가지 마."

고야는 미소 짓고서 요마에게 갔다. 부리를 가볍게 두드려 열게 하더니 부리 속 새빨간 혀 위에 누워 있는 갓난아이의 목에도 실을 둘렀다. 가볍게 묶고 주문을 외자 매듭에서 남은 실이 떨어진다. 고야는 조심히 실을 감아 품에 넣었다.

"적색조赤索條라고 해. 로쿠타가 그 실을 끊으면 아이의 목을 조르지."

"……그렇게까지 해야 돼? 난 도망칠 마음 없어."

"말했잖아. 로쿠타는 포로라고."

고야는 그렇게 말하고 리비를 바라보았다.

"여자의 실과도 연결되어 있어."

그러고 보니 리비의 이마에도 마찬가지로 하얀 돌이 붉은 실로 묶여 있었다. 관리는 선적에 들어가고부터 나이를 먹지 않는다. 선인이 되면 이마에 제삼의 눈이 열린다. 겉으로는 보이지 않아도 그곳에는 어떤 기관이 있다. 제삼의 눈을 봉인당하면 역시 온갖 주력을 잃는다. 로쿠타의 뿔과 마찬가지다.

"여자가 실을 끊어도 실이 조여들어 아이의 목이 잘려나갈 거야. 아이의 실을 끊으면 여자의 실이 조여들어 머리를 자르겠지. 로쿠타의 실도 마찬가지야. 아무래도 일개 선인과는 달리 기린이니까 머리가 날아가지는 않겠지만, 아주 괴로울 거야. 어쩌면 뿔이 부러질 수도 있어."

"……알았어."

"감옥 바깥에도 실을 쳐놨어. 감옥에서 나가면 실이 끊어져."

"그러면 아이도 리비도 비참한 꼴이 된다 이거로군."

"그렇지."

"전부 끝나면 아이를 돌려보내줄 거지?"

고야가 웃는다.

"물론이지."

"너, 기린에 대해 잘 아는구나."

평범한 사람은 기린의 뿔에 대해 모른다.

"로쿠타가…… 아, 큰 것이 있으니까. 요마나 신수나 결국 비슷한 존재잖아."

"내 사령은 아무것도 가르쳐주지 않아."

"큰 것도 가르쳐주지 않아. 하지만 이만큼 곁에 있으면 여러모로 터득하게 돼."

"······흐응."

고야가 안아 올린 아이를 리비에게 건넸다.

"이 아이는 맡겨두지. 잘 보살펴줘. 필요한 물건은 가져다줄게."

"비열한 놈."

리비는 작게 내뱉었지만 고야는 웃기만 했다.

"달리 필요한 물건이 있으면 말해."

리비는 대답하지 않았다. 원한을 담은 눈으로 고야를 노려본다. 그 눈빛을 태연히 받아들인 고야를 로쿠타는 바라보았다.

"나도 리비도 얌전히 있을게. 너, 가끔 올 거야?"

"상태를 보러 올게."

로쿠타는 고개를 끄덕이고 말을 덧붙였다.

"이런 식으로 다시 만나서 정말 유감이야."

고야 역시 고개를 끄덕였다.

"나도 그래, 로쿠타."

"태보, 다치신 데는 없습니까."

리비가 물어서 로쿠타는 웃어 보였다.

"괜찮아, 괜찮아. 여기 꽤 좋은 방이구나. 생각보다 대우가 괜찮네."

로쿠타는 방을 둘러보았다. 어떤 취지로 만든 방인지 그리 넓지는 않지만 감옥이라 부르기는 애매하다. 하얗고 커다란 암반을 깎아낸 듯한 방이었다. 안쪽에는 간소하나마 침소가 준비되어 있고, 병풍으로 나뉜 구역에는 침상이 하나 더 있다. 구석에 있는 샘에 급수장이 마련되어 있고 필요한 가구도 갖추어져 있다. 올려다보니 엄청나게 높은 천장에 커다란 채광창을 내놓았다. 아침이 밝으면 햇빛이 비쳐 들리라.

"그런데 리비, 아이를 돌볼 수 있겠어?"

생글생글 웃으면서 쳐다보자 리비는 얼굴을 살짝 붉혔다.

"할 수 있을까요. ……불안하네요."

"자식은 없던가."

"옛날에는 남편도 아이도 있었지만 관리가 되었을 때 헤어졌어요. 선왕 시절이니 꽤 나이가 들었겠네요."

"함께 선적에 오르지 못했구나."

"남편이 싫다더군요."

"그랬구나……."

나라와 주의 관리는 승선해야 하므로 반드시 이별이 따른다. 부모와 처자식까지는 함께 선적에 넣을 수 있지만 형제나 친척의 승선은 허락되지 않는다. 관리를 등용할 때 친척을 우선한다지만 그래도 잃어버리는 것이 많으리라.

"리비 말고는?"

목백 정도 되면 개인 시관侍官과 하인이 제법 많을 것이다.

"아마도 잡혔을 겁니다. 처형당했다는 소문은 듣지 못했으니 어딘가에 무사히 있겠지요. 나라에서 파견한 다른 관리도 마찬가지라 사료됩니다."

"그래. 다행이다."

주후와 영윤에게는 보좌 및 감시역으로 나라에서 여섯 명의 관료가 파견된다. 주후에게 설도하고, 세상의 체계를 가르치고 잘못이 있으면 바로잡는 것이 임무나 얼빠진 영감밖에 없다 보니 아무짝에도 쓸모가 없었다. 안타깝게도 안국은 거기까지 손쓸 여력이 없다.

"리비는 괜찮아? 심한 짓은 당하지 않았어?"

로쿠타가 묻자 리비는 복잡한 심경이 묻어나는 미소를 지었다.

"저는 딱히……. 다행이라고 해야 할지, 아쓰유는 그 정도로 도리를 모르는 자는 아닙니다."

"아쓰유는 어때? 주후는 어떻게 된 거야?"

"주후는 몸이 좋지 않다더군요. 성안 깊숙한 곳에 틀어박힌 채 바깥으로는 나오지 않습니다. 아쓰유에게 모든 것을 맡긴 모양입니다."

리비는 품안의 아이를 고쳐 안았다. 요마의 부리에서 해방된 아이는 새근새근 잠들었다.

"관리들 사이에 도는 소문인데, 역시 마음에 병이 들어 정무를 볼 수 없는 모양입니다. 여전히 효왕을 두려워하며 주위에서 간곡하게 청해도 후궁에서 나오지 않는다는군요. 그래도 전에는 기분이 좋을 때면 신하를 불러 지시를 내리기도 했던 모양이지만 요새는 상당히 나빠졌다고 들었습니다. 시중을 드는 신하마저 효왕의 자객이라고 소란을 부리는 통에, 아쓰유가 가엾게 여겨 정무를 보는 틈틈이 직접 보살피고 있다고 합니다."

"……흐응."

"솔직히 아쓰유가 이런 엄청난 일을 벌일 줄은 몰랐습니다. 분별을 알고, 백성을 위할 줄 알았으니까요."

"그랬구나……. 완박은 풍요롭더군. 훌륭한 도시라 놀랐어."

"아쓰유는 유능합니다. 실권은 거의 없는데도 한정된 권력으로 잘 꾸려간다고 생각했습니다. 정말이지 어째서 이런 짓을……."

"쇼류 잘못이야. 게으름을 부리니까 그렇지."

"무슨……."

리비가 어쩔 줄 몰라 했다.

"주상께는 주상의 생각이 있습니다. 아쓰유는 그 점을 헤아리지도 않고 성마르게 일을 저지른 것이겠지요. 신하에게 추앙받고 백성에게 칭송받다 보니 우쭐한 겁니다."

"……글쎄……."

리비는 아이를 안은 채 고개를 갸웃했다.

"그보다 정말로 괜찮으십니까? 낯빛이……."

"응."

로쿠타는 대답하고 나서 침상에 앉았다.

"태보, 피곤하시면 침소로 가시죠."

"응. 고마워."

대답하면서 그 자리에 누웠다. 방 가장자리까지 걷기가 귀찮았다.

"태보?"

"피에 취한 것 같아. 미안하지면 여기 좀 쓸게."

"……피."

"에키신…… 죽었어……."

리비가 눈을 부릅떴다.

"에키신이라면 세이쇼의 부하인……."

"응. ……면목 없는 짓을 했어……."

리비는 망설인 끝에 잠든 아이를 탁자 위에 내려놓았다. 침상으로 걸어와 "무례를 용서하십시오"라며 손을 뻗었다. 하얀 돌을 옭아맨 이마가 뜨겁다.

"열이……."

"응. 하지만 피에 취했을 뿐이야."

"괴로우십니까?"

"이 정도는 괜찮아."

"실례지만, 태보는 사사射士와 아는 사이십니까?"

"사사?"

로쿠타는 그렇게 되뇌며 그것이 주후의 신변 경호 장관임을 떠올렸다. 왕의 경호 장관을 사인射人, 주후 이하는 사사라 부른다. 사인, 사사 밑에서 실제로 경비를 담당하는 관리가 대복이다.

"고야……. 사사였구나. 출세했네."

"요마를 길들이는 신기한 기술을 가지고 있는 듯하더군요."

"길들인 게 아냐. 요마가 고야를 기른 거지."

"네?"

"미안, 나중에 설명할게. 엄청 졸려……."

"예."

리비가 고개를 끄덕였다. 로쿠타는 눈을 감았다. 피 냄새에 취해 끔찍한 기분이었다.

005

"……돌아오지 않는군."

현영궁의 방이다. 쇼류는 어두워진 바깥을 보며 중얼거렸다. 로쿠타가 늦은 밤까지 돌아오지 않는다. 곧잘 말도 않고 왕궁을 빠져나가곤 했지만 여태껏 한밤중까지 돌아오지 않은 적은 없었다. 밤에 몰래 나가더라도 아무도 알아채지 못할 깊은 밤에서 이른 아침 사이에 다녀오므로 주위 사람들을 허둥거리게 하는 일은 없었다.

"역시 무슨 일이 있는 것이……."

슈코의 불안한 기색이 짙은 목소리에는 "글쎄" 하고 대답했다. 그때 거친 발소리를 내며 뛰어 들어온 자가 있었다. 표정이 굳은 세이쇼였다.

"웬일로 세이쇼의 낯빛이 달라졌군."

쇼류가 야유하듯 말하자 세이쇼는 나직하게 말을 내뱉었다.

"농담이나 지껄일 때인가. 에키신의 시체가 발견되었다."

쇼류는 물론이고 그 자리에 있던 슈코와 이탄도 세이쇼의 얼굴을 주시했다.

"태보는 안 계셔. 행방불명이야."

"……딱하군. 용케 효왕에게 죽지 않고 살아남았는데."

"주상."

쇼류의 혼잣말에 슈코가 쏘아보았다.

"그런 소리를 하실 때가 아니지 않습니까."

"그러게 로쿠타는 친구를 골라 사귈 필요가 있어. 데리고 나갈 때마다 감시인이 죽어나가서야 쓰나."

"주상!"

"얼간이는 내버려둬."

분통이 터진다는 듯이 거칠게 말한 사람은 이탄이다.

"고야라고 했지?"

이탄은 세이쇼에게 물었다.

"그렇게 들었다. 치문의 문지기에게도 확인했어. 태보와 두 사람, 나란히 궁성을 나갔다고 한다. 에키신이 두 사람을 뒤따라 갔지."

"그리고 살해당했나. ……어디지?"

"관궁 바깥. 시체는 뜯어 먹혔어. 요마나 요수 같은 것이겠지.

실제로 오늘 저녁에 관궁에서 천견이 목격되었다."

"태보의 모습은 보이지 않는 거로군?"

"아무데도 없어."

"끌려갔나. 요마가 나타난 것이 마음에 걸려. 요새 관궁 근처에서는 모습을 보지 못했는데."

"음. 그거랑 관계가 있을지 없을지 모르겠지만 오늘 아이가 사라졌다는 신고가 있었어."

"아이?"

"올봄에 태어난 여자아이라고 한다. 눈을 뗀 틈에 아이가 사라졌다는군."

"이상한 이야기인데. ……모습을 감춘 태보와 관계가 있는 건가 없는 건가."

슈코가 목소리를 낮추었다.

"그보다도 태보는 무사할까요."

"죽인다고 얌전히 죽을 꼬맹이로 보여, 그 녀석이?"

투덜거림 같은 혼잣말을 듣고 세 사람은 창가에 앉은 왕을 일제히 바라보았다. 이탄이 왕을 노려본다.

"네놈은 걱정도 안 되냐! 행방을 알 수 없다고!"

"내가 걱정한다고 뭐가 되나?"

"너라는 자식은……."

"세이쇼가 찾으라고 명령했겠지."

이 말에 세이쇼가 고개를 끄덕였다.

"그렇다면 더는 할 일이 없군. 조만간 어딘가에서 발견되든지, 아니면 알아서 돌아올 거야."

"너 이 자식!"

"아니면 누군가 무슨 요구를 해오겠지."

"음?"

이탄이 눈을 깜빡거렸다.

"납치당했을까, 아니면 살해당했을까. 이미 죽었다면 우리가 여기서 조바심을 내도 헛짓거리야. 하지만 간단히 죽이지는 못하겠지. 그놈에게는 사령이 붙어 있으니까. 납치당했다면 범인은 누구고 목적이 뭐지? 로쿠타가 저항했다면 사령이 지켰겠지. 간단히 납치할 수 있을 것 같아? 그런데 시체 한 구만으로 처리했다면 로쿠타도 크게 저항하지 않았다는 소리일 거야. 음, 고야인가 하는 녀석이 데려갔다고 생각해야겠군."

"친구니까 저항하지 않았다……?"

"그럴지도 모르고 사라진 아이나 누군가를 인질로 삼았을지도 몰라. 어느 쪽이건 로쿠타가 자기 의지로 사로잡혔을 경우 단서가 있으면 얼마나 있겠어. 납치했다면 목적이 있겠지. 확 데려가고 싶을 정도로 귀여운 꼬맹이도 아니고."

"이봐……."

"애써 중요한 패를 손에 넣었어. 범인은 과시하지 않고는 못 배길 거야. 그때까지는 내버려둬."

"정말로 그때까지 아무 조치도 하지 않을 셈인가."

"방법이 없잖아. 슈코."

"아, 네."

"원주의 리비에게 연락해."

"원주…… 말입니까."

쇼류가 빈정거리듯 웃었다.

"구린내가 풀풀 나던 차에 한바탕 소동이 일어났으니 넌지시 상황을 보아두는 편이 낫겠지. 무언가 해두지 않으면 로쿠타가 돌아왔을 때 자신을 버렸네 어쩌네 시끄러우니까. 하는 김에 선적을 뒤져 원주의 관료 중에 고야라는 이름이나 자를 지닌 자가 없는지 조사해봐."

"분부 받잡겠습니다."

쇼류는 입꼬리를 살짝 올리며 바깥을 보았다.

"……애 먹이는 꼬마야. 내란은 싫다고 떠들면서 스스로 불씨가 되다니."

"주상은 원주를 의심하십니까."

"원주가 병사를 모으고 있는 것은 분명하다. 실제로 무기고에서 무기가 사라졌지?"

세이쇼가 고개를 끄덕였다. 내밀히 조사한 바로는 분명히 무기고의 재고가 줄어 있었다.

"어차피 연기 나는 굴뚝이야. 이쪽이 슬쩍 떠보면 들킨 것을 알고 움직이겠지. 로쿠타를 납치한 것이 원주든 원주가 아니든 이쪽이 움직이면 상대방도 움직인다."

"예."

"……실제로는 어디가 나올까. 이거 못해먹겠군. 짚이는 데가 너무 많잖아."

쇼류가 바라본 운해는 혼돈과 어둠 속으로 가라앉아 있었다.

4
장

001

"태보의 몸 상태가 좋지 않다 들었습니다. 괜찮으십니까."

이튿날 아쓰유는 고야를 데리고 옥방을 찾았다.

잠든 동안에 리비가 옮겨주었는지 로쿠타는 침소에 누워 있었다. 아쓰유는 머리맡에 와서 정중하게 무릎을 꿇었다.

"……피에 취했을 뿐이야."

"저는 기린에 대해 잘 모르나, 치료를 받지 않으셔도 괜찮은 것입니까?"

"괜찮아."

로쿠타는 몸을 일으키려 했지만 아직 열이 펄펄 끓었다. 옆에 있던 리비가 만류했다.

"부디 쉬고 계세요. 둘도 없는 몸이시잖아요."

"이런 걸로는 안 죽어. 그런데 아쓰유."

"예."

아쓰유는 무릎을 꿇은 채 고개를 숙였다.

"네가 원하는 건 녹수 공사뿐이야? 그렇다면 수인도 여러 차례 말을 올렸으니까. 곧 공사를 시작할 거야."

"태보."

아쓰유가 로쿠타를 응시했다.

"이 나라에 강이 얼마나 있는지 아십니까? 그중 우기에도 견딜 수 있는 둑이 몇 곳이나 있겠습니까?"

"미안. 몰라."

"저도 모릅니다. 그러나 유명한 대하인 녹수마저 이 모양이라면 다른 강 사정 또한 충분히 헤아릴 수 있겠지요. 그리 생각지는 않으십니까."

"……그럴지도 모르지."

로쿠타가 대답하고 나서 아쓰유의 늠름하고 날카로운 인상의 얼굴을 빤히 보았다.

"나라는 넓어. 치수만으로도 해야 할 일이 수없이 많지. 관료의 숫자는 많이 줄었어. 농지를 경작하느라 애쓰는 백성에게 더이상 부역을 하라고 할 수도 없어. 이해해주지 않겠어? 나라는 하루아침에 재건되지 않아."

"알고 있지요."

아쓰유는 한숨을 쉬었다.

"하오나 어째서 『태강』에 주에는 주후를 두고, 군에는 태수太守를 두라고 되어 있겠습니까. 왕은 주후의 권력을 빼앗아 국부의 재가 없이는 어떤 정사도 볼 수 없도록 해버렸습니다. 나라의 사정은 이해합니다. 어째서 그런 일을 하셨는지도 압니다. 하오나 그렇다면 국부는 주후의 몫만큼 정사를 돌보아야만 합니다. 제 말이 틀렸습니까?"

"그건……."

"녹수가 위험하니 둑을 짓고 싶다고 왕께 주청해 재가가 나고, 국부가 지도해 이를 다스리는 것이 주후에게 맡기기보다 빠르고 확실하다면 저도 이 같은 폭거를 일으키지는 않았을 것입니다."

로쿠타는 대꾸할 말이 없었다.

"듣자 하니 주상께서는 정무에 쫓기기는커녕 툭하면 조의까지 빠지시고 관리는 왕을 찾느라 혈안이라고요. 그렇다면 무엇 때문에 주후의 권력을 빼앗아가셨습니까."

"쇼류는……."

"주의 자치를 돌려주시기 바랍니다. 왕은 나라 음양의 핵심, 존재의 잘잘못을 따지지는 않겠으나 주상께서 정무를 싫어하신다면 주후에게 권력을 돌려주십시오. 정무 일체를 육관 제후에게 맡기고 얼마든지 유흥을 즐기시면 되지 않겠습니까."

"그러면 나라가 바로 서지 않아. 제후가 저마다 꿍꿍이를 가지고 멋대로 일을 시작하면 치수 하나를 놓더라도 상류만 윤택해지고 하류는 말라버리기 십상이지."

"그렇다면 어찌하여 전권을 위임한 관료를 두지 않습니까. 그에게 전부 맡기고 왕의 정무를 대행시키면 되지요. 제가 도리를 거스르는 말씀을 드리고 있습니까."

"아쓰유, 하지만……."

"그러면 왕의 면목이 서지 않겠지요. 저도 압니다. 그러나 백성을 위하지 않는다면 무엇을 위한 왕입니까. 저는 전권을 위임하는 관직을 만드시라 왕께 주청을 올릴 생각입니다."

"주청이 아니라 요구겠지. 아쓰유, 네 말은 그리 틀리지 않아. 하지만 인질을 잡으면 주장의 옳고 그름을 더는 따질 수 없어져."

"이런 파렴치한!"

느닷없이 뒤에서 내지른 목소리에 로쿠타가 놀라서 그쪽을 보았다. 리비의 표정은 굳어 있었다.

"경백도 태보도 지금 무슨 말씀을 하십니까."

"리비, 있지……."

"아니요!"

동의 해신 서의 창해

리비는 격렬하게 고개를 내저었다.

"저 간사한 자의 말에 귀를 기울이실 필요 없습니다. 지금 이 자의 말이 얼마나 크나큰 죄인지 모르시는 것입니까!"

로쿠타는 당황해서 리비를 올려다보았고 아쓰유는 희미하게 쓴웃음을 지었다. 리비가 다가와 아쓰유와 로쿠타 사이에 끼어 들었다.

"전권을 왕이 아닌 자에게 위임해서는 안 됩니다. 그렇다면 무엇을 위한 기린입니까. 무엇을 위해 기린이 왕을 고릅니까. 기린은 민의를 구현하는 존재, 천명으로 왕을 옥좌에 올리는 법이건만 기린의 선정 없이, 하물며 천명도 없이 실질적인 왕으로 삼겠다 하시는 것입니까!"

"리비."

"지금 이자가 올린 말이 그런 소리예요, 아십니까. 만에 하나 아쓰유를 그 자리에 앉혔는데 정도正道에서 벗어나 효왕처럼 평정심을 잃으면 어쩌실 작정입니까! 왕이라면 그 치세는 영원하지 않습니다. 하지만 수명이 없는 신선에게 왕과 같은 권력을 주면 어찌되겠습니까. 효왕은 고작 삼 년 만에 안국을 쑥대밭으로 만들었어요!"

로쿠타는 입을 다물었다. 왕에게는 수명이 없지만 치세는 영원히 이어지지 않는다. 길을 벗어나 민의를 등지면 왕을 옥좌에 앉힌 기린에게 보복이 찾아온다. 병드는 것이다. 왕을 얻은 기린 또한 수명이 없는 생물이지만 이 병은 고칠 방도가 없다. 왕이 도를 잃어 생긴 병인 까닭에 이를 실도失道라 한다. 기린이 쓰러지면 왕 또한 죽는다. 그러므로 어리석은 군주의 치세는 결코 계속되는 법이 없다.

"천제는 이 세상을 창조하시고 만사를 정하셨습니다. 패자覇者를 왕으로 삼지 않고 기린에게 왕을 고르게 한 까닭은 무엇이옵니까. 아니요, 천명이 없는 자를 왕으로 삼아서는 안 됩니다. 이 섭리를 거스른다면 세상의 체계를 부정하는 것입니다."

아쓰유가 쿡 웃었다.

"효왕을 고른 것 또한 기린. 목백은 그 사실을 잊지는 않았는지."

"그건……."

"왕 중에는 종종 어리석은 군주가 있지. 실도로 옥좌를 잃을 것이 확실할뿐더러 압정은 결코 오래가지 않아. 하나 묻겠네만, 어찌하여 기린은 혼군昏君을 왕으로 앉히는 것인가."

"경백은 천명을 모욕하시는가."

"나는 사실을 말했을 뿐이네. 기린은 만민을 비교해 가장 나은 인물을 옥좌에 앉힌다고 하지. 그렇다면 어찌하여 효왕 같은 자를 등극시켰나. 진정 천제의 뜻을 담은 기적을 행한다면 처음부터 결코 길을 잘못 들지 않을 자를 옥좌에 앉히면 되지 않나. 천명이네 선정이네 하지만 고른 왕이 진짜로 최선이라는 보증이 어디에 있는가."

"경백!"

"애초에 천제라 하지만, 천제는 대체 어디에 계시는가. 제신은 악에게 벼락을 친다고 하지. 그렇다면 기린이 병들기를 기다리지 않더라도 왕이 길을 잘못 든 순간에 벼락을 내리면 될 것을."

리비의 낯빛이 달라졌다.

"그 무슨 무례한 소리를 하시는 게요!"

"기린이 최선의 왕을 골랐다 한다면 증거를 보여주시오. 천제라는 분이 계신다면 데려와보시오. 내가 똑똑히 말씀드리지. 천제 따위 계시지 않네. 있다 하더라도 그런 존재는 필요하지 않아. 내가 불손하다면 지금 여기서 벼락을 맞지."

"……."

리비는 끔찍한 폭언에 입이 떨어지지 않았다. 천제의 위신을 의심함은 곧, 세상의 체계를 의심하는 것이다. 아쓰유는 여전히 웃고 있었다.

"여기에 짐승이 있다. 이 짐승은 주인을 스스로 고르고 주인 말고는 따르지 않지. 짐승은 요력의 크기를 가늠할 수 없는 요물, 성향은 온화하고 이치를 안다. 이 짐승의 신비한 습성을 귀하게 여긴 옛사람이 황공해하며 세상의 이치를 정하는 자리에 앉혔더라도 나는 놀랍지 않군."

"아쓰유, 그대!"

노기를 띠며 일어난 리비의 등을 로쿠타가 톡톡 두드렸다.

"기린을 귀하게 여긴다면 내 눈앞에서 폭력은 쓰지 마."

리비는 흠칫 놀라 눈을 동그랗게 뜨고 부끄럽다는 듯이 고개를 숙였다.

"죄송합니다."

로쿠타는 응, 하고 고개를 끄덕이고서 아쓰유를 보았다.

"네 말은 기린이 고른 자를 옥좌에 앉히는 것이 처음부터 잘못이라 이거군."

"태보께서는 지금의 왕이 틀림없이 최선의 왕이라는 확신이 있으십니까."

로쿠타는 아쓰유의 쏘는 듯한 눈빛을 바라보았다. 있다고 말해야만 하는 자신의 처지는 알지만, 솔직한 말이 입에서 나왔다.

"……없군."

로쿠타는 대답하고는 웃었다.

"그래도 네 말은 받아들일 수 없어. 나는 애초에 왕이라는 존재는 없는 편이 낫다고 생각하니까."

"묘한 말씀을 하시는군요."

"응. 하지만 그것이 본심이야."

"태보!"

비명을 지르는 리비를 로쿠타가 쳐다보았다.

"리비, 나는 분명히 쇼류를 보고 왕이라고 생각했어. 한눈에 보고 금세 알았지."

"태보, 그렇다면……."

"이자가 안국을 몰락시킬 왕이라고."

리비는 말문이 막혔다.

"쇼류는 안국의 숨통을 끊겠지. 쇼류가 어쨌다는 소리가 아니야. 어차피 왕은 그러기 위해 있는 거야."

로쿠타는 아쓰유를 똑바로 바라보았다.

"……왕의 전권을 빼앗아버리라고 했다면 나는 협력했을지도 몰라. 하지만 너는 왕의 전권을 관료에게 양도하라고 했어. 왕위에 상제의 관위를 만들라는 요구로군. 그렇다면 그만두라고 하겠어."

아쓰유가 실눈을 지었다.

"태보께서는 정말로 묘한 소리를 하십니다."

"왕에게는 온갖 권력이 있어. 권력이란 내세우지 않으면 가진 보람이 없지."

등극하고 스무 해, 국토는 간신히 다시 일어나기 시작했다. 그러나 나라의 창고가 텅 비어 있는 동안 얌전히 잠들어 있던 것은 간신뿐일까. 어쩌면 왕 또한 그렇지 아니한가. 여태까지는 백성을 괴롭히고 싶어도 그럴 만한 여유가 없었다.

"백성의 주인은 백성 자신만으로 충분하지 않나. 위에 권력을 두면 권력은 백성을 학대하지. 그런 것이라 생각해."

아쓰유가 가볍게 허리를 숙였다.

"뜻이 통하지 않으니 안타깝습니다."

"……나도 그래, 아쓰유."

002

"로쿠타는 왕이 싫어?"

침소로 식사를 날라 온 고야가 묻기에 로쿠타는 어깨를 가볍게 으쓱했다. 리비는 눈치 빠르게 침소 바깥, 병풍 뒤에서 아이에게 젖을 물렸다. 물론 고야가 가져다준 산양 젖이다.

"로쿠타가 정말로 왕을 싫어한다면 내가 왕을 해치워줄게. 나는 로쿠타를 좋아하니까. 왕 따위 없으면 좋겠어?"

빤히 들여다보는 바람에 로쿠타는 숨을 삼켰다.

"……딱히 다투었다거나 사이가 나쁘지는 않아."

"그렇지만 싫어하지?"

"곤란한 놈이라고 생각할 뿐이지. 나쁜 녀석도 아니고 싫어하지도 않아. 쇼류가 싫은 것이 아니라 왕이나 쇼군*이나 다이묘** 같은 존재가 싫을 뿐이야."

"어째서?"

"그놈들은 변변한 일을 하지 않으니까."

"흐응."

고야가 중얼거리고서 소도로 단차***를 깎았다.

"……하지만 마찬가지 아닐까."

"응?"

"사람은 그런 생물이야. 무리 짓지 않으면 살아갈 수 없지. 무리 지으면 점점 커지고 싶어 해. 같은 나라에 산다면 역시 영역 다툼을 하며 경쟁할 수밖에 없어."

"그건 그렇지만."

"어차피 무리 지어 살아간다면 강한 무리에 있는 편이 좋아. 강한 무리는 뭘까? 강한 우두머리가 있거나 숫자가 많고 똘똘 뭉

* 일본의 중세 이후 무가 정권의 수장.
** 일본 중세의 지방 호족.
*** 찻잎을 쪄서 가루를 내 굳힌 것.

쳐 있어야겠지. 그러면 역시 사람들을 결속할 우두머리가 필요
해. 그것도 강력한 우두머리가."

"그럴지도 모르지……."

"왕이 없어지면 백성은 멋대로 살겠지. 나라면 백성이 결탁해
새로운 옥좌를 만드는 쪽을 선택하겠어."

"고야도 강한 우두머리를 원해?"

"아니."

고야는 고개를 가로저었다.

"나는 사람이 아니잖아. 요마는 무리 짓지 않아. 요마의 자식
인 나도 무리와 맞지 않아. ……하지만 사람을 보면 그런 생각이
들어."

"그렇다면 어째서 아쓰유를 섬기지?"

고야는 작은 칼을 움직이던 손을 갑자기 멈추었다.

"그렇지……. 아니구나. 나는 사람이니까 무리에 들어가고 싶
은 거야. 하지만 절반은 요마니까 제대로 낄 수가 없어. 아쓰유
는 그런 점을 너그럽게 봐줘. 내가 조금 이상하거나 께름칙하더
라도 싫어하지 않아."

"너는 이상하지 않아."

그렇게 말하자 고야는 웃었다.

"그렇게 말해준 사람은 아쓰유랑 로쿠타뿐이야. 아쓰유는 대

동의 해신 서의 창해

담하고 로쿠타는 사람이 아니니까. 보통 사람은 나를 싫어해. 요마가 곁에 있으면 기분 나빠 하지. 내가 요마의 동료로 보이나봐. ……아쓰유가 감싸주지 않았다면 진작에 로쿠타와 함께 죽었을 거야. 이것 봐."

고야는 옷소매를 말아 올렸다. 왼팔에 심한 흉터가 보였다.

"화살에 맞았어. 아쓰유가 치료해주지 않았다면 팔이 떨어져나갈 뻔했다고 의원이 그러더라."

로쿠타는 담담히 팔을 가리키는 고야의 얼굴을 보았다.

"……그래. 고야에게 아쓰유는 은인이구나."

"응."

"나는 고야와 쇼류가 싸우지 않았으면 좋겠어. 고야가 아쓰유를 주인이라고 한다면 아쓰유와 쇼류가 싸우지 않았으면 좋겠어."

"로쿠타는 정말로 상냥하구나."

"그런 게 아냐. 더 단순한 일이지. 나는 쇼류의 신하야. 왕이 어떻든 쇼류 자신이 어떻든 그 사실에서는 도망칠 수 없어. 아쓰유는 역적이 되겠지. 아쓰유의 행동에 무슨 이유가 있든 천명 없이 국권을 노리면 대역이라 불리게 돼. 아쓰유로서도 한번 왕에게 요구를 들이밀게 되면 되돌릴 수 없어. 사태가 일어나면 어느 쪽이든 쓰러지는 수밖에 없어. 고야와 아쓰유가 쓰러지든 나와 쇼류가 쓰러지든."

"……도망치면?"

로쿠타는 고개를 가로저었다.

"그럴 수는 없어."

"어째서? 왕이 싫잖아?"

"싫지만……. 있지, 고야. 너, 봉래를 찾고 있었지. 기억해?"

"기억하지. 허해 동쪽 끝에 있다지."

"나는 봉래에서 태어났어."

고야가 그러냐며 중얼거렸다. 그 목소리에는 옛날 같은 간절
한 울림이 없었다. 고야가 이미 봉래라는 환상에 흥미를 잃었음
을 알았다. 그래도 예의상 물어왔다.

"……봉래는 어떤 곳이야?"

"전쟁만 해댔지. 나도 산에 버려졌어, 고야."

고야가 눈을 동그랗게 떴다.

"로쿠타도……?"

"응. 아버지 손에 이끌려 산으로 들어갔어. 그대로 그곳에 버
려져 죽을 뻔했는데 봉산에서 데리러 왔어."

산에서 의식을 잃기 전에 들은 짐승 발소리는 요쿠히가 다가
오는 소리였다.

"기린은 원래 봉산에서 태어나 봉산에서 자라지?"

"맞아. 돌아와서 한동안 일은 기억나지 않아. 아직 사람이 되지 못할 나이였거든. 멍하니 있는 동안 시간이 흐르고 꿈에서 깬 것 같은 느낌이었어."

"정말로 기린으로 변하는구나."

"응. 정신을 차리고 보니 이상한 곳이라 정말로 깜짝 놀랐어. 어이없이 호화로운 생활을 하게 되었지. 우리 가족은 말이지, 먹고살기 위해 아이를 버려야 했어. 그런데 봉산에서는 음식은 가지에서 마음껏 따 먹으면 되고, 옷은 물론이고 방에 거는 휘장까지 비단인 거야. 고맙기는커녕 열불이 났어."

"……그래."

로쿠타는 시선을 떨어뜨리고 자신의 손을 응시했다.

"그러더니 나더러 왕을 고르래."

왕을 골라야 한다는 이야기를 들었을 때의 오한이 잊히지 않는다. 왕이란 야마나나 호소카와* 놈들 같은 존재겠지. 이해할 수 없는 그런 소리를 해서 여선을 곤란하게 만들었다.

"웃기는 소리라고 생각했지. 절대로 싫었어."

"기린인데?"

---

* 15세기 중엽, 오닌·분메이 연간에 내란을 일으킨 두 가문. 이 내란으로 수도가 불타고 일본 전체가 전란의 시기를 맞이한다.

로쿠타는 고개를 끄덕였다. 기린은 아무리 어려도 왕을 고르고 보좌하는 생물인 까닭인지 대개 조숙한데다 나이치고는 눈에 띄게 분별이 있게 마련이다.

"여느 기린처럼 나도 꽤 똘똘한 아이였으니 더 싫었지. 게다가 여선이 또 끔찍한 걸 이것저것 가르쳐주는 거야. 왕을 고르면 일해야 한다든가."

기린에게는 아무것도 없다. 왕을 고르고 왕을 섬기고, 작위고 영지고 주어진 것까지 실제로 왕의 소유다. 기린은 하늘로부터 왕을 고를 권한을 받았으나 왕이 순리를 거스르면 기린이 병들어 벌을 받는다. 죽으면 사령이 송장을 먹어치운다. 사령 역시 왕을 돕고자 두는 것이다. 필시 기린은 몸도 운명도 몽땅 왕을 위한 존재일 뿐인 것이다.

무엇을 위한 목숨인가.

군주는 백성을 학대한다. 그런 사실은 너무나도 잘 안다. 학대를 거들기는 싫다고 로쿠타는 절실히 생각했다. 아집이 전쟁을 부르고, 착취한 혈세는 백성을 피 흘리게 만든다. 군주란 싸우는 존재다. 백성은 전쟁의 불길에 내던져진 장작이다. 그런 일에 억지로 가담해야 하는데다 자신의 것은 무엇 하나 없다. 끝내 제 몸까지 바치라고 한다.

"어이가 없었어. 봉산으로 돌아와 꽤 지나서, 승산한 패거리가 대면을 위해 찾아왔지만 어느 놈이고 제대로 된 녀석이 아니었어. 애초에 나는 왕을 선정하는 자체가 싫었어. 그래서 도망친 거야. 왕을 고르지 않아도 되는 곳으로."

고야는 눈을 휘둥그렇게 떴다. 로쿠타는 그 모습을 보며 씁쓸하게 웃었다. 웃을 수밖에 없었다.

하지만 당시에는 로쿠타도 필사적이었다. 로쿠타는 전쟁으로 모든 것을 잃었다. 패권을 다투는 놈들을 원망해도 소용없지 않은가. 못내 싫어 견딜 수가 없어서 하다못해 안국이라는 나라를 보면 자신도 조금쯤은 기린의 자각이 싹트지 않을까 생각했지만, 여선을 졸라 함께 간 안국은 참담한 몰골이었다. 고향인 교*보다 한층 황량한 국토. 세상에 암운이 드리운 것처럼 보였다.

"황폐를 눈앞에 두니 봉래가 그리워서 견딜 수 없었어. 봉래가 더 낫다는 생각이 들었던 걸까, 아니면 그저 진력이 난 것일까. 나도 잘 모르겠지만."

그래서 로쿠타는 자신에게 정직하게 행동했다. 봉산을 뛰쳐나와 봉래로 돌아간 것이다. 전대미문의 사태였다. 그 탓에 지금도 봉산은 문턱이 높다.

---

* 교토의 옛 이름.

"당연한 말이지만 봉래로 돌아간다고 갈 곳이 있는 것도 아니고 할 일도 없었지."

돌아간 도읍은 초토화되어 시가를 끝에서부터 끝까지 한눈에 볼 수 있는 형상이었다. 부모를 찾았지만 찾지 못했다. 전화가 미치지 않는 이름 모를 땅으로 옮겼을지도 모르고, 역시 살아남지 못했을지도 모른다.

마음이 내키는 대로 서쪽으로 떠돌아다녔다. 하는 일 없이 지낸 삼 년의 세월. 이탄은 왕을 나무라지만 실제로는 로쿠타 탓이다.

"떠도는 것밖에 도리가 없어서 내키는 대로 여행하다 쇼류를 만났어."

세토우치* 해안가의 작은 영지였다. 지나쳐온 땅들은 어디고 전화의 불똥이 튀어 참담한 상황이었다. 딱 지금처럼 피 냄새에 취해 열에 들떠 있었다.

"기막히지. 발길이 닿는 대로 나아간 것뿐인데 꼭 왕에게 이끌린 것 같잖아. ……아마도 그런 식으로 도망칠 수 없었던 거겠지. 이제 와서는 나도 왕을 고르기가 싫어서 도망쳤는지, 왕이

● 일본 본토와 시코쿠 사이에 있는 세토 내해 연안.

봉래에 있어서 그토록 돌아가고 싶었는지, 어느 쪽인지 모르겠어."

"그래."

고야의 목소리는 조금 침울하게 들렸다.

"그러니까 나는 쇼류의 신하야. 이제 와 물릴 수 없는 사실이야. 이것만은 어쩔 수 없어. 정말로. 아쓰유가 병사를 일으키면 나는 고야의 적이 될 거야. 나는 너나 네 주인과 싸우고 싶지 않아. 지금이라면 늦지 않았어. 아쓰유를 막아줘."

고야는 잠시 침묵했다. 표정으로는 그가 무슨 생각을 하는지 살필 수 없었다. 조금 뒤 입을 연 고야의 말에 로쿠타는 실망을 금치 못했다.

"……못 해."

"고야."

"아쓰유는 알고 있어. 자신이 하려는 일이 무엇인지. 알면서 하려는 거니까 그만두라고 할 수 없어."

"내란이 일어날 거야. 많은 병사가 죽고 많은 백성이 휘말리겠지."

"그러겠지."

눈을 내리뜨고 중얼거린 고야의 얼굴에는 표정이 없었다.

003

—안국을 부탁드려요.

그렇게 말한 사람은 봉산의 여선이다. 여선 또한 수명 없는 생물, 승선하면 나이를 먹지 않는다. 쇼슌小春이라는 그 여선은 열두어 살쯤으로 보였다.

—제가 살던 마을은 효왕에게 몰살당했어요. 어른과 아이 몇 명만 살아남았지요. 도저히 모두 먹고살 수가 없었어요. 그래서 저는 서왕모님 사당에 가서 기도했답니다. 여선으로 들여달라고요. 살아남은 아이 중에서 제가 제일 컸어요.

서왕모를 기리는 사당은 다 쓰러져갔다. 부러진 기둥을 있는 힘을 다해 받치며 빌었다. 죽을 때까지 기둥을 놓지 않겠습니다. 무슨 일이 있어도 절대로. 곡기를 끊고 자지도 않고 떨리는 팔다리로 쉬지 않고 기둥을 떠받치기를 이틀. 〈왕모의 찬가〉를 일천 번 부른 끝에 오산에서 쇼슌을 맞으러 왔다.

—조금이라도 안국에 도움이 되고 싶었어요. 그런데 엔키를 뫼실 수 있으니 저는 행운아네요.

—건강하게 자라서 머지않아 왕을 고르시겠지요. 연 태보라 불리고 안국으로 내려가 재보로서 왕을 돕고, 정말로 안국을 구해주실 거예요.

아니라고 로쿠타는 멀리서 외쳤다.

"왕이 나라를 구해? 정말로 백성을 구한다고?"

전란의 불씨를 부를 뿐이다. 백성을 던져 넣고 불을 지핀다. 그것이 왕이다.

"……그런 말은 다 거짓이야, 쇼슌! 왕만 없으면 백성은 어려워도 어떻게든 다시 일어날 수 있어. 왕이 있으면 안국은 정말로 망하고 말 거야. 아무도 살아갈 수 없는 나라가 될 거야."

—안국을 부탁드려요.

"나나 쇼슌 같은 아이를 더이상 만들어서는 안 돼! 왕을 등극시켜서는 안 돼!"

로쿠타의 외침에 쇼슌의 미소가 무너졌다. 뚝뚝 떨어지는 눈물방울이 얼굴을 적셨다.

쇼슌이 운다. 기린이 나라를 버리고 도망치다니. 아니, 울고 있는 것은 자신인가.

"이봐, 꼬마야."

흔들어 깨우는 통에 로쿠타는 간신히 눈을 떴다. 창궁의 태양이 제대로 눈에 비쳐 들어 머릿속을 하얗게 태웠다.

"정신이 들었니? 깨어났어?"

생선 비린내 나는 거친 손으로 들깨워서 로쿠타는 눈을 떴다.

가까이에 오두막이 있다. 몇 사람이 로쿠타를 들여다보았다.

로쿠타를 흔들던 초로의 남자가 다행이라며 한숨을 내쉬었다.

"불러도 때려도 눈을 뜨지 않기에 죽었나 했지."

남자는 안도한 듯이 말하고는 뒤돌아보았다.

"도련님, 눈 떴어요. 어떻게 숨은 붙어 있었나 봅니다."

땅에 가득한 피 냄새에 취해, 열에 들떠 걷다 지쳐서 별생각 없이 해안가 바위밭에서 잠든 것까지는 기억한다. 그 뒤로 기억이 없었다. 크게 숨을 들이쉬자 바다 내음이 났다. 피 냄새가 나지 않는다. 여기에 부는 바람은 맑았다.

"애."

남자가 로쿠타의 볼을 가볍게 두드렸다.

"도련님께서 구해주셨으니 고맙다고 인사드려."

남자가 보는 방향을 로쿠타도 보았다. 오두막집 앞에 놓인 돌에 앉아 있는 키 큰 남자가 보였다.

"안 죽었나."

그렇게 말한 남자가 로쿠타를 본다. 씩 웃는 남자의 얼굴을 보고 로쿠타는 등골에 전율이 일었다. 추운 것도 무서웠던 것도 아니다. 닭살이 돋을 정도로 기뻤다.

—천계가 어떠한 것인지 그때가 되면 압니다. 아무리 어린 기린이라도 반드시 왕을 고르니까요.

교를 떠나 마음 내키는 대로 걸었다. 처음에는 부모의 고향이 있는 동쪽으로 향했지만, 이내 울적해져서 앞으로 나아갈 마음을 잃고 말았다. 뒤돌아보니 서쪽이 어쩐지 밝은 느낌이 났다. 서쪽으로, 서쪽으로 햇살을 찾듯이 쑥대밭이 된 산야를 정처 없이 걸어, 바닷가 마을까지 이르렀다.

"어디에서 왔지."

일어선 남자는 바닥에서 몸을 일으킨 로쿠타 옆에 쭈그려 앉았다.

기뻐서 울고 싶었다.

"혼자인가? 가족을 잃어버렸나."

"……당신 누구야."

"나는 고마쓰小松의 아들이다."

깨닫고 말았다. 로쿠타는 눈을 감았다.

이자가 왕이다.

이 남자가 안주국을 철저하게 망가뜨릴 왕이다.

남자는 고마쓰 사부로三郎 나오타카라 했다. 이 바다에 면한 토지의 고쿠진*, 고마쓰 가문의 삼 대째 후계자라고 어부들에게 들었다. 고마쓰의 후계자는 성 아랫마을 어부들과 친했다.

"저런 사람이 집안을 이어서 잘 꾸려가려나. 나쁜 사람은 아니지만 워낙 고삐 풀린 망아지 같은 이라서.”

로쿠타를 보살피고 집으로 들인 어부는 그렇게 말했다.

“뭐, 그릇이 큰 걸지도 모르지만.”

“흐응……”

좋은 평판은 듣지 못했다. 다들 웃으면서 헐뜯는다. 사람들에게 존경받지는 못하나 거리는 가까웠다. 나오타카가 자주 마을을 돌아다니기 때문인지도 모른다. 성에서 할 일이 없는지, 날마다 말단 병사 같은 가벼운 차림으로 와서는 아이와 놀거나 아가씨들을 희롱하거나 젊은 패거리를 모아 목도를 휘두르며 바쁘게 지냈다. 어부 흉내를 내 바다에 나갈 때도 많았다.

“너, 사실은 대단한 사람이지.”

로쿠타는 배낚시를 간다는 나오타카를 따라가 물어보았다. 그는 로쿠타가 몸져누워 있는 동안 이따금 얼굴을 비쳤다. 딱히 로쿠타에게 마음을 쓴 것이 아니라, 어부의 집에 있는 곱고 젊은 미망인이 목적인지도 몰랐다. 무시하려고 해도 할 수 없었다. 정신을 차리고 보면 어느새 그림자처럼 나오타카의 뒤를 졸졸 따라다니고 있었다.

/

● 토착 영주.

"대단하기는."

나오타카는 대답하고는 웃었다. 그가 바다에 드리운 낚싯줄은 아까부터 꿈쩍도 하지 않는다.

"언젠가는 일국─國 일성─城의 주인이 될 거잖아."

성은 바다와 접한 언덕 위에 있다. 그곳에 저택이 있고 작은 만 쪽에 자그마한 마을이 형성되어 있었다. 만 앞의 작은 섬에는 견고한 지성枝城°이 있다. 만의 연안 일대와 그와 접한 산지, 만 가까이에 있는 섬들이 고마쓰가 다스리는 땅이다.

"이걸 일국이라고 하니 부끄럽군."

나오타카는 쓴웃음을 지었다.

"고마쓰는 원래 세토우치에 근거지를 뻗친 해적이야. 다이라 가문의 후예로 겐페이 합전°° 때 명령을 받아 수군이 되었다고 하지만 아무래도 수상쩍어. 고작해야 어부들을 관리하던 토착 무사가 두각을 나타내 영주가 된 거겠지."

"흐응……."

"욕심쟁이 영감이 곳곳의 토착 무사를 위협해 신하로 들여서 고쿠진이라 불릴 정도는 되었다만, 결국 다이묘에게 꼬리를 흔

° 본성 밖에 따로 지은 성.
°° 미나모토와 다이라 두 씨족이 세력을 다툰 전투.

들어서 살아남은 거지. 유사시에는 수군이 되어 싸우겠다는 계약 덕에 간신히 오우치에게 영지를 묵인받고 있다고 해야 할 판인가. 맨 위의 형은 오우치에 출사하여 오닌·분메이의 대란 때 교에 상경했다 죽었고, 둘째 형은 고노 집안으로 갔는데, 영감이 저승길 선물로 섬 하나를 슬쩍하는 바람에 처형당하고, 집을 이을 아들이 얼빠진 셋째밖에 없어."

"백성들이 큰일이네."

나오타카는 호탕하게 웃었다.

"그러게나 말이다."

"마누라나 자식은 없어?"

"있지. 아내는 오우치의 방계에서 얻었지. 떠맡았다고 하는 편이 옳겠군."

"좋은 사람이야?"

"글쎄. 제대로 만난 적이 없어서 몰라."

"그래?"

"해적 집안은 별로 마음에 들지 않는 모양인지, 첫날밤에 침소를 찾아가니 할멈 두 사람을 방패 삼아 죽자사자 안으로 들여주지 않더라니까. 어이가 없어서 그 뒤로 한 번도 가지 않았어. 그런데 자식이 있으니 신기하지."

"어이, 잠깐만."

토착 무사가 측실을 몇 사람 보냈지만, 부인 일도 있고 해서 가까이할 마음이 들지 않았다. 로쿠타 같은 뜨내기에게 그런 이야기를 거리낌없이 했다.

"그거 좀 쓸쓸하지 않아?"

"딱히 불만은 없어. 마을에 가면 성 아랫마을의 엉덩이 가벼운 계집애들이 놀아주지. 집안이니 은혜니 하는 것들을 짊어지고 비장한 얼굴을 한 여자보다 도련님 도련님 하며 떠들어주는 여자가 좋아."

로쿠타가 한숨을 쉬었다.

"너 사실은 엄청나게 바보지?"

"다들 그렇게 말하는데, 역시 알아차렸나?"

"이 영지의 백성들이 너무 불쌍해."

어리석거나 그릇이 크거나 둘 중 하나다. 로쿠타는 그 점을 가늠할 수 없었다. 단, 난세에는 맞지 않는다. 이 남자는 나라 바깥이 어떤 형세인지 모르는 것일까. 도읍을 잿더미로 만든 전란에 슈고*가 힘을 잃고, 각지에서 고쿠진이며 소진**이 일어나 지금은 가는 곳곳마다 피 냄새가 나지 않는 데가 없다. 분명히 이 땅

---

* 슈고다이묘. 지방 호족.
** 농촌 자치구의 유력자로 일부가 토착 무사화됨.

은 아직 평화롭지만 그런 평화가 영원히 이어지리라 착각이라도 하는 것인가.

"네가 여자랑 짝짜꿍 벌이는 틈에 나라가 망한다든지."

"뭐, 그런 일도 있을 수 있지. 흥하면 반드시 쇠락한다고 하잖아."

"영지 사람 전부가 피해를 본다고. 전쟁이 나면 다들 어려워져."

나오타카는 태연히 웃었다.

"싸우지 않으면 되지. 고바야가와가 쳐들어오면 두 손 들고 항복해 고바야가와의 백성이 되는 거야. 아마코가 오면 아마코의 백성이 되고. 고노라면 고노의 백성이 되면 돼. 그러면 별문제 없어."

로쿠타는 기가 막혀서 입을 열었다.

"알았다. 너는 진짜 바보야."

나오타카가 껄껄 웃었다.

진심으로 몸서리를 치면서도 로쿠타는 이 땅을 떠날 결심이 서지 않았다.

―이 남자를 왕으로 삼아서는 안 된다. 그것만은 알고 있건만.

"찾았습니다."

방으로 뛰어 들어온 하관은 그곳에 상관인 슈코뿐 아니라 이탄과 세이쇼, 게다가 왕까지 있어 흠칫 놀랐다.

슈코가 왕에게 하사받은 후궁의 방이다. 후궁이란 본디 왕후와 애첩을 위한 곳이니 왕이 있다는 사실은 전혀 이상할 것 없지만, 슈코가 극비리에 집무를 보기 위한 방이라 설마 진짜 왕이 있을 줄은 생각지 못했다.

슈코는 아무렇지 않게 돌아보았다.

"찾았어? 설마 원주인가."

"아, 예."

허둥지둥 왕에게 평복한 관리에게 슈코는 손을 저었다. 일어서라는 뜻이다.

"신경쓰지 않아도 돼. 그냥 장식물이니까. 그보다 보고해 봐."

"예, 예. 원주 하관夏官 사사에 바쿠駁 고야라는 자가 있었습니다. 고야는 이름. 자는 없습니다."

"수고했다."

슈코는 손을 저어 나가라고 명령했다. 노고를 치하해주고 싶지만 지금은 그럴 여유가 없다. 여전히 놀란 모습으로 나가는 하관을 지켜보고 나서 슈코는 탁자 위를 들여다보고 있는 이탄과 세이쇼를 보았다. 빈둥거리며 긴 의자에 누워 있는 쇼류는 무시했다.

"역시 원주인가. 리비나 원주의 삼공三公 이하 나라에서 파견한 관리들과도 연락되지 않습니다. 고야라는 자는 확실히 아쓰유의 앞잡이였던 거군요."

이탄은 고개를 끄덕였다. 심각한 얼굴로 손에 든 종이로 시선을 떨어뜨렸다.

"태보와 어디서 알게 된 사이인지……. 세이쇼, 원주사의 숫자는 얼마나 되지?"

"일군一軍, 단 흑비좌군黑備左軍 일만 이천오백 명."

로쿠타가 모습을 감춘 지 사흘. 재보를 유괴했으니 상대방은 이미 철저하게 준비해놓았으리라.

"귀찮게 됐군."

이탄은 지면을 곰곰이 뜯어보았다. 왕이 장악하는 왕사는 현재 금군 일군一軍, 정주사 일군. 그것도 병졸의 숫자 칠천오백 하고 오천, 양쪽을 합해도 원주사와 같은 숫자다. 정상이라면 일만 이천오백 명의 병사가 육군이 있어야 하지만 안국은 인구 자체가 적다.

"그건 허세겠지."

동의 해신 서의 창해

쇼류가 말했지만, 안타깝게도 상대해주는 이는 없었다.

"간신히 황비黃備 칠천오백, 백성을 징병해 일만 명 정도라고 보는데……"

왕 직속의 금군으로 말하자면 군은 좌우중左右中 삼군三軍, 이는 흑비라 하여 통상적으로 각 군에 일만 이천오백 명의 전업 병사를 상비하고 있다. 그것이 불가능할 때에는 보통 백비白備 일만 명, 황비 칠천오백 명으로 규모를 낮추어간다. 재보가 다스리는 수도 주사도 통상은 흑비黑備, 여주余州라 부르는 다른 여덟 주의 주사는 통상 황비 칠천오백 명을 상비하고 급하게 군을 움직일 때에는 나머지 오천 명을 백성 중에서 모집하며, 더욱 화급할 때에는 징병하게 되어 있다. 주사는 이군二軍에서 사군四軍으로, 왕사고 주사고 이보다 많은 군비는 『태강』으로 금지되어 있다. 타국 침략은 적면覿面의 죄라 하여 기린도 왕도 며칠 이내에 죽을 정도의 대죄이므로, 군대는 내란 때에만 움직이고 군비 또한 나라 안 문제를 대비한 최소한으로 정해져 있다.

주사 사군이라면 좌우중군에 좌군佐軍이 더해지는데, 이 좌군은 대개 청비青備 이천오백 명을 상비하고 있다. 원주에는 본디 사군이 있었으나 현재 우중좌 삼군 없이 좌군 일군밖에 존재하지 않는다.

쇼류는 운해를 보았다. 상비군은 원래 같으면 왕사 육군에 칠만 오천 명, 각 주사에 최대 사군 삼만 명으로, 주후의 반란 따위 문제가 되지 않는다. 반대로 여덟 주가 연합하면 최소한이라도 십이만 명, 만약 도를 잃은 왕을 옥좌에 두는 것이 위험하다 판단되면 여덟 주사로 왕을 칠 수 있다. 하지만 어느 쪽 기능을 수행하려 해도 지금은 백성의 숫자가 너무 적다. 본디 삼백만 명은 있을 성인이, 정말 우습게도 즉위 당시에는 겨우 삼십만 명밖에 되지 않았다.

나라 밖으로 탈출했던 백성이 돌아오고 아이가 어른이 되어 늘었다고 해도 겨우 그 두 배. 왕사에 일만 이천오백 명이 있는 것이 신기할 지경이다.

"흑비좌군은 말도 안 돼……."

"아무튼……" 하고 역설하는 이탄의 목소리가 들렸다.

"틀림없이 원주에 있다는 증거가 필요해. 고야라는 이름의 신하가 있다는 것만으로 어떻게 왕사를 움직이느냐 이거야."

"그러나 한시를 다투지 않습니까? 만에 하나라도 태보께 불상사가 있다면……."

"왕사를 준비할 것을 진언하지."

세이쇼의 말을 듣고 쇼류가 일어났다. 그 모습을 보고 슈코가 어디로 가느냐고 다그쳤다.

"나는 필요 없어 보이니 가서 잔다."

쇼류는 "주상" 하고 한숨을 쉬는 슈코를 향해 웃으며 냉큼 방을 나갔다. 문 앞에서 갑자기 생각난 듯이 걸음을 멈춘다.

"아, 맞다. 칙명을 내리지. 육관 삼공을 파면한다."

놀라기는 슈코도 이탄도 마찬가지였다.

"너는 대체 무슨 생각이야! 지금이 그런 말을 할 때냐!"

이탄의 안색이 바뀌었다. 자칫하면 내란이 일어날지도 모를 이런 시기에 관리를 이동해서 어쩔 셈인가. 새로운 인선을 집행하고 관위를 주는 것만으로도 번거롭기가 말도 못한다. 심지어 벼슬 욕심에 까딱하면 내분까지 부를 수 있다.

그렇게 나무라도 쇼류는 도무지 들으려고 하지 않았다.

"놈들의 얼굴은 신물이 나. 세이쇼, 총재에게 전해서 내일 조의를 소집해."

"제정신인가."

말로는 다하지 않은 비난을 담은 세이쇼의 말조차 듣는 둥 마는 둥 했다.

"내가 왕이잖아? 내가 내키는 대로 할 거야."

쇼류는 세 사람의 비난을 흘려들으면서 후궁을 나와 소신에게 귓속말을 했다.

"기수를 데려와."

"주상."

"잠깐 산책하는 것뿐이야. 융통성 없게 이러지 마."

이 소신은 모센毛旋이라 한다. 모센은 한숨을 푹 내쉬었다.

"노상 그러시잖아요. 제가 도운 것이 들통나면 대복이 저를 목 졸라 죽일 거예요."

"그때는 반드시 후候의 작위를 내리지."

"죽은 뒤에 받아도 하나도 기쁘지 않습니다."

"그렇다면 특별히 공公으로 올려줄게."

"농담하지 마세요. 기수를 내오기는 하겠지만 대신에 저도 함께하겠습니다."

"그런 재미없는 소리는 넣어둬."

모센은 어이없어하는 표정을 지었다.

"정말 지금이 어떤 때인지 아십니까."

"거, 이런 때야말로 번잡한 일들이 있는 법 아닌가."

"빨리 돌아오셔야 합니다. 이렇게 만날 어디로 가셨는지 모른다고 변명하다가는 대복이 저를 좌천시켜버릴 겁니다."

쇼류가 웃었다.

"그때는 어떻게든 해주마."

001

재보 로쿠타가 사라지고 열흘 뒤, 문제의 원주에서 조정으로
사자가 찾아왔다.

"호오. 원주인가."

조의에 참석해 관리의 잔소리에 귀 기울이는 척하며 흘려듣던
참이었다. 육관을 파면했다. 차관들 중에는 육관장이 오랫동안
뒤를 봐준 부하가 태반이라, 어찌하여 파면했느냐고 시끄럽게
짖어댔다.

쇼류는 얼씨구나 잘되었다 싶어 사자를 들이라 명령했다. 잠시
뒤 안내받아 들어온 이는 쉰 줄쯤 돼 보이는, 예장을 갖춘 남자였
다. 그는 무릎을 꿇고 옥좌 앞으로 나아가 머리를 깊이 조아렸다.

"원주에서 왔다고."

쇼류가 문자 이마를 바닥에 댄 채 대답했다.

"소관은 원주 주재州宰, 인 하쿠타쿠院白澤라 하옵니다."

"주재가 무슨 용건인가."

하쿠타쿠는 품에 가지고 있던 서장書狀을 꺼내 조아린 머리 위
로 들었다.

"저희 주 영윤의 상소이옵니다."

"고개를 들라. 귀찮군. 네 입으로 듣지."

"예."

하쿠타쿠는 희끗한 수염을 기른 얼굴을 들었다.

"하오면 외람되오나 말씀 올리겠습니다. 태보 엔키는 원주에
머물고 계십니다."

조신들이 숨을 삼켰다.

"그래서?"

"왕 위에 상제를 두어, 그 자리에 저희 주군 원백元伯을 세워주
십시오."

아쓰유의 본성은 세쓰接, 씨는 겐元, 이름을 유祐라 한다.

"그래, 아쓰유의 바람은 왕이 아니라 상제인가. 머리를 썼군."

"원백은 주상을 조금도 가벼이 여기고 있지 않사옵니다. 왕의
위신은 그대로 두옵고 그저 실권만 원백께 양도하시길 바랄 뿐

입니다."

"총재 자리를 내어주면 어떤가."

"황공하오나 그것은 왕의 신하에 지나지 않고……."

"어디까지나 왕보다 위가 아니면 싫다는 소리로군."

"명예를 가진 왕과 실무를 보는 왕, 두 왕은 나라를 어지럽히
는 씨앗이겠지요. 명실공히 실권을 누군가에게 양도하시고 이궁
離宮으로 옮기신다면 주상께서는 아름다움을 뽐내는 꽃들을 즐
기실 수 있습니다. 후원에서 느긋하게 향락을 누리십시오."

쇼류가 폭소했다.

"그래, 아쓰유에게 상제 자리를 주면 나는 미희가 가득한 한촌
에서 한가롭게 놀고먹을 수 있겠군."

하쿠타쿠는 머리를 깊이 조아렸다.

"아쓰유에게 전하라."

"예."

"나는 내 것을 내어줄 정도로 마음이 넓지 않다."

조신 중 하나가 "주상!" 하고 소리쳤으나 쇼류는 손을 저어 입
을 막았다.

"엔키를 돌려보내면 온정을 베풀어 자결하게 해주겠노라고 아
쓰유에게 전해. 끝까지 엔키를 방패 삼아 일을 어지럽게 만들 심
산이라면 반드시 잡아들여 천하의 역적으로 참수하겠다."

하쿠타쿠는 금세 그 자리에 머리를 깊이 조아렸다.

"분명히 말씀 받잡았습니다."

쇼류가 일어났다. 허리에 찬 검을 잡는다. 조의에 무기를 들고 입실할 수 있는 자는 왕과 왕의 호위관뿐이다.

"……하쿠타쿠. 살아서 원주로 돌아갈 생각이었나."

하쿠타쿠는 머리를 조아린 채 고개를 들지 않는다.

"아니옵니다."

대답은 명료했다.

"아쓰유가 주재인 너를 사자로 임명하였더냐."

"소관이 자청하였습니다. 처음부터 성으로 돌아가지 못할 줄은 알고 있었으니 전도유망한 젊은이에게 맡길 수는 없었사옵니다."

"이럴 때는 사자의 목을 베어 원주성에 던져주는 것이 이치에 맞겠군."

"신변은 정리하고 왔습니다."

쇼류는 하쿠타쿠 앞에 한쪽 무릎을 꿇었다. 허리에서 뽑은 칼 등으로 하쿠타쿠의 턱을 올렸다.

"역적의 말로는 알고 있겠지?"

"물론 알고 있사옵니다."

하쿠타쿠의 눈은 흔들림이 없다. 쇼류는 반쯤 감탄하며 쓴웃음을 지었다.

"다기차군. 죽이기는 아까워. 너, 국부에서 일할 생각은 없나."

"소관의 주군은 원백이옵니다."

"백관의 주인은 왕인 줄 아는데."

"소관은 원주후께 관직을 받았사옵니다. 후를 임명한 분은 효왕. 그렇다면 주상께서 앉힌 관위라 할 수는 없지요. 아니면 주상께서는 후를 신임하시고 장차 오래도록 후의 관위를 보장해주시겠습니까."

"그렇군."

쇼류는 쓴웃음을 지으며 검을 넣었다.

"아무래도 네 말이 합당한 듯하군."

하쿠타쿠는 꾸벅 고개를 숙였다.

"주군의 명이라면 모반도 거드나. 그래도 주재라면 영윤의 짧은 생각을 나무라는 것이 도리일 터."

"원백께서도 할말은 있사옵니다. 구태여 역적의 오명을 쓴 원백의 괴로운 마음을 헤아려주십시오."

"아쓰유는 주후가 아니야. 너희의 주인이 될 수 없어야 맞지. 주후의 아들이기 때문인가? 이쪽에는 핏줄을 받드는 풍습은 없을 텐데."

"후는 이미 정사를 은퇴하시고 전권을 원백께 이양하셨습니다. 저희 주의 백관이 납득하였고, 주군에 어울리는 분이라 판단하였기에 주인으로 맞은 것이옵니다."

"실질적인 주후라는 소리인가? 이중 찬탈이로군. 주후는 왕이 임명한다. 설령 주 관리들의 합의가 있다 하더라도 너희가 멋대로 정해서 될 일이 아니다. 그런데다 옥좌까지 내놓으라?"

"어떻게 말씀하셔도 이미 원주의 뜻은 정해졌사옵니다."

"……그래."

쇼류가 일어나서 가볍게 손을 저었다.

"돌아가라. 아쓰유에게 대답을 전하라."

"돌려보내주시는 것입니까."

"대답을 전할 자가 필요하잖아. 돌아가면 전하라. 너는 역적이 되었다고."

"……알겠습니다."

"될 수 있으면 싸우고 싶지 않아. 마음이 내키면 아쓰유에게 그만두라고 진언해줘."

"마음이 내키면 말입니까."

처음으로 똑바로 바라보는 하쿠타쿠의 눈을 쇼류는 미소로 받아넘겼다.

"이 세상에는 하늘의 뜻이 있다고 하지. 내가 정말로 천명을 받은 왕이라면 모반 따위 성공하지 않을 터. 굳이 하늘의 뜻을 시험하고자 한다면 좋을 대로 해봐."

"주상께서는 천명의 위광威光을 믿고 계시는군요."

쇼류가 쓴웃음을 지었다.

"믿고 자시고 옥좌에 버티고 앉아 있는 이상 내가 하늘의 뜻을 의심할 수야 없지. 하늘의 뜻 따위 없다고 말해버리면 이렇게 머리를 숙이는 너희가 설 자리가 없지 않나."

"그러……하옵니까."

"내란은 모든 이들에게 해가 될 뿐이다만 나로서는 천명을 짓밟고 싸움을 걸면 받아들일 수밖에 없어."

쇼류는 그렇게 말하고 나서 명암이 갈리는 표정들을 지은 제관을 보았다.

"주재를 정주 바깥까지 보내줘. 굳이 대답을 전할 사자를 보내 아쓰유에게 죽게 하고 싶지는 않다. 주재에게 위해를 가하는 자가 있다면 그놈을 주후성의 사자로 보내겠다."

002

쿵쾅거리며 왕의 거처로 들어온 이탄은 긴 의자에 빈둥빈둥

누워 있는 주인의 모습을 보자마자 반사적으로 호통을 치고 말 았다.

"이 모자란 인간아!"

그제야 이탄이 들어온 것을 알아챈 쇼류는 몸을 살짝 일으키 고 고개를 갸웃거렸다. 이탄의 안색은 물론이거니와 뒤따라온 슈코와 두 사람을 불러들였을 세이쇼 역시 마찬가지로 떨떠름한 얼굴을 하고 있었다.

"······갑자기 무슨 일이야."

"원주에서 사자가 왔다며."

"왔지. 정중하게도 주재를 사절로 보내왔더군."

"아쓰유를 상제에 앉히라는 요구라고? 요구를 단칼에 거절했 다며?"

쇼류가 눈을 깜빡거렸다.

"상제로 삼을 수는 없잖아."

"너는 머리가 안 돌아가냐! 왜 거기서 시간을 벌지 않는 거야? 조정에 의견을 묻는다고 하고 시간을 벌면 약점을 찔러 잘 구스 를 수도 있잖아! 내정을 조사하고 병사를 모을 시간이 전혀 없단 말이다!"

쇼류는 눈초리를 치켜세운 이탄을 향해 웃었다.

"뭐, 어떻게든 되겠지."

"에라이, 이 어리석은 왕 놈아! 안타깝게도 세상은 그렇게 네 놈 장단에 맞춰 움직여주지 않는다고!"

이탄은 화내고 있다. 격노라는 말이 어울린다. 원주사는 일만 이천오백 명, 그에 대적하는 왕사 또한 같은 숫자. 사태를 일으키려면 병졸을 모아 최소라도 두 배, 할 수 있다면 세 배는 거느리고 싶지만, 징병을 명한다고 그만한 인원이 하루이틀 만에 모이지는 않는다. 사람만 모이면 되는 것이 아니다. 무기를 어떻게 다루는지 가르치고 군대의 규율을 익히게 해서 모양새나마 체제를 갖출 때까지 얼마나 시간이 걸릴까. 게다가 원주까지는 걸어서 한 달, 원정 기간 동안 군량은 어찌할 것인가. 군량을 운반할 수레 숫자부터 절대적으로 부족하다.

쇼류는 어이없어하며 이탄을 보았다.

"……제 나라 왕을 이렇게 매도하는 녀석이 너 말고 또 있을까."

"네놈이 어디가 왕이냐! 욕먹고 싶지 않으면 조금 더 입장을 알아먹지그래!"

"딱히 욕을 먹어서 신경쓰이는 것은 아니다만."

이탄이 어깨를 축 늘어뜨렸다.

"……너한테 무슨 말을 해도 소용없다는 걸 깨달았다."

"이제야?"

이탄은 쇼류의 말을 무시하고 등뒤의 벗을 돌아보았다.

"아무튼 왕사를. 일만 이천오백 명 겨우 맞춰 원주로 향하는 수밖에 없겠지."

이탄의 말을 쇼류가 간단히 가로막았다.

"그럴 수는 없지."

"왜."

"로쿠타가 없어. 정주사를 움직이려면 로쿠타에게 괜찮은지 물어야 하잖아. 그런데 안타깝게도 대답할 녀석이 없네."

"비상시라는 말도 몰라?"

"하지만 그렇게 정해져 있는걸."

"바로 그 태보를 구해야 한다고! 사로잡힌 태보에게 어떻게 재가를 받아. 대체 네 머리는 어떻게 되어먹은 거야?"

"재가를 받을 길이 없군. 음, 주사는 포기해야겠어."

이탄은 진심으로 눈앞이 아득해졌다.

"……너 몰라? 원주에는 흑비좌군이 대기하고 있어."

"잘 알지. 아, 광주光州 주후를 경질한다."

이탄은 눈을 부릅떴다. 광주는 도읍이 있는 정주의 북서쪽에 있는 커다란 주이다. 남부는 마침 원주와 정주 사이에 끼어 있다.

"네놈은 지금이 어떤 때인지 몰라?"

"알다마다. 주후를 경질하고, 광주 영윤을 태사太師로 맞이하고, 주재를 태부太傅로, 이하 주 육관을 육관장에 앉힌다. 칙사를 파견해 관궁으로 불러들여. 세이쇼."

"예."

세이쇼가 자세를 바로 했다.

"칙명으로 너를 금군좌군 장군에 봉한다. 좌군을 끌고 원주 완박으로 가서 완박성을 포위하라."

세이쇼는 알았다는 뜻으로 가볍게 고개를 숙였다. 이탄의 목소리가 거칠어졌다.

"무슨 꿍꿍이야. 사람 말을 조금이라도 들어!"

이탄이 덤벼들 기세였지만 쇼류의 태도는 쌀쌀맞았다.

"이미 정했어. 칙명이야."

"세이쇼를 장군으로 앉히는 건 좋아. 하지만 고작 칠천오백 명의 군사를 보내서 어쩔 건데. 주후성은 쉽게 함락되지 않아. 그동안 군량은 어쩔 거야. 어떻게 병사를 움직일 작정이냐고."

"그러면 묻지. 내가 왕이 아니었나?"

"유감스럽게도 네놈이 왕이다."

"그런데 칙명을 내리는 데 일일이 설명이 필요한가."

이탄은 쇼류를 노려보았다.

"어리석은 군주의 변덕에 휘둘려 나라를 기울게 할 수는 없으니까."

"이거야, 원."

쇼류는 중얼거리고는 일어나서 탁자를 가볍게 쳤다.

"우선 이 얘기부터 해두지. 안국의 여덟 주는 현재 왕의 신하가 아니야."

이탄이 깜짝 놀라 숨을 삼켰다. 분명히 주후는 효왕이 임명하였지만 이렇게 딱 잘라 말할 줄은 몰랐다.

"관궁을 비울 수는 없어. 왕사를 모조리 내보내면 반드시 발목을 잡으려는 자가 나오겠지."

"하지만……."

"잠자코 듣고 있어. 원주는 로쿠타를 데리고 있어. 로쿠타를 방패 삼아 이쪽을 공갈할 셈이지. 원주는 수고를 들여 관궁까지 병사를 보낼 필요가 없어. 놈들은 관궁에서 대량의 무기를 사들인 모양이지만 말이나 수레를 사들였다는 이야기는 듣지 못했어. 놈들은 관궁을 공격할 생각은 없는 거야. 적어도 근일에는 없어. 일단 이것이 한 가지."

이탄은 고개를 끄덕였다.

"그러나 이쪽도 움직이지 않고 원주를 기다리고 있을 수는 없지. 로쿠타가 있으니까. 저쪽이 공격해오지 않는다면 이쪽에서 공격할밖에. 원주 좌군 일만 이천오백 명, 이에 대적하는 왕사가 금군, 정주사를 합해 마찬가지로 일만 이천오백 명. 지리적 이점을 고려할 것도 없이 이쪽이 불리하다. 전군을 보내야 해."

"그러니까 그렇게 말하고 있잖아."

"전군으로 완박을 포위하고 주후성을 공격한다. 아마도 원주는 수성전守城戰을 준비하고 있겠지. 사태는 매우 더디게 풀릴 거야. 하루아침에 수습될 리 없어. 여기까지는 누구든 읽을 수 있지. 원주도 이 정도는 읽고 있다는 소리야. 다음에 원주는 어떤 수로 나올까."

"다음……."

그 자리를 둘러본 쇼류의 시선에 대답하듯 슈코가 입을 열었다.

"관궁과 가까운 주후를 움직여 관궁을 공격하겠군요. 이미 내밀히 이야기를 마쳤다고 생각해야겠지요."

"그거야. 따라서 절대로 관궁을 무방비하게 둘 수는 없다. 주사는 남겨두고 원주가 모반을 일으켰다는 정보를 흘려 근처에서 병졸을 모은다."

"하오나 그것으로 버틸 수 있겠습니까."

"버티게 해. 검이나 창을 쓰지 못해도 상관없어. 무조건 백성을 엄청나게 많이 모아 관궁에 둔다. 주변 주후의 군대 중에 일만 명을 넘기는 군대는 없다. 무장한 백성이 삼만 명 있다면 남의 지위를 위해 도박할 자는 없을걸."

이탄은 언짢은 목소리로 내뱉었다.

"있으면 어쩔 건데."

"운이 없는 거니까 포기해야지."

"이봐……."

"착각하지 마. 우리에게는 뒤가 없어. 로쿠타가 살해당하면 나도 옥좌를 잃는다. 나와 한패였던 너희도 누구보다 먼저 관위를 잃겠지."

순간적으로 말문이 막혔던 이탄 옆에서 슈코가 중얼거렸다.

"하지만 백성을 얼마나 동원할 수 있겠습니까……."

"있는 거짓말 없는 거짓말 죄 늘어놓아서라도 긁어모아."

"거짓말……."

"태보는 열세 살, 아예 열 살로 깎아. 어린 태보가 얼마나 정이 깊은지, 일화를 날조하는 거야. 쓸 수 있는 놈들을 전부 써서 소문을 퍼뜨려. 원주에 사로잡혀 너무나 딱하고 가엾다고 울며 돌아다니는 정도는 하라고. 하는 김에 왕이 얼마나 어질고 현명한지도 막 퍼뜨려."

이 말에 그 자리에 있던 세 사람이 동시에 기가 찬 얼굴을 했다. 쇼류는 씁쓸하게 웃으며 그 얼굴들을 둘러보았다.

"……백성은 새로운 왕이 등극하기를 간절히 바랐었다지. 그 왕의 자리가 위험하다. 다시 나라가 황폐해질 거야. 간신히 싹이

튼 산야를 요마가 들끓는 불모지로 되돌리고 싶은가. 다들 새로운 왕이 어진 군주면 좋을 테고, 어진 왕 밑에서 나라가 다시 일어서기를 바라고 있겠지. 누구 한 사람 새로운 왕이 어리석기를 바라지 않을 거야. 거짓말이라도 좋으니 현명한 왕이라고 믿고 싶겠지. 그 점을 파고든다."

"너, 왕보다 사기꾼이 적성에 맞지 않냐?"

"민의를 조작하는 수밖에 없어. 관궁에 모인 병사는 많으면 많을수록 안전이 약속된다. 낯부끄러운 거짓말이라도 떠들어."

아무리 그래도 그렇지, 하고 중얼거리는 이탄 옆에서 슈코가 입을 열었다.

"가장 중요한 원주 공략은 어쩌실 겁니까."

"세이쇼에게 맡긴다. 어떻게든 금군 칠천오백 명으로 포위해."

"하지만 흑비좌군이⋯⋯."

쇼류가 살짝 웃었다.

"없어. 징병한 시민과 주에서 긁어모은 부민을 합해 간신히 일만 명쯤 되겠지."

"그렇게 마음대로 단정을⋯⋯."

"그냥 하는 소리가 아니야. 참고로 난 양사마兩司馬가 되었다. 짚을 베어 보였더니 군말 없이 우두머리를 하라던데. 그 정도밖에 안 되는 군대야."

슈코와 세이쇼가 얼굴을 마주보았다. 이탄이 탁자 너머로 몸을 내밀어 슈류이 얼굴을 들여다보았다.

"……잠깐만. 네가? 원주군의? 양사마라면 양장兩長이잖아."

일군은 오사五師 오려五旅 오졸五卒 사양四兩 오오五伍로 편성된다. 일오一伍는 다섯 명, 일양一兩은 오오五伍니까 스물다섯 명의 병사 집단이다.

"완박에서 놀고 있는데 주사로 들어오지 않겠느냐고 권유받았어. 왕사의 병졸을 쉰 명 베면 졸장, 이백 명이면 여수旅帥로 삼아준다더군. 참고로 토벌군 장군의 목을 따면 훗날 금군좌장군, 왕의 목을 따면 대사마를 준다던데 아무래도 대사마는 무리겠지."

이탄은 고개를 젖혀 위를 쳐다보았다.

"어이가 없어서 눈물이 난다……."

슈코 또한 깊은 한숨을 내쉬었다.

"간자 흉내 따위 내지 않으셔도 된다 하였거늘."

"도움이 되었잖아? 너그럽게 봐줘."

"어쨌든 공성전이 되면 하루아침에 결말이 나지 않습니다. 그동안에 태보께 만약의 사태가 벌어진다면……."

"아무 일 없도록 빌어야지."

"태보께 무슨 일이 있으면 화는 주상께도 미칩니다. 하다못해……."

"슈코."

쇼류가 신하의 얼굴을 똑바로 응시했다.

"로쿠타의 목숨이 아까워서 아쓰유의 요구를 받아들여야 하나?"

슈코는 말문이 막혔다.

"이 나라는 기린이 왕을 고른다는 이치로 성립되어 있잖아. 단한 번이라도 간신이 도리를 저버리면 나라가 기울어. 나쁜 전례는 만들지 말아야지. 안 그래?"

"하오나……."

"나라를 고를까, 왕을 고를까."

슈코는 할 말이 없었다. 아쓰유가 로쿠타를 죽이면 눈앞의 왕도 죽는다. 그렇게 정해져 있기 때문이다. 전투가 만에 하나 왕에게 유리하게 움직이면 초조해진 아쓰유는 능히 기린을 해할 것이다. 눈앞의 주인만을 생각한다면 아쓰유의 요구를 받아들이라고 말하고 싶지만 그럴 수는 없다.

"아쓰유에게 굴복하면 나라는 근본을 잃게 돼. 그래도 괜찮겠어?"

대답하지 못하는 슈코를 보며 쇼류가 쓴웃음을 지었다.

"나한테 운이 있다면 어떻게든 헤쳐나갈 수 있겠지."

003

불어오는 바람이 물 냄새를 머금었다. 로쿠타는 완박산 산허리에 있는 바위를 깎은 노대에 서서 눈 아래 펼쳐진 원주 완박 거리를 바라보았다.

"……비가 와. 결국 녹수는 때를 맞추지 못하겠구나."

앞으로 긴 전투가 벌어지고, 승패가 갈리기 전에 우기가 올 것이다. 원주의 흑해 연안은 우기에도 강수량이 대단치 않으나 상류에 퍼부은 빗물이 밀어닥칠 것이다.

"어쩔 수 없어."

고야도 난간에 기대서 아래쪽을 내다보았다. 구불구불 굽이치는 녹수의 수면에 흐릿하게 빛이 반사되었다. 강가에 사는 사람들에게 녹수는 늘 위협이다. 언제 넘칠지 모를 커다란 강. 작년에는 무사했다. 올해도 아무 일 없이 지나갈지도 모른다. 그러나 내년에는? 범람하지 않는 행운이 따른 해가 거듭될수록 사람들의 불안은 커진다. 범람하는 강물보다 사람들의 공포가 먼저 원주로 떠밀려 왔다.

"기왕이면 좀더 빨리 사태를 일으키면 좋았을걸."

로쿠타가 툭 내뱉은 말에 고야는 쓴웃음을 지었다.

"언제든 똑같아. 전투는 강이 흘러넘치는 것보다 성가시니까."

"그야 그렇지."

고야는 하계에서 눈을 떼고 로쿠타를 보았다.

"실제로 경백은 좀더 빨리 군사를 일으키고 싶었던 모양이야. 하지만 단순히 관궁을 공격해서야 승산이 없잖아? 기왕이면 왕사를 불러들여야 하는데 그럴 방법을 찾을 수 없다고 하기에 내가 로쿠타 얘기를 한 거야. 태보를 안다고. 그랬더니 모셔 오라고 했어. 화낼 거야?"

로쿠타가 잊어버렸으리라 생각했다. 그래도 물고 늘어지면 얼굴 정도는 볼 수 있지 않을까. 운이 좋으면 완박으로 초대할 수 있을지도 모른다. 당연히 호위가 엄중할 테니 운이 나쁘면 두 번다시 완박으로 돌아오지 못할 수도 있다.

그렇게 말한 고야에게 아쓰유가 설령 도리에 어긋나더라도 사사를 잃는 것보다 낫다면서 비책을 알려주었다.

화내지는 않는다며 로쿠타는 고개를 가로저었다.

"이용할 수 있는 건 이용하는 게 세상의 이치잖아. 그런데 정말로 감옥으로 돌아가지 않아도 돼?"

"감옥 안에만 있으면 숨이 막히잖아? 경백께서 로쿠타는 무척 얌전한 포로니까 좋을 대로 해도 된다고 했어."

"흠, 친절하군."

"응."

고야도 이때만큼은 기쁜 듯이 웃었다.

"경백은 로쿠타가 진지하게 상대해주어서 감사하고 있어. 그 답례가 아닐까. ……하지만 성에서 한 걸음이라도 나가면 실이 끊어질 거야."

로쿠타는 눈을 들었다. 시선을 들어도 이마에 고정한 돌은 보이지 않는다.

"알아."

고야가 키득거렸다.

"기린은 불편한 생물이야. 고작 두 사람을 인질로 잡았을 뿐인데 꼼짝도 못하고."

"두 사람이 다가 아니잖아?"

고야가 웃었다.

"그렇기는 하지. 리비의 부하랑 그들 말고도 포박해두었어. 로쿠타가 무슨 짓을 하면 모두 죽을 거야."

"그놈들이라도 풀어줘."

"풀어줄 것 같아?"

"인질이라면 한 사람으로 충분하잖아. 리비는 어쩔 수 없다고 치자. 하지만 다른 사람들과 갓난아이는 풀어줘. 나는 도망치지 않아."

"경백께 말씀은 드릴 수 있어. 하지만 안 될 거야. 내부 사정에 밝은 적을 풀어줄 만큼 경백은 어수룩하지 않아."

"……그렇겠지."

깊은 한숨을 내쉬었을 때, 아쓰유가 노대로 나왔다. 아쓰유는 로쿠타를 보고는 걸음을 멈추고 공수한 뒤, 고야에게 미소를 지었다.

"여기에 있었나. 아무래도 왕사가 움직일 듯하다. 생각보다 빠르군."

로쿠타는 눈을 부릅뜨고 돌아보았다.

"……군대가 오는 거야?"

"그런 모양입니다, 태보. 금군만 칠천 하고 오백 명. 조만간 관궁을 출발하겠지요."

"……이길 수 있을까?"

"어느 쪽이 말입니까?"

아쓰유가 웃었다. 로쿠타는 이 남자가 어째서 웃을 수 있는지 이해할 수 없었다.

"왕사가 이길 수 있느냐는 물음이셨다면 그리 간단히 이기게 하지는 않겠노라 말씀드리지요. 저희가 이길 수 있느냐는 물음이시라면 최선을 다하겠습니다."

어째서냐고 로쿠다는 중얼거렸다.

"어째서 너도 쇼류도 싸우고 싶어 하는 거야. 어째서 공연히 전란을 일으키려 하는 거야. 지금 네가 가볍게 말한 칠천오백 명이 어떤 의미인지 알아? 물건 개수가 아니야. 목숨이라고. 가족도 있고 생각도 하는 개개인의 집합이야, 알아?"

아쓰유는 부드럽게 웃었다.

"알고 있습니다. 태보께서는 녹수가 넘치면 얼마나 많은 백성이 목숨을 잃을지 아십니까? 내일 만 명의 백성을 죽이지 않기 위해 오늘 천 명을 죽일 필요가 있다면 저는 후자를 택하겠습니다."

"너희는…… 너나 쇼류나 똑같은 말을 해……."

"로쿠타."

고야가 부르면서 어깨에 손을 얹었다.

"하는 수 없어. 벌써 움직이기 시작했으니까. 이걸 멈출 방법은 이제 하나밖에 없어. 경백이 투항하고 사죄하는 수밖에는 없어. 로쿠타는 경백에게 죽으라는 거야?"

"고야……. 그 말은 비겁해."

"사실인걸. 경백에게 병사를 거두라는 말은 죽으라는 소리랑

동의 핵신 서의 창해

똑같아. 여기서 천 명의 병졸 목숨을 구한다면 경백이 죽어도 상관없어? 그건 경백이 하신 말씀과 조금도 다르지 않잖아."

로쿠타는 등을 돌렸다. 난간에 팔을 얹고 얼굴을 묻었다.

"……너희는 몰라. 피 냄새를 맡아도 태연할 수 있는 놈들은."

고야가 어깨를 잡았다.

"왕이 경백의 바람을 이루어주시면 돼. 경백은 설령 상제에 오르더라도 권력을 내세워서 왕을 처벌하시지는 않을 거야."

"얄궂은 말이로군……."

"하지만 말이지, 로쿠타가 원주에 잡힌 순간 그것 말고는 전란을 피할 방법이 없어졌어."

로쿠타는 화들짝 놀라 고개를 들었다. 돌아본 고야의 얼굴에는 동정하는 듯한 표정이 떠올랐다.

"전투가 싫다면 로쿠타는 관궁에서 사령을 시켜 나를 죽였어야 했어. 아이를 버리더라도 도망쳐야 했어. 로쿠타를 사로잡는 순간 경백도 사태를 되돌릴 수 없어지니까."

로쿠타는 고개를 숙였다. 사실이다. 그러나 눈앞의 아이를 아무 손도 쓰지 않은 채 죽게 할 수는 없었다.

"기린은 가여워. 그렇게 안타까워하다가는 몸이 버티지 못하겠지? 그러니 왕 바로 옆에서 재보로 일하려면 괴로울 거야. 아쓰유에게 맡겨버리면 편해질 텐데."

고야가 로쿠타의 손을 잡았다.

"있지, 나도 전쟁 따위 없으면 좋겠어. 왕이 경백에게 관위를 넘기면 돼. 로쿠타, 그렇게 편지를 쓰지 않을래?"

"쓸 수야 있지만 쇼류는 따르지 않을 거야."

"그래?"

"쇼류는 옥좌를 내어주지 않을 거야. 그 녀석은 진심으로 나라를 원했으니까. 간신히 얻은 것을 내어줄 정도로 욕심 없는 놈이 아니야."

로쿠타가 아쓰유를 바라보았다.

"쇼류라면 자기 혼자 남더라도 싸우려고 하겠지. 너랑 쇼류, 둘 중 하나가 쓰러져야 해. 그리고 쇼류는 죽을 때까지 굽히지 않을 거야."

아쓰유는 그늘진 미소를 지었다.

"저도 그렇습니다, 태보."

아쓰유는 하계를 돌아보았다.

"그랬군요. 왕은 나라를 바라셨습니까. 나라의 주인이 되기를 바라셨습니까."

"너도 마찬가지잖아."

"저는 권력에는 흥미가 없습니다. 실제로 효왕이 붕어하신 뒤에도 승산하지 않았습니다. 관리들이 추천했지만 저는 옥좌에 흥미가 없었습니다."

"그럼 어째서……."

"백성이 풍족하면 그것으로 됩니다. 하지만 백성을 돌보아야
할 왕은 백성 따위 안중에도 없으십니다. 안국의 백성이 새로운
왕을 얼마나 기다리고 바랐는지 태보는 아십니까."

"그건……."

"새로운 왕이 즉위하면 틀림없이 나라가 변하리라 믿었건만,
왕은 권력을 자기 혼자 차지하고는 정무까지 가벼이 여기시다
니. 그토록 기다린 새로운 왕조차 이러합니까. 그렇다면 누군가
백성을 위해 일어나야 합니다."

"그것이 너인가?"

야유를 담아 말했지만 아쓰유는 가볍게 고개를 내저었다.

"진실로 나라를 다스리는 데 걸맞은 분이 계시다면 얼마든지
양보하겠습니다. 저는 권력에는 흥미가 없다고 말씀드리지 않았
습니까."

아쓰유는 그렇게 말하고 노대 끝으로 걸어갔다. 다시 하계를
둘러본다.

"그래, 왕은 그저 옥좌에 앉아보고 싶었을 뿐이었구나…….
그러니 정무를 하찮게 여기실밖에."

"아쓰유, 그런 뜻이 아니야."

아쓰유는 고개를 한번 젓고 로쿠타를 보더니 가볍게 머리를 숙였다.

"태보께서는 필시 괴로우실 줄 압니다. 사죄드릴 길도 없으나, 만약 제게 운이 따라 무사히 왕사를 무찌른다면 반드시 이 부덕을 어진 정치로 보상해드리겠습니다."

004

로쿠타는 터벅터벅 감옥으로 돌아갔다. 안에서는 리비가 아이를 어르고 있었다.

"아아. 어서 오세요."

"응……."

리비는 로쿠타의 내키지 않아 하는 목소리를 이상히 여기며 고개를 살짝 갸웃거렸다.

"어찌 그러십니까."

로쿠타는 리비를 부르며 의자에 털썩 앉았다.

"나라를 바란다는 말은 역시 옥좌를 바란다는 뜻일까."

"예?"

로쿠타가 고개를 내저었다.

"아아. 아니지. 어떻게 말해야 좋을지 모르겠어."

"무슨 일이 있었습니까."

"쇼류는 나라를 원한다고 했어. 왕이 되고 싶다거나 가장 높은 지위에 오르고 싶다고는 하지 않았어. 그저 나라를 원한다고 했지. 나는 그 말의 의미가 단순히 왕이 되고 싶다거나 높은 자리에 오르고 싶다는 것과는 다르다고 느꼈어. 그래서 쇼류에게 옥좌를 준 거야."

"……태보."

"내가 틀린 걸까."

"태보, 대체……."

로쿠타가 침상으로 파고들었다.

"시시한 소리를 했네. 미안."

작은 영지의 공기는 깨끗했다. 피로 피를 씻는 세상이었으나, 곳곳의 전쟁터에서 흘러온 피 냄새와 송장 썩는 악취도 바다에서 부는 바람이 날려버렸다.

그러므로 마을 사람들 가운데 로쿠타가 가장 먼저 이변을 깨달았다. 바다에서 부는 바람에 피 냄새가 뒤섞였다. 불길한 기척을 느끼고 바다를 지켜보기를 사흘, 해안가에 송장이 밀려 올라왔다. 성 아랫마을에 사는 어부의 시체였다.

"무슨 일이 일어난 거야? 너는 알지?"

항구에서 낚싯줄을 드리운 나오타카에게 물었다.

"무라카미 가문이라고 알아?"

"몰라."

"고마쓰와 마찬가지로 건너편 바닷가에 세력을 뻗친 해적의 후예지. 고노를 섬겼는데 고노는 오닌 분메이의 난 이후 고삐가 느슨해졌어. 아무래도 무라카미 가문이 움직인 것 같아."

로쿠타가 눈을 부릅떴다.

"……괜찮은 거야?"

"글쎄. 무라카미는 이 나라를 원하겠지. 대안에서 여기까지 제압할 수 있다면 세토우치의 통제권을 쥐는 것이나 다름없어. 아마 머지않아 공격해올 거야."

"도망칠 거지? 그렇게 말했었잖아."

나오타카가 쓴웃음을 지었다.

"아버지에게 무라카미의 산하로 들어가라고 말은 했다만. 과연 내 말을 들으려나. 긍지 하나는 높은 남자라서."

"……성 아랫마을에서도 전투가 벌어질까."

나오타카가 큰 소리로 웃었다.

"벌어지겠지. 어쨌거나 이 땅 말고 다른 영토가 없으니까. 후퇴할 만한 영지가 있다면 좋겠지만 아쉽게도 고마쓰의 영지는

동의 해신 서의 창해

고양이 이마빼기만 하지. 고마쓰도 수군 나부랭이기는 하다만 명성이 자자한 인노시마 수군을 상대로 과연 얼마나 대항할 수 있을까. 게다가 무라카미 삼가는 결속력이 강해. 불리해 보이면 바로 노시마, 구루시마의 놈들까지 덤벼들겠지."

설명이라도 늘어놓는 듯한 담담한 말투를 듣고 로쿠타는 나오타카의 옆얼굴을 빤히 보았다.

"너, 남의 일처럼 말하는구나."

"허둥거린들 무슨 소용이 있겠어. 믿었던 오우치도 스오 쪽으로 후퇴하고 있고, 간신히 무라카미의 공세에서 헤어난다고 해도 약해진 틈에 고바야카와가 공격해올지도 몰라. 각오하는 수밖에는 없어."

나오타카는 쓴웃음을 지었다.

"안전을 보장받기 위해 여기저기 뿌릴 누이나 딸도 없지. 혈연을 의지할 나라도 없으나 마찬가지야. 음, 각오를 다지는 것밖에 대비책이 없군."

"넌 후계자잖아. 자기 목숨도 위험하다는 거 알고 있어?"

나오타카가 "그러니까"라며 웃는다.

"각오는 되어 있다. 너도 전쟁이 시작되기 전에 여기서 도망쳐. 서쪽으로 가. 아직 서쪽은 큰 탈이 없을 거야."

전쟁이 나리라는 소문은 마을에 빠르게 퍼졌다. 땅도 집도 배도 없는 부민들의 모습이 사라지기 시작했다. 어쩌면 나오타카가 일부러 소문을 흘렸는지도 모른다. 마을을 어슬렁거리며 돌아다니는 나오타카의 모습은 더이상 보이지 않았다. 고기를 잡으러 나가는 자들은 무기를 들었고 만 연안의 작은 섬으로 물자가 실려갔다.

따가울 정도의 긴장감 속에서 로쿠타는 여전히 그곳에 머물렀다. 그토록 멀리하던 전쟁이 곧 시작된다. 그래도 이 땅을 떠날 결심이 서지 않았다.

그러던 어느 날, 로쿠타가 신세 지던 어부의 집으로 성에서 하급 무사가 찾아왔다. 로쿠타에게 돈을 조금 쥐여주며 도망치라고 했다.

"도련님께서 이 땅과 연고가 없는 아이가 죽어서는 안 된다고 하신다."

"나오타카는?" 하고 물으니 이른 아침에 섬에 있는 지성으로 건너갔다고 한다.

"도련님은 머리가 비상하셔. 저래 보여도 실력만큼은 확실하다니까."

로쿠타는 건네받은 푼돈을 쥐고 바닷가로 갔다. 돌밭에서 후미 근처 섬을 바라본다. 섬을 둘러싼 잔교에 정박한 무장한 배.

후미 쪽에는 군선 정박장이 생겼다.

"어쩌실 겁니까."

여자 목소리는 로쿠타의 발치에 있는 그림자에서 들렸다. 로쿠타는 대답할 수가 없었다.

"왕이 아니었습니까?"

요쿠히에게 지적받은 로쿠타는 입술을 깨물었다.

"이곳에 왕이 계셔서 봉산을 버리고 바다를 건너신 것이 아니었습니까."

"아니야. 그럴 생각이 아니었어."

"먼 섬에 군선이 집결해 있습니다. 여기에 계시면 엔키에게도 화가 미칩니다."

"알아……."

로쿠타는 손에 든 주머니를 고쳐 쥐었다.

"요쿠히, 리카쿠."

"예"하고 대답하는 모습 없는 목소리.

"만에 하나 변고가 있으면 나오타카를 지켜. 적을 죽이지는 마. 그저 목숨이 끊어질 위기가 닥쳤을 때만 낚아채서 안전한 곳으로 옮기면 돼. ……그 녀석은 은인이니까 죽게 두고 싶지 않아."

"하오나."

"가. 나한테는 다른 사령이 있잖아."

"예" 하고 심복들의 목소리가 들렸다.

나오타카가 나를 구해주었으니까.

그렇게 설득하려 해도 그 때문만이 아니라는 사실은 알고 있
다.

─만약 나오타카가 죽으면 안국은 어떻게 되는 것일까.

그걸로 됐다는 목소리와 정말로 괜찮겠냐고 묻는 목소리가 동
시에 들려온다.

천명은 한 사람에게만 내리는 것일까. 그렇다면 나오타카가
죽으면 안국은 왕을 잃는다. 마을 사람들은 하나같이 승산 없는
싸움이라고 말한다.

나오타카만이라면 구할 방법이 있기는 하다. 왕으로 옹립해
안으로 데려가면 그만이다. 하지만 그 때문에 안국에 다시 전쟁
의 불씨를 부르게 된다면? 로쿠타는 왕이라는 생물을 신용할 수
없다. 정말로 나오타카는 나라를 구할 수 있을까. 나오타카는 기
운 안국을 철저하게 짓밟을 수도 있다.

"나는 어째서 기린인 거지……."

기린은 민의의 구현이라면서 백성의 목소리는 들리지 않는
다. 국토에 남은 몇만 명의 백성에게 어찌하겠느냐 물을 수 있
다면 좋을 텐데.

불과 사흘 뒤에 전투가 시작되었다. 고마쓰는 성을 포위한 무라카미 수군을 맞아 선전했다. 로쿠타는 도망치지 못한 사람들과 육지에 머물러 그 모습을 지켜보았다. 섬의 성이 함락되지 않는다면 육지까지 무라카미 군세가 쳐들어올 일은 없다.

엿새째, 로쿠타와 사람들은 등뒤에서 함성을 들었다.

바다 후미 안쪽 산을 넘어 무라카미 군세가 배후를 친 것이다.

맨 먼저 가장 안쪽 언덕에 있던 성루가 불길에 휩싸였다. 산기슭에서 마을 쪽으로 불을 질러 로쿠타와 사람들은 해안가로 내몰렸다. 간신히 작은 배에 몸을 싣고 섬으로 향하던 사람들 눈앞에 포위된 성이 보였다. 망루에 불길이 치솟고 성 정문이 열렸다.

나오타카의 부친, 고마쓰의 영주는 패주하던 중에 저택에서 죽고 적에게 포위된 해적성 안에서 나오타카는 나라를 이었다.

고마쓰 가문이 몰락하기 불과 나흘 전의 일이다.

005

재보 유괴 소식에 관궁은 소란스러웠다. 국부에는 긴 줄이 생겼다. 사정을 물으려고 모인 백성들이 고문부터 치문까지 빼곡하게 들어찼다.

"전쟁이 난다는 게 진짜요?"

"원주가 관궁까지 쳐들어오는 거예요?"

망국의 위기에 처했던 것이 고작 스무 해 전이다. 누구나 당시의 비참한 안국을 기억하고 있다. 여전히 다른 나라에 비해 안국은 몹시 가난하지만, 그래도 다들 어제보다 풍요로운 국토를 지켜보고 있었다. 이제야 돌 조각을 다 주워 괭이질을 해도 깡 하고 돌에 부딪히는 소리가 들리지 않게 되었다. 밭을 갈다가 타다 남은 물건이며 뼈를 발견하는 일이 사라졌다. 그런데 다시 전쟁으로 불탈지도 모른다.

"왕은 어떻게 되는 거지."

"설마 벌써 숨은 거야?"

"태보는 무사하신 겐가."

국부의 관리는 늦은 밤까지 무리 지은 사람들을 상대하느라 녹초가 된 몸을 억지로 일으켜 대문을 열었다. 군을 관장하는 하관, 그중 군병을 관리하는 관청 중 하나인 사우부司右府에도 역시 지친 관리들이 다리를 끌며 출사했다. 그중에서도 맨 먼저 국부로 내려가 대문을 연 사람은 사우의 하관, 이름을 온케이溫惠라 한다.

온케이는 어제의 소란을 지긋지긋한 심정으로 떠올리면서 오늘도 사람들을 상대할 생각에 벌써 넌더리가 났다. 사람들이 밀려들어서는 왕은 무사하냐, 괜찮으냐고 묻는다. 온케이야말로 그렇게 묻고 싶다. 왕이 이 난으로 죽으면 어찌될까. 간신히 효왕 치하에서 살아남아 겨우겨우 관직을 얻어 평온한 삶이 시작되려는 마당에. 원래 사우는 귀인을 경호하는 직책이다. 사적인 장소에서 경호병을 아우르는 대복과 달리 사우는 공적인 곳에서 경호병을 아우른다. 대복은 왕궁 심층부에서 왕을 모시고, 사우 소속 병사는 예전이나 제례 등 시민의 눈에 닿는 곳에서 동행하므로 백성이 생각하는 왕의 경호인은 사우다. 그런 까닭에 왕이나 재보의 무사를 확인하러 이리 오는 것이다.

그러나 현재 안국에서 사우는 거의 기능하지 않고 있다. 공식적인 체제를 정비하기 위해 전임 무관을 둘 정도의 여유가 아직 없다. 물려받은 소장품이 있어서 직무를 맡은 자가 있기는 하지만 실제 경호에는 전혀 관여하고 있지 않았다. 말하자면 이름뿐인 한직. 그 하관에 지나지 않는 온케이는 출세 영달과는 인연이 없으리라고 단념하고 있었다. 명예는 없지만 한가로이 지내는 것만으로 됐다. 그렇게 생각했는데 느닷없이 중책이 내려왔다. 내란을 대비해 백성 중에서 병사를 모집해 등용하라고 한다. 병졸 등용과 징병은 본디 군이 직접 해야 할 일이지만, 전쟁 준비로 바쁜 군대에는 그럴 여유가 없다. 기본적으로 문관이 모여 있는 하관 중에서 경호를 직책으로 하는 대복, 사우만이 직접 무관을 등용하니 여력이 있는 사우에 이 귀찮은 직무가 돌아왔다.

과연 지금 이 시대에 병졸을 지원하는 사람이 있을까. 음울한 기분까지 더해져 평소보다 훨씬 묵직하게 느껴지는 빗장을 벗기고 사우부 대문을 열었다. 아니나 다를까 이미 대문 앞에는 할말이 있는 듯한 백성들이 무리 지어 있었다. 열리는 문을 보자마자 달려온 사람들을 온케이는 가볍게 손을 들어 제지했다. 저마다 불안을 호소하는 백성들에게 조용히 하라고 손짓한다.

"사우부는 지금 눈코 뜰 사이 없어. 당신들 불안은 알지만 사정을 묻고 싶으면 다른 데로 가줘. 우리는 당신들을 상대할 여유가 없어."

누가 소리를 높였다.

"정말로 전쟁이 나는지 안 나는지만 알려주게."

"그런 건 원주에 가서 물어. 원주가 굳이 반기를 들면 왕사는 맞서 싸우는 수밖에 없어."

"태보는 무사한 건가? 왕은?"

그걸 어떻게 알겠느냐는 말을 마음속으로 내뱉었지만 고개는 끄덕였다.

"주상은 큰 탈 없이 지내신다. 너희까지 어려움을 겪지는 않을

지 대단히 걱정하고 계셔. 태보가 어떻게 지내시는지는 우리도 몰라. 무사하시기를 간절히 바라고 있다."

"싸우지 않을 방책은 없는 건가."

노인이 물었다.

"알면 가르쳐줘."

"또 국토를 전쟁터로 만드는 겐가. 겨우 살림살이가 나아질 만한데 또 군대에 짓밟히면 이번에야말로 나라가 끝장나겠지. 국부는 그걸 모르는 게야?"

온케이는 언짢아하며 노인을 보았다.

"그러니까 싸우지 않아도 될 방법이 있으면 고해. 주상 역시 전란을 바라시지 않는다. 잘못은 원주에 있어."

"하지만……."

저마다 소리치는 사람들을 온케이는 손을 저어 막았다.

"아무튼 다른 데로 가. 하관은 지금 당신들을 상대하고 있을 때가 아니야."

문 앞에 무리 지은 사람들은 얼굴을 마주보았다. 몇 사람이 다른 관부를 향해 발길을 돌리는 가운데 홀로 앞으로 나온 여인이 있었다.

"왕사는 이길 수 있겠어?"

그녀는 품에 젖먹이 아이를 안은 채 온케이를 똑바로 쳐다보았다.

"이길 수 있도록 노력할 거야."

"원주가 태보를 납치했다며. 만약 원주가 태보를 죽이면 왕도 쓰러지실 것 아니야."

"그렇게 되지."

"그러면 노력만 해서 되겠어? 한시라도 빨리 원주로 군대를 보내 역적을 쓰러뜨리고 태보를 궁성으로 모시고 돌아와야 하지 않겠어?"

온케이는 부루퉁하게 대꾸했다.

"그래, 맞아. 그 때문에 국부의 관리들이 애쓰고 있어."

"애당초 싸움질을 말아야 해!"

여자는 언성을 높인 노인을 날카롭게 쏘아보았다.

"싸우지 않고 어쩌려고? 이대로 왕을 죽게 하자는 거야? 왕이 없으면 국토는 황폐해져. 나라가 얼마나 척박해졌는지 다들 보았을 것 아니야."

"싸우면 더욱 황폐해질 뿐이야."

여자는 입가를 일그러뜨리고 야유 섞인 미소를 지었다.

"나는 알아."

뭘 아느냐고 말하듯이 뒤로 물러난 노인을 여자는 차갑게 바라보았다. 그리고 그 자리에 있던 남녀노소 모두를 둘러보았다.

"이 중의 몇 사람이, 아니, 이 도시에 사는 몇몇이 일찍이 왕이 없던 이 나라에서 아이를 죽였지."

여자는 말하고 나서 품속에서 잠든 아이를 들어올렸다.

"봐. 이 아이는 내 아이야. 이목에 빌어서 드디어 하늘이 점지해줬어. 다들 그렇게 아이를 빌었지. 하지만 그런 아이를 죽인 사람들이 있었다는 것을 나는 알아. 내 여동생도 그렇게 우물에 던져졌으니까."

주위가 쥐 죽은 듯 잠잠해졌다.

"한밤중에 어른들이 찾아와서 내 옆에서 자던 여동생을 끌고 갔어. 그러고는 우물에 던져버렸지. 그런 짓을 한 어른이 지금도 태평하게 살고 있는 것을 나는 알아. 전부 나라가 피폐했던 탓이라고 입을 씻고 시치미를 떼고 사는 걸 말이야."

온케이는 여자의 등을 가볍게 두드렸다. 그만두라고 말했지만 여자는 차가운 시선으로 쳐다보았을 뿐이다.

"없었던 일로 쳐도 저지른 죄는 사라지지 않아. 적어도 나는 기억해. 죽을 때까지 절대로 여동생이 내던져진 물소리를 잊지 못하겠지. 똑같은 일이 일어날 거야. 이대로 전란이 벌어져 왕이 쓰러지면 누군가 내 아이를 우물에 던질 거야. 어쩔 수 없었다는 말로 그런 일을 정당화하게 될 이 나라는 또다시 황폐해지겠지. 그래도 좋아?"

여자는 일동을 둘러보고 나서 온케이를 의기양양하게 보았다.

"지나가게 거기 좀 비켜줘. 나는 이 사람들처럼 시시하게 않는 소리로 당신들을 괴롭히기 위해 온 게 아니야."

온케이는 당황해서 여자를 보았다. 그 모습에 여자는 웃어 보였다.

"나는 싸우려고 왔어. 우리에게 풍요를 베풀어주실 왕을 지킬 거야. 나는 이 아이를 죽게 하고 싶지 않아. 어쩔 수 없다는 말로 살인을 묻어버리는 세상이 두 번 다시 오지 않기를 바라. 그러기 위해서는 옥좌에 천명이 있는 왕이 계셔야 해. 왕이 장차 이 아이를 풍요롭게 살게 해준다면 지금 나는 왕을 위해 죽을 수 있어."

"하지만……."

"병사는 남자가 아니면 안 된다는 법 있어? 한 사람이라도 많은 병사가 필요한 것 아니야? 나는 완박에 가겠어. 그러기 위해서 왔어."

눈을 빠르게 깜빡이는 온케이 앞에 한 청년이 "저도"라며 나섰다.

"저도 그러기 위해 왔습니다. ……아무것도 할 수 없을지도 모르지만. 늘 패기가 없다는 소리를 들어왔으니까요. 하지만 이대로 왕이 쓰러져버리면 정말로 이 나라는 망할 거예요."

여자는 생긋 웃으며 청년을 바라보았다.

"당신, 패기가 없긴커녕 넘쳐흐르는데."

"정말이에요. 싸움에서 이긴 적도 없고. 짐차 정도는 밀 수 있 겠죠. 그 정도 도움은 될 겁니다. 제 부모님은 줄곧 저랑 함께 죽 을 작정이셨대요. 하지만 새로운 왕이 오르셨다는 이야기를 듣 고는 이제 전부 좋아질 거라고 믿고 단념하셨습니다. 왕은 저희 의 희망입니다. 옥좌에 왕이 계시니까 저희는 잘살기 위해 더 힘 을 낼 수 있죠. 그러니까 저도 도울 일이 있다면 거들려고 왔습 니다."

사람 무리 속에서 껄껄 웃는 자가 있었다. 머리가 벗어진 남자 가 붉은 얼굴이 더욱 벌게져서는 고개를 젖히고 웃었다.

"제법 쓸 만한 사람들도 있군. 내가 첫 번째가 아니었던 건 아 쉽지만 이런 일이라면 져도 기분이 나쁘지 않구만."

남자는 웃으며 돌아보았다. 대문 앞에 서 있던 여자와 청년을 어쩔 줄 몰라 하며 지켜보던 사람들에게 손사래를 쳤다.

"어이, 고민 상담하려면 다른 데 가. 여기는 병역에 지원하려 는 기특한 인간이 오는 곳이야. 아니면 너희 모두 완박으로 갈 생각인가."

엉거주춤하고 있던 사람들이 한 사람 두 사람 사우부 앞을 떠 났다. 그중에 한 여자가 도망치듯 사람들 틈에서 빠져나왔다. 여자는 집으로 돌아가 가게 안쪽에서 목가구에 대패질을 하는 남편에게 사우부에서 있었던 일을 이야기했다.

"믿을 수 없어. 전란으로 그렇게나 어려웠는데 또 싸우려고 하다니."

남편은 흘끔 시선만 보냈을 뿐 다시 묵묵히 대패질을 했다.

"애초에 왕은 두 번 다시 전란 같은 게 일어나지 않도록 해주어야 하는 사람 아니야? 모반이 웬말이람. 분명히 왕이 모자라서 그런 걸 거야."

여자는 말하면서 몸을 떨었다.

"아아, 싫어. 또 피 냄새를 맡으려나. 먹거리가 떨어지고 아이들까지 배를 굶기게 될 텐데. 관궁에서도 전투를 벌일까. 이제 전쟁이라면 지긋지긋한데."

남편은 대패를 내려놓더니 훌쩍 일어났다.

"갑자기 왜 그래."

여자는 물으면서도 대답을 기대하지 않았다. 말수가 적은 남편이다. 어쩔 수 없이 꼭 해야 할 때 필요한 말만 한다. 하지만 이날은 웬일로 대답이 돌아왔다.

"국부에 갔다 올게."

"국부라니."

"완박에 갈 거야."

여자가 눈을 동그랗게 떴다.

"여보, 무슨 소리야. 완박이라니, 그게……."

남편은 난생처음 자애를 담은 눈빛으로 그녀를 바라보았다.

"우리 부모도 형제도 굶어 죽었어. 당신이나 아이들을 그렇게 만들고 싶지 않아."

"여보……."

"왕을 잃으면 똑같은 일이 일어나겠지. 나는 다른 누구를 위해서도 가지 않아. 하지만 우리 가족을 위해서니까."

이튿날. 사우부 대문 앞에는 긴 줄이 생겼다.

병역을 자원하는 사람들의 행렬이었다.

006

"정말이지 눈물겨운 얘기로군."

이탄은 서면書面 한 꾸러미를 탁자 위에 내려놓았다.

"왕에게 큰일이 생겼다며 관궁을 지키겠노라 지원한 자가 천 명, 완박으로 가겠다는 자가 삼백 명. 겨우 사흘 만에 말이야."

"그래요?"

슈코가 서면을 집어 들었다.

"게다가 정주가 아닌 군향郡鄕에서도 협력하겠다는 뜻을 전했어. 꽤 먼 마을에서도 관궁으로 가겠다는 백성이 관청으로 모여들어 관리들이 비명을 지르고 있다지."

"소문의 효과일까요."

"사흘 만에 얼마나 퍼질 것 같아? 설마 옹주擁州 끝까지 들어가지는 않았겠지."

"그런 곳에서도 옵니까?"

"온다는 사람이 있다더군. 출정에 맞춰 도착할 수야 없겠지만."

슈코는 서면 꾸러미를 받들었다.

"이리도 고마울 데가 있나. ……새로운 왕에 대한 기대가 그토록 컸군요."

"왕의 실체를 몰라서 다행이지. 이 이야기를 들으면 주상도 태도를 바꿀지도 몰라."

"글쎄요."

슈코가 쓴웃음을 지었다.

"두 주에서 주사를 빌려주겠다고 제의했지만 여기에 기댈 수는 없겠지. 관궁에 들어와서 느닷없이 공격하면 큰일이니까."

"물자와 병졸만 빌리지."

세이쇼가 끼어들었다.

"빌린 병졸을 관궁성 바깥에 배치한다. 광주는 어떻게 되었지?"

"주후 이하, 육관이 이미 주성을 출발했습니다. 새로이 주후에 앉힐 태사도 이미 관궁을 나섰습니다."

이자는 자신의 호주머니에만 흥미가 있는 남자다. 착취한 공금으로 자신을 살찌우느라 바빠서 모반 같은 대역죄와는 인연이 없다.

"주상께 광주의 주사를 일단 전원 해임하고 물자를 압수하도록 진언하자. 그리고서 원정길에 병사를 모으고 금군에 편입한다."

이탄이 나섰다.

"하지만 완박으로 향하는 병사는 실제로 싸워야 해. 설령 일자리를 잃은 광주의 군사를 데려온다 하더라도 급조된 군대로 질서가 바로 설까. 만약 그중에 왕사에 반기를 드는 자가 있다면 어쩔 거야."

"새로운 왕에 대한 기대에 걸지."

슈코는 위를 올려다보았다.

"정말로 도박 같은 정벌이로군요."

이 말에 다들 동의하는 한숨을 내쉬었을 때 방 바깥에서 목소리가 들렸다.

"저어, 실례해도 될까요."

모센이 머뭇머뭇 병풍 뒤에서 얼굴을 내민다. 세이쇼는 고개를 끄덕여 입실하라고 명했다. 모센은 어쩐지 망설이는 것 같더니 가볍게 인사하고 들어왔다.

"무슨 일이지? 급한 용무인가?"

화급하지 않다면 나중에 하라고 말할 작정이었다.

"예. 화급하다고 할까요. 그게……."

"왜 그러지."

모센은 어쩔 줄 몰라 하며 몇 번이고 바닥과 세이쇼를 번갈아 보았다.

"그게…… 안 된다면 하는 수 없지만 저도 각의에 끼워주셨으면 해서……."

"뭐야."

이탄이 눈썹을 치떴다.

"그야 별로 상관은 없다만. 그러고 보니 모센은 한때 세이쇼의 사수師帥(하사관)였지."

이탄이 세이쇼를 보았다.

"어쩔래. 소신으로 보낸 부하를 군으로 다시 부를 건가? 모센도 저 헐렁이의 호위보다 세이쇼를 따르고 싶겠지."

그럴 작정이라며 세이쇼가 고개를 끄덕였다.

"모센은 다시 사수로……."

"그렇게는 못 합니다."

모센은 눈을 치뜨고 세이쇼의 낯빛을 살폈다.

"못 한다니, 왜지."

"저…… 난…… 아니, 저는 외람되오나…… 그것이……."

모센은 품에서 한 통의 서면을 꺼내며 고개를 깊이 숙였다.

"여기에 칙명이……. 죄송합니다! 제가 대사마입니다!"

이탄은 물론이고 세이쇼와 슈코까지 얼이 빠졌다. 대사마는 육관 중 하나, 군을 관리하는 하관장이다. 작위로 따지면 경백, 경卿에 해당하는 장군에 임명된 세이쇼의 상사다.

"뭐라고?"

"죄, 죄송합니다! 그래도 이 난이 끝날 때까지라는 조건이 달려 있으니 용서해주십시오!"

슈코가 눈썹을 찡그렸다.

"모센과 이야기해보았자 무슨 일인지 알 수가 없겠군. 주상은 어디에 계십니까?"

"그것이…… 안 계십니다."

모센은 몸을 움츠렸다.

"없다고?"

"예. 대복, 아니, 장군께 전언이……."

"뭐지?"

"나한테 목이 베이지 않게 조심해. 금군 장군은 나쁘지 않아."

한순간 말을 잃었던 이탄이 손으로 얼굴을 덮었다.

"그 멍청이가⋯⋯."

"믿을 수 없어."

진심으로 얼이 빠져 있는 사람은 슈코다. 이탄은 주먹으로 탁자를 내리쳤다.

"세상에 역적의 군대에 가담하는 왕이 어디 있냐!"

"죄, 죄송합니다."

세이쇼는 어이없어하며 중얼거렸다.

"내부에서 무슨 일을 할 생각 아닌가."

"무슨 일을⋯⋯."

"주상은 내게 완박을 포위하라고 명령했어. 함락시키라는 명령은 없었지. 보통 전투는 포위만으로 끝나지 않아."

모센이 칙명과는 다른 서장을 꺼냈다.

"그에 관해서는 이 서장을 장군께."

세이쇼는 서장을 받아들어 그 자리에서 펼치고 훑어보았다. 들여다보는 이탄에게 서장을 넘기자, 이탄은 다 읽고 나서 한숨을 쉬었다.

"그 녀석은 무슨 생각을 하는 거야."

동의 해신 서의 창해

"왜 그러시죠."

들여다보려는 슈코에게 이탄이 서장을 내밀었다.

"행군 도중에 역부를 모집해 완박 부근 녹수에 둑을 만들라고 씌어 있어."

"조금이라도 민의를 끌어모으려는 걸까요."

이탄은 몸을 내던지듯 의자에 앉았다.

"어째서 그 녀석은 지금까지 농땡이 친 빚을 이런 비상시에 갚으려고 하는 거야!"

"무슨 생각이 있겠지. 그렇지 않으면 아무리 주상이라 해도 완박으로 가지는 않을 거야."

"어이가 없어서 말도 안 나와. ……혹시 무슨 일이 생기면 어쩔 셈이야. 만에 하나라도 전투로 혼잡한 틈에 목숨을 잃으면 어쩌려고. 그놈은 그걸 알고 있는 건가."

"그 점은 잘 알겠지."

세이쇼는 쓴웃음을 지었다.

"태보가 인질로 잡혀 있으니 처음부터 불리했어. 현영궁에 틀어박혀서 아무리 목숨을 아까워한들 태보를 해치면 끝이니까."

"그거야 그렇지만."

"주상께는 처음부터 죽거나 사는 싸움이었던 거야."

6
장

■

<u>**001**</u>

로쿠타는 특별히 할 일도 없어서 광대한 성안을 어슬렁어슬렁 걸어 다녔다. 주방부터 아쓰유의 침소까지 들여다보며 참으로 태평한 재보라고 빈축을 샀지만 가만히 앉아 있을 수가 없었을 뿐이다.

잡힌 지 두 달 가까이 지났다.

어쩌면 좋을지 로쿠타는 고민했다. 모든 것이 잘못되었다. 고야가 적이고, 아쓰유가 모반을 꾸미고, 자신이 이렇게 팔자 좋게 포로로 잡혀 있는 사실 전부가 잘못되었다. 주성을 빠져나가 왕이든 왕사든 설득할 수 있다면 좋겠으나 무슨 일이 있어도 성에서 내보내줄 것 같지 않았다.

■

완박 주변에 군사를 넓게 배치해 벌써 왕사를 맞아 싸울 태세를 갖추었다. 완박 한 곳으로 전투를 집중시킬 생각인지 여러 곳에 파견되었던 주사까지 불러들여 완박성 아래에 대군이 집결해 있었다.

그것을 볼 때마다 어떻게든 해야 한다고 생각했다. 완박 서쪽, 녹수가 바라다보이는 산 위에 왕사의 밥 짓는 연기가 피어올랐다. 이제 전투밖에 남지 않았다. 앞으로 얼마 지나지 않아 전란이 시작되리라.

무언가를 해야만 한다. 하지만 무엇을 해야 할지 모르겠다. 시간이 없다. 한시라도 빨리 움직이지 않으면 걷잡을 수 없을지도 모른다.

애를 태우며 감옥 안에서 손톱을 깨물고 있자 리비가 자세를 가다듬고 곁으로 다가왔다. 품에 아이를 안은 채 로쿠타 앞에 앉는다.

"태보, 대체 무엇을 고민하시는지 저에게 말씀해주실 수 없겠습니까?"

로쿠타는 별것 아니라며 중얼거렸다.

"울적할 뿐이야. 고민이라고 할 정도의 일은 아니야."

"부디 자신을 너무 다그치지 마세요."

"골몰할 만한 일도 아닌걸. 그보다 아쓰유는 정말로 인기인이

더라. 성안 사람들이 아쓰유를 험담하는 모습을 본 적이 없어. 쇼류라면 대부분 막말을 할 텐데."

리비는 가볍게 한숨을 쉬고는 재운 아이의 몸을 어르듯 두드린다.

"분명히 아쓰유는 유능한 관리입니다. 그러나 왕과는 비교할 바가 못 됩니다."

"너는 정말로 쇼류 편이구나. 하지만 아쓰유가 훨씬 바지런해. 여기에 와서 손 놓고 있는 아쓰유를 본 적이 없는걸."

"태보."

"용맹하고 결단력 있고 인정과 도리를 잘 알고 배포가 두둑하고 도량이 넓대. 쇼류도 아쓰유를 보고 배우면 좋겠어. 왠지 아쓰유에게 맡기는 편이 조금은 낫지 않을까 싶어졌어."

리비는 불쾌한 듯이 눈살을 찌푸리고 엉거주춤하게 일어났다.

"태보, 농담으로 하신 말씀이지요?"

"진심일지도."

"어찌하여 그렇게 말씀하십니까. 태보는 자신이 고른 왕을 믿지 않으시는 것입니까."

"믿고 자시고."

로쿠타가 웃었다.

"그 녀석은 진짜로 바보야."

"주상은 결코 어리석지 않습니다. 적어도 저는 군주에 어울리는 분이라 생각합니다. 그렇기에 섬기는 것입니다."

"아, 혹시 리비는 쇼류한테 마음이 있어?"

"태보!"

진심으로 화가 난 목소리에 로쿠타는 목을 살짝 움츠렸다. 스스로도 알고 있다. 로쿠타는 초조했다. 그래서 리비에게 자꾸 트집을 잡게 된다.

"너무하십니다. ……어째서 태보는 그렇게 주상을 우습게 여기십니까. 그토록 어리석다 하실 거였으면 어찌하여 주상을 옥좌에 앉히셨습니까."

"나한테 묻지 마. 그런 얘기는 천제한테 해야지."

"태보."

리비는 자세를 바르게 하고 말했다.

"제가 목백이 되었을 때 주상은 미안하다고 사과하셨습니다."

"쇼류가? ……웬일로."

"제후는 왕의 신하가 아니다, 권력을 제약하면 반드시 반발할 거라고요."

한데, 하고 리비의 주인은 말했다.

"제후가 멋대로 하도록 둘 수는 없다. 언젠가는 반드시 파면해야 해. 그에 대항해 군사를 일으키는 자도 있겠지. 세금을 착복하는 거야 귀엽게 봐줄 수 있지만 병사를 모으는 것만은 결코 하지 못하도록 감시해야만 해."

일부러 리비의 자택으로 찾아와서 한 말이었다.

"나중에 후를 정리할 때에는 맹렬한 저항이 있겠지. 저항을 막기 위해서라도 『태강』을 거역하고 지나치게 많은 병사를 모으지 않도록, 제후끼리 부정한 맹약을 맺지 않도록, 주후성 안에 들어가 감시할 자가 필요해."

"그 같은 대임을 저에게 맡겨주시는 것이옵니까."

리비는 크게 감동하여 절을 올렸다. 리비는 재판을 관장하는 사형司刑의 관리, 관위는 겨우 하대부에 지나지 않는다. 그런데 갑자기 경백으로 발탁하겠다고 하니 리비로서는 황송할 따름이었다.

쇼류는 고개를 내저었다.

"고맙다는 말은 하지 마. 만에 하나 주후가 반기를 들면 먼저 틀림없이 목백의 신변이 위험해진다. 주후성으로 가달라는 말은 만일의 사태가 일어났을 때에는 목숨을 버려달라는 말이나 다름없어. 내게는 수하가 적어. 죽게 하기는 너무나 아깝지만 너 말고 가줄 사람이 없다."

리비는 숙연해져서 평소와 달리 진지한 얼굴을 한 왕을 바라보았다.

"그렇게까지 말씀해주시다니, 만에 하나 그런 사태가 벌어지더라도 기쁘게 받아들이겠습니다."

"주목백 여덟 명, 솔직히 너와 슈코 중에 고민했다. 하지만 두 사람의 장단점을 고려하면 아무래도 네가 적임이야. 슈코는 저래 보여도 성격이 급하지. 주후성에서 무엇을 보더라도 보고만 하고, 달리 지시가 있을 때 말고는 잠자코 있으라는 명령은 도저히 내릴 수 없어. 슈코는 그럴 때 참을 줄을 모르는 남자니까."

"……예."

"가주겠나."

"기꺼이 받아들이겠습니다."

쇼류는 가볍게 고개를 숙였다. 미안하다는 나직하고 침통한 목소리가 들렸다. 그 목소리로 리비는 완전히 각오를 굳혔다.

"흐응……."

로쿠타의 목소리에 힘이 없다. 리비는 마뜩잖아하는 로쿠타의 모습을 안타깝게 응시했다.

"저는 그토록 진지한 주상의 얼굴을 처음 보았습니다. 주상은 어리석지도 무책임하지도 않습니다. 생각해야 할 일은 생각하고, 해야 할 일은 하고 계세요. 그것을 겉으로 드러내지 않을 뿐입니다."

"과대평가가 심하지 않아?"

로쿠타가 웃었다.

"슈코나 이탄이 들으면 분명히 울 거야. 바로 옆에 있는 사람의 고초를 모르니까 그런다면서. 조의는 빼먹지. 행방은 감추지. 사람 말을 들은 체도 안 하고 한다고 결정하면 멋대로 해치우지."

"하오나 주상께서는 잘못된 일을 하신 적은 없습니다. 이탄은 무사태평하다고 제멋대로 말하지만, 주상의 대범한 태도 덕에 참상 속에서도 저희는 절망하지 않을 수 있었습니다."

"너, 정말로 쇼류에게 너그럽구나."

리비는 안타까워하며 고개를 가로저었다.

"어째서 그런 식으로 말씀하십니까. 아무리 그래도 태보가 주군을 믿지 못하신다니. 안타깝습니다."

"리비, 나는……."

"주상은 무능하지 않습니다. 저는 그리 생각합니다. 백관 가운데에서 분별 있는 신하를 발탁해 요직에 앉힌 수완을 보더라도 도저히 어리석은 왕으로 보이지는 않습니다."

"요직? 그야 목백은 요직일지도 모르지. 하지만 위험이 따르는 요직이야. 이탄이나 슈코는 위험하지 않지만 고작해야 대부인걸."

로쿠타가 야유하듯 말하자 리비는 또다시 고개를 가로저었다.

"덕분에 풍파가 일지 않았던 겁니다. 남의 출세가 배 아파서 나라가 기울든 말든 끌어내리려는 패들은 쓸어버릴 정도로 많습니다. 그런 놈들이 적대시하지 않을 정도의 관직이지요. 저는 경백이 되었지만 내신의 눈이 닿지 않는 곳에 있습니다. 그래서 여태까지 시기나 질투로 조정을 어지럽히는 자가 없었지요."

"하지만……."

"수인은 고작 중대부의 관직이오나 산야를 다스리는 요직입니다. 치수를 위해 하사받은 공금이 관리의 품으로 들어가 사라지면 어찌합니까. 날림으로 만든 둑으로 치수가 될까요. 지관 안에서도 백성의 복지와 가장 밀접한 지위에 이탄을 앉힌 것입니다. 수인 위에는 소사도와 대사도만 있지요. 어느 쪽이고 악행에 손을 물들일 용기도 없는 겁쟁이들입니다. 이탄을 방해할 자는 없습니다. 그 덕분에 나라가 푸르러진 것입니다."

로쿠타는 잠자코 있었다.

"슈코는 조사, 하대부에 불과하오나, 조사는 외조를 감독하는 직책, 주후에 이르기까지 처벌할 수 있고 그것을 주상께 주청할 수 있는 유일한 관리입니다. 세이쇼는 대복이지만 하관 중에서 왕과 가장 가까이 있습니다. 왕을 곁에서 모시며 반역하는 자를 막을 수 있지요. 슈코나 세이쇼를 방해하지 못하도록 상관에 겁쟁이들만 모아두었습니다."

"리비…… 이제 그만하자."

로쿠타는 한숨을 섞어가며 말했지만 리비는 입을 다물지 않았다.

"왕은 이탄에게 수인의 관직을 내리셨습니다. 세금의 징수관도 직할지를 다스리는 관리도 아닙니다. 덕분에 세금의 절반 이상은 간신의 품으로 사라지고 있습니다. 왕의 직할지는 혁명 이후 흉작이 계속된다며 한 번도 상납한 적이 없습니다. 먼저 국토의 부흥이 첫째, 그러니까 이탄을 그 요직에 앉히신 것이지요. 이 인사 등용에 백성을 배려한 마음씀씀이가 보이지 않으십니까?"

"쇼류는 폭군이 아니야. 나도 알아. ……하지만 어쩔 수 없어. 쇼류가 왕이니까."

리비는 한숨을 푹 쉬었다. 가만히 눈을 내리깔고 한동안 침묵했다. 잠시 뒤 무릎 위에 있던 아이를 바닥에 내려놓았다. 그러더니 일어난다.

"태보, 잊지 마십시오. 나라의 황폐는 만민의 고난, 새로운 왕의 등극은 이 나라 안국 백성의 비원이었습니다."

리비가 자신의 뒤로 돌아가기에 로쿠타는 왜 그러나 하고 돌

아보려 했으나 어깨를 잡혀서 그럴 수 없었다.

"리비?"

"태보께서 고르신 분은 금상인 쇼류 님. 결코 아쓰유가 아닙니다."

"리비, 나는……."

쇼류가 미덥지 못한 것이 아니라 왕을 믿을 수가 없다.

"저희가 기다린 분은 연왕 전하, 쇼류 님이십니다."

"알아. 하지만……."

"며칠 내로 왕사가 완박에 도착하겠지요."

로쿠타는 뒤돌아보고 싶었지만 리비가 뒤에서 꼭 껴안고 있어서 얼굴조차 돌릴 수가 없었다. 리비의 하얀 손이 로쿠타의 뺨을 받쳤다.

"리비?"

"궁성으로 돌아가세요."

리비는 그렇게 말하고서 로쿠타의 이마에 손을 댔다. 막을 새도 없이 뿔을 봉인한 돌이 벗겨졌다. 뚝, 실이 끊기는 소리를 들었다. 너무나 덧없고도 묵직한 소리를 들었다.

227
—
6장

"빠르군. 벌써 도착했나."

아쓰유는 운해 위에서 하계를 내다보았다. 뒤에 서 있던 고야 또한 무심결에 덩달아서 하계를 들여다보았다. 완박을 둘러싸듯 구불거리며 흐르는 녹수 건너편 늪지대를 끼고, 그 너머 산에 왕사의 깃발이 보인다.

"드디어 시작되는군."

태보를 억류한 지 두 달. 왕사는 놀랄 만한 빠르기로 군을 정비하고 완박에 도착했다. 저 강을 넘으면 전투가 시작된다.

"황송하오나, 경백."

주재 하쿠타쿠가 입을 열었다. 뒤에서 평복한 하쿠타쿠는 고뇌에 가득찬 얼굴을 하고 있다.

"뭐지?"

"완박 백성들이 경백께서 찬탈을 꾀한 역적이라며 동요하고 있습니다."

아쓰유가 웃었다.

"왕을 폐하고 상제가 되려는 것이다. 그럼 역적이 아니고 무엇인가."

"동요하여 군을 탈주하는 병사까지 나오는 상황입니다. 이래서야 과연 사기가 오르겠습니까."

아쓰유는 하쿠타쿠를 돌아보았다.

"대역죄임은 이미 알고 있지 않았는가. 겁먹었나, 하쿠타쿠."

"병사들은 그렇지 못합니다. 그들은 아무것도 몰랐으니까요.
왕사가 왔다는 이야기를 듣고 징병한 자들은 완전히 겁을 집어
먹었습니다."

"그것도 알고 있었잖아?"

"경백, 이대로 괜찮은 걸까요."

아쓰유는 불쾌한 듯 얼굴을 찡그렸다.

"하쿠타쿠, 이제 와 그런 말을 하는가."

하쿠타쿠는 그저 엎드려 있었다. 고야는 그 모습을 담담히 지
켜보았다.

당연히 망설일 수밖에 없다.

다들 하관과 병사 들 앞에서는 겉으로 드러내지 않으려 했으
나 사태는 바람직하지 않은 방향으로 움직이고 있었다. 왕사의
숫자가 예상보다 많다.

관궁을 나올 때 금군 숫자는 겨우 칠천오백 명, 이긴 것이나
다름없다고 모든 관리가 말했다. 애초에 주후성은 난공불락의
성, 성을 공격하는 것만으로도 예삿일이 아닌데다 지리적인 이
점까지 있다. 질 리가 없다고 다들 안도의 한숨을 쉬었다.

아쓰유는 하쿠타쿠를 냉담한 눈으로 바라보았다.

“왕사의 숫자는 얼마인가.”

“실제 숫자가 이만 명 남짓으로 보입니다.”

“뭐라.”

아쓰유는 눈을 부릅떴다.

“지난번 보고보다도 삼천 명이나 많지 않은가.”

“그렇습니다.”

하쿠타쿠가 평복했다.

삼천 명, 고야는 입속으로 중얼거렸다. 왕사는 다가오면서 숫자를 늘리고 있다. 대부분 근처에서 괭이를 들고 모인 농민 무리다. 처음에는 웃어넘기던 관리들도 숫자가 일만 명에 가까워지면서 웃음기가 사라졌다.

원주 영윤이 옥좌를 찬탈할 꿍꿍이로 나라를 다시 절산의 황폐로 몰고 갈 심보라며, 날이 갈수록 백성들은 불안해했다. 처음에는 아쓰유를 지지하던 자들에게 들으란 듯이 원망을 늘어놓는 형세다. 원주의 관리들 입에서마저 아쓰유의 행위에 대한 비난이 터지기 시작했다. 완박 근처에서도 왕사로 투신한 자가 있다. 지금도 함께 싸우겠다고 왕사를 좇는 사람들이 길거리에 줄을 지어 완박으로 향하고 있다고 한다.

“조금 전 관궁에서 도착한 소식으로는 관궁에 잔류하고 있는 정주사 또한 삼만 명을 넘었다 하옵니다."

"말도 안 돼."

그토록 대담했던 아쓰유의 얼굴마저 굳었다.

"광주는 어찌된 거야! 어째서 왕사를 추격하지 않지!"

하쿠타쿠는 고개를 깊이 숙였다. 원주사 일만 이천오백 명, 나
라에는 그렇게 보고했으나 실제로는 팔천 명밖에 없다. 그것도
삼천 명을 광주사에서 빌리고, 어렵사리 삼천 명을 백성들 사이
에서 징병해 메운 것이다.

주사의 숫자로 주에 부과되는 세역은 늘어난다. 상식적으로
적게 보고하는 자는 있어도 많게 보고하는 자는 없다. 그 점을
이용해 장부를 조작하고 왕사가 전군을 이끌고 완박으로 밀어닥
치기를 기다렸다가 광주사 절반이 뒤에서 추격하고 나머지 절반
이 관궁으로 쳐들어갈 계획이었다.

"광주후는 관궁에 있습니다. 얼마 전에 총재가 되었다고 하옵
니다."

아쓰유는 하쿠타쿠에게 성큼성큼 다가갔다. 평복한 하쿠타쿠
를 바로 앞에서 내려다본다.

"그런 보고는 받지 못했어. 관궁으로 보낸 자는 대체 무엇을
하고 있나."

"면목없습니다. 보고를 게을리했던 모양입니다."

"말도 안 돼."

말도 안 된다고 말하고 싶은 사람은 하쿠타쿠였다. 관궁 소식이 너무나 뜸하기에 미심쩍어 사자를 보냈더니 그자가 고의로 정보를 묵살하고 있었다.

—천명으로 옥좌에 오른 왕을 내쫓겠다니 무슨 생각인가. 원주의 백성을 위해 일어나 자치를 얻겠다는 이야기는 들었지만, 태보를 포로로 삼고 협박해서 옥좌를 빼앗겠다는 말은 듣지 못했다.

그렇게 말하고서 더는 역적질에 가담하지 않겠다며 부하를 이끌고 사자의 눈앞에서 왕사로 들어갔다고 한다.

"……저희가 옥좌의 무게, 천명의 위신을 너무나 가벼이 보았는지도 모릅니다."

"효왕이 앉아 있던 자리의 무게, 효왕의 보위에 앉은 자의 위신을 말인가."

"백성은 그것을 믿고 있습니다. 다들 새로운 왕의 치세에서 풍요로운 시대가 오리라고 믿고 있습니다. 저희가 그 믿음을 배신하였습니다. 백성이 등을 돌리는 것은 지당합니다."

"하쿠타쿠!"

아쓰유가 고함을 질렀을 때 고야는 이상한 소리를 들었다.

품속에서 활시위가 끊어진 듯한 소리가 났다. 고야의 몸이 경직되었다. 아쓰유와 하쿠타쿠 역시 소리를 들었는지 고야를 돌아보았다.

"무슨 일이지?"

고야의 얼굴에서 핏기가 가셨다.

"적색조가…… 끊어졌습니다……."

"뭐라."

"상황을 보고 오겠습니다."

고야는 그 말을 남기고 몸을 돌려 옆에서 대기하던 요마의 등에 올라탔다.

003

"로쿠타!"

소리치며 감옥으로 뛰어들었다. 그곳에서 저도 모르게 걸음을 멈추었다.

감옥 안의 참상. 요마와 함께 살면서 참혹하기 이를 데 없는 광경에 익숙해진 고야마저 무심코 뒷걸음질치고 말았다. 그 정도로 감옥 안은 참담한 몰골이었다.

로쿠타는 바닥에 주저앉아 있었다. 표정을 알아볼 수 없다. 머리부터 뒤집어쓴 피 때문이다. 다가가려 하자 뒤에서 요마가 막 듯이 으르렁거렸다. 상관하지 않고 달려가니 요마가 목덜미를 부리로 붙잡는다. 뒤로 끌려간 순간 바닥에서 튀어나온 짐승의 입이 허공을 물었다.

"로쿠타!"

고야와 로쿠타 사이에 가로막고 선 꼬리가 셋인 검은 늑대와 바닥의 핏속에서 생겨난 것처럼 뻗어 나온 하얀 날개의 두 팔. 요마가 고야 앞으로 나와 위협하듯 운다. 고야는 다시 로쿠타를 불렀다. 힘껏 소리를 지르자 로쿠타는 그제야 고야를 쳐다보았다.

"로쿠타! 사령을 말려!"

"……그만해, 리카쿠."

그만두라는 로쿠타의 목소리는 무성의하고 작다.

반발하는 사령의 목소리에 로쿠타는 느릿느릿 고개를 가로젓는다.

"그만둬. ……여기서 더 피를 보게 하지 마."

로쿠타는 중얼거리듯 말하고 나서 고야를 쳐다보았다.

"고야……. 도와줘."

고야는 걸음을 내디뎠다. 망설임 없이 로쿠타 옆으로 달려오자 사령이 길을 비키며 사라졌다.

"로쿠타, 괜찮아?"

피에 젖은 어깨를 잡고 일으키려 했지만 꿈쩍도 하지 않았다. 로쿠타의 몸은 얼어붙은 듯 굳어 있었다.

고야는 주위 바닥을 둘러보고 옆에 뒹굴던 시신의 손에서 붉게 물든 돌을 주웠다. 그 돌을 로쿠타의 이마에 댄다.

"……고야, 싫어……."

"안 돼. 참아."

"고야……."

다시 적색조를 묶으려 했을 때 로쿠타의 그림자에서 목소리가 들렸다.

"부탁이니 그것만은……."

여자 목소리다. 순간적으로 고야는 리비의 목소리인가 싶어 흠칫하며 등골이 오싹해졌다.

"지금 뿔을 봉인하면 태보의 몸이 상하십니다."

"……사령인가."

"부탁이니 피를 씻어주십시오. ……태보께는 정말로 독입니다."

"하지만……."

"태보께 위해가 없다면 저희는 다른 이를 덮치지 않습니다. 제발 부탁드립니다."

망설이는 사이에 거부하듯 들었던 로쿠타의 손이 떨어졌다.

의식을 잃은 것이다.

"리비가?"

아쓰유가 되물어서 고야는 고개를 끄덕였다. 보고하기 위해 아쓰유 곁으로 돌아왔다.

"……아마도 자진해서 태보의 실을 끊은 것 같습니다."

아쓰유는 잠시 어안이 벙벙해져서 눈을 깜빡이더니 의자에 몸을 던졌다.

"……대담한 짓을 하는군. 그래서 태보는 어떠신가."

"정신을 잃으셨습니다. 일단 피를 씻어냈습니다."

"괜찮을까."

"그럴 겁니다."

로쿠타의 사령이 일러준 대로 운해의 바닷물로 꼼꼼하게 피를 씻기라고 명령했다.

"봉인은?"

고야는 발치의 바닥을 응시했다.

"……다시 주문을 걸어두었습니다."

"봉인해도 몸에 해는 없으신가."

"다소 해가 되겠지만 다른 여지가 없습니다."

아쓰유는 한숨을 푹 내쉬었다.

"기린은 인간으로 만든 감옥에서만큼은 빠져나올 수 없다고 그러지 않았던가?"

고야는 그저 눈만 내리뜨고 있었다.

"죄송합니다."

"……감옥이 스스로 무너졌으니 하는 수 없지. 하지만 태보의 처우는 네 책임이었다. 어째서 감옥 안에 파수꾼을 두지 않았지?"

"생각이 짧았습니다."

아쓰유는 다시 크게 한숨을 쉬었다.

"별고 없었다니 다행이라 해야겠지만 두 번 다시 이런 일이 일어나지 않도록 하라."

"예."

"경백."

하쿠타쿠가 아쓰유 앞으로 비틀거리며 나왔다.

"이것이 옥좌의 무게이옵니까."

"하쿠타쿠."

"과연 저희 주를 위해 그렇게까지 할 관리가 있겠사옵니까. 리비는 연왕을 위해 목숨을 버린 것일까요, 아니면 옥좌를 위해 한 목숨을 버린 것일까요. 어느 쪽이든 저희는 잘못을 인정해야만 합니다. 왕은 리비가 목숨을 버릴 만한 분이십니다. 그렇지 않다면 옥좌에는 그만한 가치가 있는 것입니다."

"하쿠타쿠!"

"경백의 행동이 도의에 맞는다며 함께 싸우겠다고 완박에 찾아온 백성이 얼마나 있습니까. 원주를 토벌하겠다고 모인 백성이 일만 명 가까이 됩니다. 여전히 늘어나고 있어요."

"그러면 묻겠다."

아쓰유의 목소리에 노기가 서려 있었다.

"그대는 나에게 어찌하라는 것인가? 이제 와 물러설 수 없는 것쯤은 알고 있을 텐데!"

"다시 한번 소관을 관궁으로 보내주십시오. 반드시 소관이 이 목숨으로 경백의 목숨을……."

"구하겠다는 소리인가? 웃기지 마!"

하쿠타쿠는 몸을 움츠리고 평복했다.

"……아직 진 것이 아니다. 벌써 그렇게 겁을 먹어서 쓰겠나. 완박 백성을 설득하라. 이치를 풀어 설명해. 과연 도리를 벗어난 자가 누구인가. 옥좌를 바라며 정무를 포기하다니 가당한 일인가. 내 말이 틀렸나?"

"경백……."

"도의는 우리에게 있다. 설명하면 백성도 받아들일 거야. 분명히 태보를 포로로 삼은 것은 도리를 벗어난 행위지만 태보께서는 특별히 풀어달라고 간청하시지 않았어. 오히려 내 심중을 헤아리고 스스로 원주에 머무르신 것이다.”

“……예, 예.”

“나라고 이런 수법을 쓰고 싶지는 않았다만 관궁을 공격하면 많은 백성에게 폐를 끼친다. 지금 같은 병력으로 원정을 나서지 못하는 정도는 설명하면 누구든 납득하겠지. 더이상 징병은 하고 싶지 않았다. 농지에서 백성을 차출해 무기를 들게 하는 짓을 하고 싶지 않았어.”

004

피 냄새가 지독하게 난다. 마치 핏속에 내던져진 것처럼 끈적이는 피의 악취와 시체 냄새가 들러붙어 떨어지지 않는다.

무심히 이어지는 파도 소리. 절벽을 이룬 해적성 물가에는 시신이 둥둥 떠서 밀려왔다. 성에 있는 이들 모두 송장을 거두어 장례를 치러주고 싶은 마음이 간절했지만, 바다로 내려가면 무라카미의 공격을 받을 뿐이었다. 무라카미 군대 역시 할 수 있다면 적병의 목을 따 오고 싶겠지만, 물가로 다가오면 성에서 돌을 던지거나 화살을 쏘아 공연히 부상자만 늘리게 되리라는 것을 알고 있었다.

시체 냄새와 대기에 괸 피 냄새가 물가에서 떨어진 성 안쪽까지 흘러들었다. 로쿠타는 눈을 감고 피의 악취를 떨쳐내듯 고개를 저었다. 순간 다리를 휘청거렸다. 벌써 며칠째 고열이 떨어지지 않고 있었다. 한숨을 쉰 로쿠타 뒤에서 또랑또랑한 목소리가 들렸다.

"뭐야, 결국 도망치지 못했네."

이 상황에서 이만큼 밝은 목소리로 말하는 사람은 나오타카밖에 없으리라. 그렇게 생각하며 돌아보자 역시나 나오타카가 어깨에 검을 걸치고 서 있었다.

"주머니가 비었을까 싶어 일부러 노잣돈까지 줬더니만. 특이한 놈이로구나."

성안에서는 미처 도망치지 못한 사람들이 어깨를 맞대고 겁먹은 얼굴을 하고 있다. 그중 몇 사람이 다가와서는 묻고 싶은 말이 있는 표정으로 나오타카를 올려다보았다. 나오타카는 눈썹을 살짝 추켰다.

"뭐야. 그렇게 비장한 얼굴을 해서 어쩌려고. 어차피 될 대로 되는 거야. 마음 가볍게 먹어."

로쿠타는 그 말을 살짝 나무랐다.

"말도 안 되는 소리 하지 마."

동의 해신 서의 창해

"말도 안 되지만 사실이지. 어차피 결과가 같다면 걱정하는 만큼 손해잖아."

나오타카는 매달리듯 쳐다보는 세 노인을 향해 웃었다.

"그렇게 얼어붙어 있다가는 막상 도망칠 때가 되어서도 다리가 굳어서 못 움직여. 마음 편히 있어. 어떻게든 해줄 테니까."

나오타카가 그렇게 말하며 웃자 노인들은 안도한 듯이 한숨을 내쉬었다.

"변변한 건 없어도 잘 챙겨 먹어. 도망치기 위한 배는 준비해주겠지만 그렇게 아랫도리에 힘이 풀려서야 뱃전에 매달리지도 못하니까."

쇠약해져 도망치지 못한 노인들에게 그런 소리를 한다. 그래도 노인들은 태평하기 그지없는 나오타카의 말투에 마음이 놓였는지 씩 웃으며 아직 노를 젓는 정도는 할 수 있다며 농을 지껄였다.

나오타카는 가볍게 손을 들었다.

"부족한 게 있으면 말하라고. 하기야 없는 것은 못 주겠지만."

한 노파가 쩨쩨하다며 야유하는 소리에 나오타카는 웃으며 손을 흔들고 망루 쪽으로 걸어갔다. 로쿠타가 허둥지둥 뒤쫓았다.

"이봐."

"뭐야. 이쪽으로 와도 좋은 건 없어. 이따금 무라카미가 화살을 주기는 하지만."

"승산은 있는 거야? 정말로 다들 도망칠 수 있어?"

"승산 따위 있겠나. 마을은 완전 무라카미에게 넘어갔어. 퇴로도 보급도 없어."

나오타카는 뭍을 바라보았다. 화공을 당한 성 아랫마을에는 타고 남은 숯만 남아 희미하게 연기가 피어올랐다.

"공격도 뜸해졌어. 그야 그렇겠지. 공연히 병사 목숨을 버리지 않아도 포위만 하고 있으면 조만간 성내 물자가 떨어지니까. 버틸 수 없을 때까지 조용히 기다리는 거야."

"군량은 있어?"

나오타카가 쓴웃음을 지었다.

"없군. 뭍에서 운반해 오기로 되어 있었으니 아끼고 아껴서 보름 치쯤 되려나. 그러니까 뒤쪽을 조심하라고 일렀는데 아버지는 전쟁을 통 몰라서 말이지."

나오타카의 부친은 그와 달리 상당히 멋스러운 인물이라고 들었다. 가풍을 싫어하고, 직접 도읍에서 선생을 모셔와 악기며 춤을 즐겼다. 젊어서 죽은 나오타카의 모친이며 측실들도 도읍풍 여인뿐이었고, 다름 아닌 나오타카의 정실조차 그러했으니 오히려 나오타카만 별났다고 해도 틀린 말이 아니다.

"사람이 늘었으니 실제로 보름까지 버티지 못하겠지. 어떻게든 생계 수단이 바닥나기 전에 도망치게 해줘야 하는데."

나오타카는 말하고 나서 얼굴을 찌푸렸다.

"투항한다고 했는데 무라카미 놈 감감무소식이야. 어지간히 자신이 있는 거겠지. 하기야 그놈들도 해적이니까 이해하지 못하는 바는 아니다만."

"해적?"

"이제 여자랑 아이, 영감 들만 남았어. 하지만 해적은 그렇게 얕볼 존재가 아니거든. 여자나 아이로 보여도 놈들은 배를 다룰 줄 알고, 영감들도 옛날에는 끗발 날리던 패거리지. 무기를 쥐고 싸울 수 있어. 설령 항복을 받아들여 신하로 들여도 방심할 수가 없지. 육지 위와 달리 무라카미는 영토가 바다로 나뉘어 있기도 하고. 할 수 있다면 뿌리를 뽑아두고 싶겠지."

그 이야기는 몰살당한다는 뜻 아닌가. 로쿠타가 올려다보자 나오타카가 웃었다.

"아무튼 싹싹 빌어서 여자랑 아이만이라도 살려야지. 이번에는 꼭 도망쳐. 여기에 있으면 희망이 없어."

"그 말은…… 너도 죽는다는 소리야?"

로쿠타가 묻자 나오타카가 큰 소리로 웃었다.

"설령 무라카미가 보살 같더라도 나만은 봐주지 않겠지. 그동안 내 멋대로 즐기며 살아왔으니 후회는 없다만."

"정말로?"

로쿠타가 나직하게 묻자 나오타카는 한순간 웃음을 싹 거두었다.

"……그래."

그는 성 뒤편을 바라보았다. 불탄 마을. 그곳에 포진한 무라카미의 병사. 뒤쪽 언덕에는 예전에 있던 저택의 흔적조차 보이지 않는다. 돌담만이 연기에 그을려 새카맣다.

"다들 죽었구나. 네 마누라랑 아이도……."

"빨리 도망치라고 했는데. 아버지는 자신이 질 줄은 꿈에도 생각하지 못했겠지. 전쟁이 난다는 것조차 자신에게 닥친 일로 받아들이지 못했을지도 몰라. 저택을 나올 때 시조 모임 때까지는 돌아오라고 했으니까."

나오타카가 씁쓸하게 웃었다.

"아이까지 죽은 것은 가엾다만…… 그래도 아비가 함께였으니 조금은 위안이 되었겠지."

로쿠타가 나오타카의 얼굴을 쳐다보았다.

"네 아이의 아비라니, 아버지?"

나오타카의 목소리는 담담했다.

"아마도."

동의 해신 서의 창해

"군량이 아슬아슬하다. 병력이 떨어지기 전에 일반 백성들을 내보낸다."

나오타카가 그렇게 말했을 때, 로쿠타는 마침 식사를 날라 온 참이었다. 백성들까지 농성한 지 사흘날이었다.

"하지만 도련님, 아니, 영주님."

"물자가 바닥나고 나서는 늦어. 어떻게는 마을 사람들만은 도망치게 해주고 싶어. 사람들이 어디로 도망치든 도망친 놈들에게도 물자가 필요하지. 빨리 결행하지 않으면 그것마저 들려줄 수 없게 된다."

신하는 조용히 고개를 숙였다.

"어차피 여기에 틀어박혀 있어도 굶어 죽을 뿐이야. 정박장에서 남은 배를 꺼내 백성들을 태우고 군선으로 이를 포위해. 어떻게든 뭍에 도착하면 우리가 거기에 포진하고 그 뒤편으로 백성을 도피시킨다."

나오타카는 그렇게 말하고서 웃었다.

"살기 지긋지긋한 놈은 그대로 나와 함께 여기 남아. 그렇지 않은 놈은 백성을 지키며 후퇴한다. 국경을 넘으면 무거운 무기는 버리고 도망쳐."

한쪽 팔을 다친 노인이 양손을 짚었다.

"후퇴하는 자들을 이끌 사람이 필요합니다. 부디 영주님이 선두가 되어 도망치십시오."

"허튼소리하지 마. 내가 도망치면 무라카미가 쫓아올 거야. 아, 일부러 다른 방향으로 도망쳐서 백성을 향한 추격을 떼어놓는 방법도 있나. 끝내 전세가 위태로워지면 그렇게 하지."

"그럴 수는 없습니다."

영감은 고개를 깊이 숙였다.

"무라카미는 저희가 어떻게든 막겠습니다. 부디 영주님만은 무사히 달아나십시오. 오우치 님께 의지하면 어떻게든 살아남을 수 있을 겝니다. 시간이 지나면 고마쓰 재흥도 꿈이 아니겠지요. 그때까지는 숨어 지내십시오. 간곡히 청하옵니다."

"재흥해서 어쩌라는 건가."

나오타카가 어이없어하는 표정을 지었다.

"백성이 뿔뿔이 흩어졌는데 어떻게 다시 나라를 일으키라는 소리지? 이 또한 난세에는 흔한 일이다. 우리가 약했으니 어쩔 수 없어. 분하지만 인간은 포기할 때를 아는 것이 중요해."

"아닙니다."

노인은 단호하게 고개를 가로저었다.

"분명 백성들은 뿔뿔이 흩어지는 쓰라린 경험을 할 것입니다. 하지만 영주님께서 무사하시고, 언젠가 고마쓰의 나라가 다시 세워지리라는 믿음이 있다면 백성들도 고난을 견뎌내겠지요. 그런 영주님마저 쓰러져버리시면 정말로 고마쓰는 망하고 맙니다. 대역을 세워 도주하는 백성 속에 숨어드시지요. 무라카미가 대역을 쫓는 사이에 도련님은 오우치로 도망치십시오."

"웃기지 마!"

나오타카가 호통치자 노인은 순간 몸을 움츠리며 놀라서 올려다보았다.

"나는 이 나라의 주인이다. 이 나라의 운명을 짊어지고 있어! 그런데 백성을 버리고 도망치라는 소리인가!"

노인은 몸을 내던지듯 엎드렸다.

"운명을 짊어졌다면 더욱 그러셔야 합니다."

"백성들은 나를 도련님이라 부르고 받들어주며 키웠다. 지금 여기서 나 몰라라 버리고서 녀석들에게 뭐라 해명한단 말인가!"

"도련님."

"도련님이라 불리는 의미를 모를 정도로 나는 멍청하지 않아."

나오타카가 말을 내뱉었다.

"놈들은 내 인품에 반한 것도 아니거니와 내 그릇에 감탄한 것도 아니야. 그저 내가 언젠가 주인이 될 테니까, 단지 그것만으로 나를 받들어주었어."

"……영주님."

"그게 어떤 의미인지 알지 않나. 너희도 그렇지 않은가. 장차 평화롭기를 바라며 나를 받들어준 것이 아니었나!"

신하들이 일제히 평복했다.

"나 혼자 살아남아서 고마쓰를 재흥하라고? 웃기지 마! 고마쓰의 백성을 죽게 내버려두고는 고마쓰를 일으키라고 지껄여? 그건 대체 어떤 나라지. 나 혼자 남은 성안에서 무엇을 하라는 말인가!"

신하 일동 평복한 채 꼼짝도 하지 않는다.

"내 목이라면 주마. 목이 떨어지는 정도가 별것인가. 백성은 내 몸이다. 백성을 죽게 함은 몸을 도려내는 것이다. 목을 잃는 것보다 그쪽이 훨씬 아프지."

나오타카는 그렇게 말하고 일어났다. 평소처럼 태연한 얼굴이다.

"뭐, 어차피 내 목 따위야 흔들면 딸랑딸랑 소리 나는 장식품이나 마찬가지잖아."

나오타카가 웃는다.

"이 목 하나로 얼마나 많은 백성을 구할 수 있는지 해보지."

이튿날, 새벽녘에 배가 섬에서 출발했다. 세차게 몰려드는 무라카미 군세에 필사적으로 항전하고 간신히 뭍에 닿았을 때에는 군함 여섯 척 중 절반이 침몰해 있었다. 고마쓰의 군사들은 뭍에 포진해 퇴로를 확보하기 위해 선전했지만 크게 줄어든 병력으로는 퇴로를 끝내 지키지 못했다.

도망친 백성 무리가 포위당하고 퇴로를 지키던 병사 대부분은 목숨을 잃었다.

고마쓰 가문의 몰락이었다.

7
장

001

이럴 작정은 아니었노라고 성안 사람 너나없이 생각했다.

완박성에서 내려다보이는 녹수. 대안對岸에 있는 늪지대에 빼곡하게 늘어선 왕사의 깃발.

아쓰유는 오래도록 원주의 기둥이었다. 안국의 국토가 절산의 황폐에 처한 가운데, 원주만은 다른 주에 비해 땅을 잘 다스리고 사람을 잘 다스렸다. 원주 역시 기운 국토를 따라 황폐의 파도에 씻겨가는 것을 막을 길이 없었지만, 그래도 다른 주에 비하면 황폐도 대수롭지 않았다. 아쓰유는 황폐와 잘 싸웠다. 다른 주의 백성이 무시무시한 기세로 줄어들고, 재산도 소득도 잃고, 질서도 통제도 잃어가는 가운데 원주만은 간신히 버틸 수 있었다.

재해가 줄짓고 요마가 날뛰고 살 곳을 잃은 백성이 원주를 지나 다른 나라로 도망쳤다. 흘러든 피난민은 너나없이 말한다. 원주는 풍요롭다. 완박은 꿈같은 곳이라고.

새로운 왕이 등극하고 국토가 재건되기 시작하자 원주는 그 움직임에서 배제되었다. 다른 주가 점차 푸르러지고 사람이 늘고 수확이 늘고, 원주와 다른 주의 격차가 메워졌다. 여행자의 칭송 소리도 더는 들리지 않는다.

다른 주가 백만큼 윤택해지면 원주는 천만큼 윤택해질 것이다, 꿈처럼 풍요로워지리라고 다들 생각했다. 하지만 실제로는.

국부에서는 낮은 곳을 메워 국토를 먼저 평준화해야 한다고 말한다. 원주에서는 다들 국부를 원망했다. 왕이 주의 자치를 거두어들이지 않았다면 원은 아쓰유 아래에서 더 부유해졌을 텐데, 다들 그렇게 생각했다.

"……어쩌다 이렇게 되었지."

완박산 산허리 아래쪽 성가퀴에서 녹수를 내려다보던 병사 하나가 불쑥 말했다. 마찬가지로 녹수와 대안을 내다보던 동료는 대답하지 않았다.

"경백이 봉기해서 자치를 얻고, 원은 풍요로워지는 것이 아니었나."

왕의 잘못을 바로잡고 주의 자치를 되찾고 앞장서서 국토의 부흥에 힘쓴다. 다른 주와 사람들도 원에 감사하겠지, 모든 주의 백성들이 원에 경애를 보내고 어쩌면 원이야말로 국토를 통솔하는 중추가 될지도 모른다고, 젠체하는 얼굴로 몽상을 떠들던 자도 있었다.

하지만 뚜껑을 열어보니.

"우리는 역적이야. ……옥좌를 찬탈하려는 원을 용서하지 말라고 욕하는 목소리밖에 들리지 않아."

녹수 대안에 결집한 왕사의 숫자는 이미 삼만 명 가까이 된다. 게다가 길거리에는 지금도 왕사와 함께 싸우자는 백성이 줄을 지어 완박으로 오고 있다. 싸움이 시작되기 전까지 그 숫자는 얼마만큼 늘어날까. 더이상 헤아려보아도 의미가 없을 정도로 왕사와 주사의 병력 차이는 역력했다.

조용히 은밀하게, 그렇지만 확실하게 주사의 병졸은 줄어들고 있었다. 도망치는 자가 끊이지 않는다. 특히 징병한 자들의 탈영이 심각했다. 빠져나간 구멍을 메우려고 백성을 더욱 징용하면 그들이 사흘 뒤에는 벌써 보이지 않는다. 도망친 당사자가 왕사의 깃발 아래로 달려가는 일도 적지 않았다.

"……그 소문 들었어?"

다른 병사가 누구에게랄 것도 없이 말했다.

"이레 전에 목백이 죽었잖아."

"아, 태보를 도망치게 하려고 스스로 죽음을 택했다며."

"승산이 없으니 경백이 안달이 나서 태보를 공격했는데 그걸 감싸려다 목백이 죽었다는 거야."

"설마. 경백은 그런 분이 아니야."

"물론 그렇겠지. 하지만 실제로 그런 소문이 돌고 있어. 예전 같으면 누가 그런 소문에 귀를 기울이기나 했겠어? 그 사실이 무섭지 않아?"

다들 쥐 죽은 듯 고요해졌다. 이어서 말을 맞춘 것처럼 왕사 쪽으로 시선을 돌렸다.

"어째서 왕사는 공격해오지 않지. ……저렇게 건너편에 진만 치고 있고."

"어찌하여 놈들은 녹수에서 한 걸음도 움직이지 않는 것인가."

아쓰유는 방밖의 노대에서 녹수를 내다보았다.

"설마 저렇게 모여드는 백성을 기다리는 것인가? 그래보았자 훈련도 되지 않은 오합지졸 잡병 집단, 너무 늘면 오히려 발목을 잡는다는 것을 모르는가."

하쿠타쿠는 미심쩍어하는 표정이었다.

"보아하니 길에서 모은 병졸 이만 명을 녹수로 보내 강가에 흙 부대를……."

"뭐라."

"둑을 만들 심산인 것 같습니다. 긁어모은 병사들이 제대로 된 무기도 들고 있지 않은 까닭 또한 처음부터 둑을 쌓기 위해 모은 역부였기 때문인 듯합니다."

"이제 와서 둑을 쌓는다? 그렇게 비위를 맞추려는 속셈인가."

"그렇다면 다행입니다만, 왕사가 역부를 보낸 곳이 녹수 대안의 신역新易부터 완박 하류 주오洲焐에 걸친 구역입니다."

하쿠타쿠의 떨떠름한 얼굴에 아쓰유는 흠칫 놀라 시선을 들었다.

"설마…… 수공인가."

"그럴 우려가 다분합니다."

아쓰유는 눈살을 찌푸렸다. 완박은 크게 굽이치는 녹수로 둘러싸여 있다. 오랫동안 쌓아올린 둑이 흘러드는 물을 간신히 막고 있고, 아쓰유 또한 남몰래 둑 공사를 시켰지만 하류를 막으면 얼마 버티지 못한다.

"이럴 수가……."

저지대 마을의 수공 가능성은 생각했다. 하지만 대안이 완박보다 땅이 낮다. 물이 불어나 그쪽으로 넘치게 되어 있다. 물론 대안에 둑을 쌓아 완박의 둑 높이를 넘으면 물은 완박으로 흘러

들겠지만, 말이 대안이지 유역의 총 길이는 만만치가 않다. 고작 일만 명 남짓한 군대로 할 수 있겠느냐고 우습게 보았건만 역부가 이만 명 가까이 있다면 이야기가 다르다.

"농성한다 치고 성안에 병사를 얼마나 들일 수 있지?"

우기의 수량은 보통 수준이 아니다. 그 물이 흘러들면 야전 준비를 하던 완박 주변의 들판은 고사하고 완박 바깥의 농지, 자칫하면 완박산 기저부까지 수몰되어버린다.

"그보다도 문제는 군량입니다."

성안에는 군량이 적다. 수확기 뒤라지만 쟁여놓을 정도의 여분이 원주에는 없었다.

"광주가 나서서 조기에 결말을 낼 수 있으리라 생각했기 때문에 난을 일으킨 것입니다. 광주가 움직이지 않고 우리만으로 사태를 일으킨다면 장기전이 될 것은 자명하오나, 장기전을 할 정도의 물자가 완박에는 없습니다."

하쿠타쿠의 말에는 비난조가 담겨 있었다.

"하는 수 없지. 급히 인근에서 징수하라. 다행히 수확기 직후다."

하쿠타쿠가 얼굴을 찌푸렸다.

"백성에게 조세 이상의 것을 착취하겠다는 말씀이십니까. 백성이 가진 작물, 마을 곳간 안에 비축한 곡물은 앞으로 백성이 일 년을 연명하기 위해 있는 것입니다."

아쓰유는 하쿠타쿠를 싸늘하게 내려다보았다.

"그대는 주사를 굶기라는 것인가."

하쿠타쿠도 고압적으로 아쓰유를 바라보았다. 신경이 곤두서 있는 것이다. 죽은 리비의 피를 뒤집어쓰고 쓰러진 로쿠타는 그 이후로 의식을 되찾지 못하고 있다. 하나부터 열까지 원주의 기대를 배신해간다.

"첫째로, 지금부터 징수해도 늦습니다. 그리고 시간에 맞출 수 있을 만큼 가까이에서 있는 대로 바친다 한들 과연 얼마나 버티겠습니까."

아쓰유는 울화통을 터뜨리며 하쿠타쿠를 노려보았다.

"아무튼 모아. 그리고……."

아쓰유는 서 있는 관리를 둘러보았다.

"결단코 둑을 쌓게 해서는 안 된다. 주사의 일부를 녹수로 보내라."

"잠시만 기다려주십시오."

주사마가 눈살을 찌푸리며 외쳤다.

"이미 주사가 왕사보다도 적습니다. 그런데 여기서 주사를 나누라는 말씀이십니까."

"그러면 전군을 출전시킬까?"

"그런······."

주사마가 중얼거렸다.

"병졸의 숫자를 헤아려주십시오. 현재 왕사는 우리 군의 세 배입니다. 수성전으로 끌고 가지 않으면 승산은 없습니다."

아쓰유는 알았다고 거칠게 대꾸했다.

"비가 내리면 동시에 은밀히 주사의 정예대를 보내라. 완박 상류에서 대안의 둑을 끊는다."

이 말에는 하쿠타쿠가 버럭 화를 냈다.

"무슨 말씀을 하십니까!"

"달리 방책이 있나!"

아쓰유가 내뱉었다.

"완박 상류에서 둑을 무너뜨려 물을 신역으로 흐르게 한다. 달리 수가 있다면 말하라."

날카로워져 있기는 아쓰유도 마찬가지다. 급격히 덩치가 커진 왕사, 광주의 배신, 의식을 되찾지 못하는 재보. 모든 것이 죄다 예상을 빗나가 아쓰유의 발치를 무너뜨리고 있었다.

"우기가 옵니다. 그만두십시오."

"그러니까 부수는 거야! 비가 내리고 나서는 늦는다. 대안에 둑을 쌓고 하류를 막아버리면 물은 완박으로 흘러 들어온다고!"

"완박을 위해 신역을 수몰하라 하십니까. 주성은 산 위, 만에

하나 침수되더라도 큰일은 없습니다. 그만두십시오. 부탁드립니
다."

"달리 길은 없다. 내 말대로 하라!"

002

로쿠타는 눈을 떴다. 눈꺼풀은 무겁고, 한동안 시야도 분명치
않았다.

"정신이 드십니까."

사람이 다가오는 기척이 났다. 여자 목소리지만 당연히 리비
일 리가 없다. 그런 사실을 떠올리고서 로쿠타는 신음했다.

─어째서 고작 왕 때문에 그렇게까지 하지.

손으로 얼굴을 감싼 로쿠타를 바로 옆에서 여자가 들여다보았
다. 아주 가까이에서 목소리가 들린다.

"몸은 어떠세요. 괴로우십니까?"

로쿠타는 그저 고개만 내저었다.

"제법 오래 정신을 차리지 못하셔서 어찌나 걱정했는지 모릅
니다."

로쿠타는 불쑥 손을 내리고 몸을 일으켰다. 그 순간 땅이 크게

흔들렸다.

"시간이 얼마나 흘렀지."

서른 살쯤 되어 보이는 여자다. 관복을 입고 있으니 하관 중한 사람이리라.

"태보는 이레 동안 잠들어 계셨습니다."

"이레……. 왕사는?"

설마 전투가 시작되었을까. 걱정하며 쳐다보자 여자는 고개를 가로저었다.

"아니요. 왕사는 녹수의 대안에 자리를 잡고 움직이지 않고 있습니다."

여자는 말하고서 난처해하며 웃었다.

"그리고 대안에 둑을 쌓고 있습니다."

"뭐라고?"

이제 와서 점수라도 벌 생각인가. 아직 싸움이 시작되지 않은 것은 다행이다만.

"움직이셔도 괜찮으십니까?"

로쿠타는 고개를 끄덕였다. 실제로는 심한 어지럼증이 계속되었지만 누워 있을 때가 아니다. 침상을 내려가려다 문득 움직임을 멈추었다.

—전투가 시작되기 전에 어떻게든 해야 한다.

하지만 로쿠타에게는 그럴 방도가 없다.

여관은 "여기요"라며 옷을 펼쳐 어깨에 걸쳤다. 로쿠타는 일단 옷에 팔을 꿰었다. 얌전히 입으면서 불현듯 이마에 있는 차가운 감촉을 감지했다.

─돌.

로쿠타는 손가락 끝으로 이마에 있는 돌을 살짝 만졌다. 여관이 송구스러워했다.

"죄송합니다. 불쾌하시겠지만 제가 떼는 법을 몰라서."

"아니⋯⋯."

로쿠타는 멍하니 중얼거렸다.

뿔에 닿아 있지 않았다. 돌은 이마에 있지만 뿔보다 살짝 위쪽에 있다. 딱딱하고 차가운 느낌만 날 뿐 어떤 주력도 느껴지지 않았다.

고야. 로쿠타는 마음속으로 중얼거렸다. 자신이 싫어했기 때문일까, 아니면 로쿠타의 몸을 생각해준 것일까. 봉인하지 않았다.

"걸으실 수 있겠습니까?"

여관의 말에 로쿠타는 미심쩍은 기분으로 여자를 올려다보았다. 여자는 온화하게 미소 지으며 천 보따리를 내밀었다.

"필요한 것은 여기에 들어 있습니다. 도망치세요."

"이봐⋯⋯."

"저희는 백성이 잘살았으면 하는 마음으로 주상을 거역했습니다. 결코 나라를 기울게 하려는 것이 아니었습니다. 주상이 진실로 무엇을 하고 계신지, 자신들의 행동이 어떤 의미인지 깊이 생각도 하지 않고 눈앞의 황폐에 분개하여 성마른 짓을 하였습니다. 부디 왕사까지 가셔서 궁성으로 돌아가시어 주상께 그처럼 사죄하여 주십시오."

"그런 짓을 했다가는……."

여관은 부탁한다면서 로쿠타의 머리에 천을 씌웠다.

"태보가 얼마나 정이 깊으신지는 소문을 들을 필요도 없이 갓난아이를 위해 홀로 성에 머무신 것으로 잘 알았습니다. 태보께서 곁에 계시니 주상도 절대로 무정한 짓은 하지 않으시겠지요. 녹수의 대안은 주상을 우러러 모인 백성으로 군세가 엄청납니다. 원은 참으로 어리석은 짓을 했습니다."

여관은 "어서요"라며 등을 밀어 재촉했다. 로쿠타는 당혹스러웠다. 도대체 원주에 무슨 일이 일어났나. 그토록 아쓰유를 따르고 똘똘 뭉친 것처럼 보이던 결속이 이렇게 내부에서 무너지고 있다.

"아쓰유는 괜찮아? 나를 풀어주면 아쓰유를 지킬 패가 사라지잖아."

여관은 애달프게 눈을 깜빡였다.

"원백은 변하셨습니다. 그토록 백성을 생각하셨는데……."

"뭐?"

여관은 로쿠타가 되묻는 말에 개의치 않고 채근했다.

"방을 나가 오른쪽으로. 모퉁이를 돌면 계단이 있습니다. 지하도를 빠져나가면 내궁, 장명전長明殿 제일 안쪽에서 성 아래로, 아래로 쭉 가세요. 맨 아래층에 성에서 나가는 통로가 있습니다."

"하지만……."

"부탁드려요. 아직 몸이 불편하시겠지만, 이번 기회를 놓치면 언제 다음 기회가 올지 모릅니다. 지금은 어쩌다 저 혼자인 거예요. 부탁이니 관궁으로 돌아가세요. 목백의 유지를 부디 헛되이 하지 말아주세요."

여관은 로쿠타를 방밖으로 밀어냈다.

그런 짓을 하면 그녀가 벌을 받지는 않을까. 하려던 말은 눈앞에서 문이 닫히는 바람에 채 잇지 못했다.

—어쩌지.

한참 망설이다 걸음을 떼었다. 한 걸음 내디딜 때마다 무릎이 꺾였지만 벽에 손을 대고 버텼다. 사령을 부르려 해도 아직 피 냄새에 취해 의식이 몽롱한 탓인지 제대로 부를 수가 없었다. 뜻을 헤아려 알아서 나타나도 좋을 법하건만 그러지 않는 까닭은 사령도 몽롱한 상태이기 때문이리라.

로쿠타는 벽에 손톱을 세웠다. 느릿느릿하게 복도 오른쪽으로 나아갔다.

고야는 스물 몇 명의 남자를 뒤에 거느리고 입실했다.

"경백, 소신들을 데려왔습니다."

그렇게 고하자 사나운 얼굴을 한 아쓰유가 돌아보았다.

"수고했다."

아쓰유는 눈에 띄게 초췌해졌다. 녹수 대안에 진을 친 왕사. 그 숫자가 삼만 하고 일천 명. 완박에서, 성안에서 들려오는 비난의 목소리. 불안을 호소하는 외침. 언제 아쓰유에게 위해를 가할지 알 수 없는 까닭에 군에서 급거 소신의 병력을 보강했다.

"솜씨가 확실한 자를 모았습니다. 다들 왕에게는 불만이 있는 자뿐이라 경백께 충성을 맹세했습니다."

고야는 뒤를 돌아보며 말했지만 진심으로 소신들을 신뢰하지는 않았다.

―아무튼 아쓰유 곁을 떠나지 말아야 한다. 나와 요마가 있다면 웬만한 흉사는 회피할 수 있으리라.

아쓰유가 고개를 끄떡이고 고야의 뒤에서 평복한 소신을 둘러보았을 때, 다른 소신이 방안으로 뛰어 들어왔다.

"경백!"

"무슨 일이지."

아쓰유의 물음에 소신은 평복하는 것도 잊고 언성을 높였다.

"태보가…… 안 계십니다!"

"뭐라."

경백이 벌떡 일어났다.

"보살피라 명한 여관이 태보를 탈출시킨 듯합니다."

소신 뒤로 다른 소신이 여관을 끌고 왔다.

아쓰유는 나직하게 신음하며 찾으라고 명령했다. 고야는 바로 뒤돌아보았다.

"태보를 찾아라. 절대로 난폭하게 굴지 말고 정중하게 모셔와."

등뒤 신참들은 고개를 끄덕이고 소식을 가져온 소신과 함께 방을 달려나갔다.

여관은 방 가운데에 내던져졌다. 아쓰유는 여자를 보았다.

"어찌하여 그 같은 짓을 했지."

여자는 원망을 담은 눈으로 아쓰유를 쳐다보았다.

"그렇게 묻고 싶은 사람은 접니다. 어째서 녹수의 둑을 무너뜨리려 하십니까!"

아쓰유는 크게 한숨을 쉬었다.

"그 문제 말인가……."

아쓰유는 이마에 손가락을 살짝 댔다.

"……그대들은 나에게 어찌하라는 것이냐."

고개를 한번 내젓고서 눈앞의 여자를 보았다.

"이기기 위해서는 달리 방책이 없어. 아니면 너는 나에게 손 놓고 지라 하는 것이냐."

여자는 아쓰유를 노려본 채 시선을 꼼짝도 하지 않았다.

"녹수의 둑을 명분으로 삼았으면서 스스로 명분을 더럽히십니까."

"됐다, 이제 그만……."

"만민을 위해 일어나는 것이 아니었습니까. 신역을 수몰하면 도의가 통할까요."

"그렇다면 달리 방도가 있는가!"

"항복하십시오. 경백은 주상을 너무 쉽게 여기셨습니다."

아쓰유가 깊이 한숨을 내쉬었다. 고야를 바라본다.

"고야, 끌고 가."

"……리카쿠, 리카쿠."

로쿠타는 벽에 손톱을 세우며 꺾일 듯한 무릎에 힘을 북돋았다. 그저 한결같이 사령을 불렀다.

"……리카쿠. 요쿠히."

아무리 불러도 응답이 없다. 가느다랗게 목소리를 느끼지만 사령의 목소리 또한 괴로워하고 있었다. 기린과 사령은 그토록 가깝다. 기린이 병들면 사령도 병드는 법이다.

"……리카쿠."

사령에는 격이 있다. 요족으로서의 격인데, 여괴인 요쿠히와 리카쿠는 필두에 해당한다. 둘조차 이렇게 괴로워하고 있다. 다른 사령은 기척조차 느껴지지 않았다.

할 수 있다면 이대로 여기서 쉬고 싶다. 하지만 로쿠타에게는 시간이 없다. 이제 로쿠타가 자취를 감춘다고 해서 살해당할 인질도 없다. 어쩌면 리비나 어린아이 대신에 다른 포로에 실이 감겨 있었을지도 모르나 애초에 로쿠타에게 묶은 실에 주력이 실려 있지 않았다.

대안에 포진하고 있는 왕사로 가서 꼼짝하지 말라고 명령하고, 궁성으로 돌아가 쇼류를 설득한다.

아쓰유의 말에는 일리가 있다. 주의 권력을 빼앗아놓고 아홉 주는 너무 넓어서 감독이 두루 미치지 못한다는 말은 사리에 맞지 않는다. 불만은 이해한다. 녹수 유역에 사는 자의 불안 또한 알고 있다. 하지만 전란만은 어떻게든 피하고 싶다. 에키신과 리비, 갓난아이. 이미 충분히 잃었다. 더는 사망자를 내서는 안 된다.

기운이 빠지는 다리에 힘을 북돋우며 겨우겨우 지하도를 지나 내궁 깊숙한 곳으로 나왔다. 어느 나라, 어느 주든 궁전은 비슷비슷한 특유의 구조가 있다. 막연히 내궁 가장 깊은 곳을 목표로 장명전으로 향했다. 장명전은 어느 궁전에나 있다. 왕이나 주후의 직계존속이 사는 건물이기 때문이다.

벽 장식을 붙들어 몸을 지탱하면서 긴 복도를 나아가는데 가녀린 목소리가 들렸다.

—태보.

"리카쿠? ……왜 그러지?"

—사람이.

로쿠타는 걸음을 멈추었다. 내궁 안쪽은 한산하니 인기척이 나지 않았지만, 본디 아무도 없을 리가 없다.

"소신인가."

아니라는 리카쿠의 목소리는 머뭇거리는 낌새였다. 미심쩍어

하며 가만히 귀를 기울이자 희미하게 소리가 들렸다. 사람의 비명 같은, 짐승의 포효 같은…….

앞인가, 아니면 뒤인가. 머뭇거리면서도 걸음을 내디뎌 모퉁이를 돌자 또렷한 고함이 느닷없이 귀에 꽂혔다.

몸을 움찔 떨고 소리가 난 방향을 잠시 지켜보고서 그쪽으로 걸음을 향했다. 무슨 소리를 외치는지는 알아들을 수 없다. 그냥 소리를 지르고 있는 것처럼 들린다. 그리고 고함에 뒤섞인 사슬 소리.

잡아 뜯을 기세로 사슬이 울리는 소리가 들린다. 누군가 속박을 벗어나려 하는 소리로 들렸다. 내궁 안쪽에 죄인이 있다는 말인가.

좁은 통로 안쪽, 어둑한 돌계단 아래로 내려가는 길이 보인다. 이곳은 틀림없이 장명전 가장 안쪽이니, 이 길이야말로 로쿠타를 풀어준 여자가 말한 계단이리라. 목소리는 계단 아래에서 쉰 냄새 나는 눅눅한 바람이 싣고 올라왔다.

난간에 매달려 계단을 하나 내려간다. 더욱 좁아진 통로는 성 심층부로 이어졌다. 어지간히 쓰지 않은 통로인지 황폐한 모습이 역력했다.

"역시 이 길이 맞구나……. 그런데 이 소리는 뭐지?"

한 걸음 나아갈 때마다 소리는 또렷해진다. 비좁은 통로 안쪽에 문이 하나 보였는데 소리는 그 너머에서 들려오고 있었다. 신음하는 소리, 울부짖는 소리, 말이 아닌 단순한 외침. 기린의 특이한 능력이 뜻을 짐작했다. 꺼내달라고 소리치고 있었다.

로쿠타는 잠시 망설이다 좁은 통로로 들어갔다. 무시하고 지나칠 수 없을 만큼 몹시 절박한 울림이 느껴지는 목소리다.

로쿠타가 문 앞에 이르자 목소리가 갑작스럽게 그쳤다. 문 너머 기척을 슬며시 살피자 훌쩍이는 듯한 목소리가 들린다.

로쿠타가 문에 손을 댔다. 조심조심 움직여보자 문은 손쉽게 열렸다.

문에 자물쇠가 채워져 있지 않은 것도 당연했다. 문 너머에는 로쿠타가 갇혔던 감옥처럼 쇠창살이 끼워져 있다. 안은 제법 큰 방이지만 빛이 들어오는 창문도 불빛도 없다. 빛이라고는 열린 문으로 새어든 빛줄기뿐이라 처음에는 그것이 그림자로밖에 보이지 않았다. 쇠창살 문, 그 밑에 서린 그림자.

비쩍 마른 노인이다. 쇠창살 밑에 주저앉아 있던 노인의 꼬질꼬질한 손이 쇠창살을 붙잡았다. 로쿠타를 보고는 눈물에 젖은 얼굴을 들고 쇠창살을 흔들며 또다시 소리를 질렀다.

노인이 움직일 때마다 귀에 거슬리는 사슬 소리가 들린다. 오물로 더럽혀진 돌바닥 위에 요동치며 늘어진 사슬은 방 안쪽에서 노인의 발로 이어져 있었다.

동의 해신 서의 창해

로쿠타는 무참하게 학대받은 노인을 망연히 보았다.

"너 누구야……?"

물어도 대답은 없다. 외치듯 크게 벌어진 입이 그저 신음 같은 소리를 흩뿌릴 따름이고, 꺼내달라는 외침만을 간신히 알아들을 수 있었다.

―꺼내줘. 이제 관뒀어. 아니야, 아니라고. 꺼내줘.

"누가 이런 짓을……."

당연히 말이 없을 수밖에 없다. 노인의 입속에 혀가 보이지 않는다. 잘라낸 것이다.

"……리카쿠."

쇠창살을 열 수 있느냐고 물어보았지만 못 한다는 대답이 들렸다.

"쇠창살과 자물쇠에 주술이 걸려 있습니다."

듣고 보니 두꺼운 쇠창살 표면에 조잡하게 글자가 새겨 있다.

―어째서 내궁 이리 깊숙한 곳에 이다지도 참담한 죄수가.

―어째서?

로쿠타가 중얼거렸다.

"……설마……겐 가이元魁인가……?"

아쓰유의 아버지. 원주후, 겐 가이.

아쓰유는 편찮다고 말했다. 마음이 병들었다는 소문도 있었다. 내궁 안쪽 깊숙이 숨어 나오지 않는다고도 했다. 만약 겐 가이가 스스로 틀어박힌 것이 아니라 사슬에 묶여 사로잡혀 있는 것이었더라면.

하지만 노인은 아니라고 대답했다.

—아니야. 아니라고. 이제 관뒀어. 그러니까, 그러니까, 그러니까.

"그렇게 안달복달하지 마. 진정하지 않으면 알아들을 수가 없잖아. 겐 가이가 아니야?"

노인이 고개를 끄덕인다. 로쿠타는 살짝 한숨을 내쉬었다.

이자가 누구인지는 모른다. 어째서 이런 곳에 감금되어 있는지도 알 수 없다. 적어도 겐 가이는 아니다. 겨우 안도하면서도 씁쓸한 것이 가슴속에 솟구쳤다. 어째서 이런 불쌍한 죄수가.

"……알았으니 울지 마. 지금은 어렵지만 반드시 손을 써줄게. 조금만 더 기다려. 응?"

노인은 눈물을 줄줄 흘리며 몇 번이고 고개를 끄덕였다.

설령 이자가 어떤 죄를 지었든 이런 식의 구속은 용서할 수 없다. 어째서 아쓰유는 이런 도리에 어긋난 짓을 용납하고 있는가. 모를 리가 없다. 이렇게 내궁 깊은 곳에 있는데 아쓰유가 알아채지 못할 리가 없다.

두고 가지 말라고 외치는 노인을 달래고 나서 로쿠타는 통로

동의 해신 서의 창해

아래쪽으로 나아갔다.

"……아쓰유, 너는 어째서 이런 짓을 묵인하지……?"

—너는 백성을 위해서라고 하지 않았던가.

004

로쿠타는 기다시피 해서 성 아래쪽으로 숨어들었다. 여러 차례 부른 끝에 리카쿠만 간신히 모습을 드러냈으나 로쿠타를 업고 갈 상태는 아니었다. 짙은 회색 털을 지팡이 삼아 매달려 겨우겨우 빛도 거의 없는 지하도를 걸었다.

바위산 안쪽 굴은 구불구불 구부러지고 갈래가 져서 어느새 방향감각을 잃고 말았다. 몇 층을 내려왔는지 잊어버렸을 즈음에 아래로 내려가는 길을 찾을 수 없게 되었다. 길을 잃은 사실을 깨닫고 서둘러 돌아가는 길을 찾았다.

"……여기는 어디지?"

자신이 온 길을 더듬어 가면 되리라 생각하고 되돌아가보기도 했지만 중간에 물이 흘러 진흙이 씻겨 나간 곳도 있고, 튀어나온 바위를 그대로 둔 곳도 있고, 불빛이 거의 없는 곳도 있어서 자신의 발자국조차 잃어버리고 말았다.

"⋯⋯요쿠히. 모르겠어? 아래로 내려가는 길 말이야."

어스레한 어둠 속에 진 그림자가 스르륵 꿈틀거렸다. 잠시 뒤 괴로운 듯한 대답이 들렸다.

"이 부근⋯⋯ 어디에도 보이지 않습니다. 아무래도 전혀 다른 지하궁으로 헤매든 듯합니다."

"성안 어느 부근인지 알 수 있겠어?"

"⋯⋯죄송합니다. 아직 벽과 바닥을 빠져나갈 수가 없습니다."

사령은 둔갑술을 쓴다. 지맥을 타고 수맥에 풍맥을 타고 온갖 것의 기맥을 타고 몸을 숨긴 채 어디든 갈 수 있다. 설령 만 리 너머라도 기린의 기척을 등대 삼아 갔다 올 수가 있다. 하지만 그것도 지금 이 상태로는 어렵다. 봉산에서 태어난 기린 가운데 에는 가능한 자도 있지만 안타깝게도 로쿠타에게는 그런 능력이 없었다.

바위를 깎은 복도에는 지하수가 넘쳐서 흐른다. 빛은 있지만 드물다. 희미하게 하얀 물체는 반짝이는 이끼일까.

"잠시 쉬세요."

그렇게 말하는 리카쿠의 목소리도 가냘프다.

"응. 여기라면 잠깐 쉬어도 괜찮겠지⋯⋯."

로쿠타는 벽에 어깨를 대고 그 자리에 주르륵 주저앉았다. 정신없이 어지러웠다. 벽을 잡고 걷는 것만으로 뱃멀미를 하는 기분이었다. 몇 번이고 의식이 흐릿해질 뻔한 것을 간신히 버텨냈다. 로쿠타는 머리에서 푼 천으로 땀을 닦았다. 반쯤 비지땀이다. 짐은 벌써 버렸다. 도저히 들고 있을 수가 없었다.

새삼 둘러보니 거의 쓰이지 않는 구역임은 확실해 보였다. 내려앉은 먼지 위로 지하수가 흘러 진창길이 되었지만 발자국이 없다.

리카쿠의 등에 기대 한숨을 푹 쉬던 로쿠타는 가까이에서 소리를 들었다. 움찔하며 주위를 돌아보고 귀를 기울여 자신의 희미한 숨소리를 들었다.

"……누구 있어?"

끝음절이 공허하게 메아리치다 뚝 끊겼을 무렵에야 가까운 곳에서 목소리가 들렸다.

"게 누가 있느냐?"

로쿠타는 벽을 살폈다. 곰곰이 보니 벽 한쪽에 난 가는 틈으로 목소리가 들렸다.

"그게 그러니까, ……길을 잃었는데."

균열을 들여다보니 안은 캄캄하다. 하지만 벽이 그리 두텁지는 않은 듯했다.

"길을 잃었다? 이런 곳에 어찌하여 헤매 들었나."

"잠깐 산책을……. 여기가 어디야?"

킥킥. 음정이 어긋난 웃음소리가 들린다.

"원옥怨獄이지."

"……아저씨는 누군데?"

"무엄하구나. 주인의 목소리를 잊었느냐."

로쿠타는 움찔 떨었다. 이 성에서 자신을 주인이라 말하는 것을 허락받은 자의 숫자는 한정되어 있다. 문득 사슬로 묶어놓은 노인의 모습이 눈앞에 떠올랐다.

"설마…… 겐 가이야?"

"감히 이름을 부르는가. 나를 이리도 우습게 여기는가."

자조하는 듯한 웃음소리가 틈 사이를 스멀거렸다.

"겐 가이, 아니 원후는 몸 상태가 좋지 않다고 들었어."

역시 그자는 겐 가이가 아니었다. 그렇다면……?

"좋지 않다? 좋지 않고말고. 벌써 몇 년이나 먹지도 마시지도 못했으니."

겐 가이는 마실 것은 바닥에 흐르는 지하수뿐이요, 먹을 것이라고는 벌레와 이끼뿐이라며 웃었다.

"식사를 안 줘? 그러면 유폐잖아."

"유폐? 이걸 유폐라고 부르나? 버렸다고 하는 표현이 맞겠지. 나는 이 나락 안에 내던져졌다. 그 뒤로 잊혔지. 누구 한 사람 어떻게 지내는지 보러 오지 않아."

로쿠타는 숨을 삼켰다. 주후 역시 신선이니까 수명이 없다. 선적에서 지우기 전까지 죽일 방법은 목을 베거나 몸을 양단하는 수밖에 없다. 어지간한 상처는 치유되어버린다. 웬만한 일로는 죽지 않는다. 기린이나 왕과 마찬가지다.

"사람 목소리는 그 이후 처음 듣는군."

"……말도 안 돼."

로쿠타가 중얼거리자 겐 가이는 그제야 웃음을 멈추었다.

"대체 몇 년이 지났지? 내게 어쩌라는 말이냐. 놈은 주후 자리가 탐나는 게야. 하지만 나는 왕이 아니니 방도가 없지. 후는 왕이 앉히는 것. 내가 사적으로 누군가에게 양위할 수는 없지 않겠느냐. 알잖아."

바위 표면에 매달린 손가락이 떨렸다.

"……설마 아쓰유를 말하는 거야……?"

그럴 리가 없다. 어질기가 한량없는 경백, 백성을 생각하는 영웅이라고 극찬하는 목소리를 얼마나 들었던가. 고야도 그렇게 말했다. 아쓰유는 고야의 은인이다. 로쿠타가 구하지 못한 로쿠타의 친구를 구해주었다. 백성을 위해서라던, 도를 위해서라던 아쓰유가 겐 가이를 유폐할 리가 없다.

—그렇다면 어째서 아쓰유는 불쌍한 죄수를 그냥 내버려두는

거지?

"물론 그 간사한 놈을 말하는 게지."

주저 없는 겐 가이의 목소리는 증오에 가득찬 말투였다.

"원후를 내 멋대로 물려줄 수는 없다. 그렇게 거절하니, 그러면 왕이 되라고 생트집을 잡더군. 나도 옥좌를 바라지 않은 바아니나, 천명이 없었으니 하는 수가 있느냐. 그것을 그놈은 겁쟁이라고 하더군. 옥좌를 노리고 일어서지도 못하는 능력 없는 인간이라는 게야. 왕의 낯빛을 살피고 비위를 맞추고 아첨하면서빌붙어 살아남은 쓰레기라고 지껄였지."

왕이란 효왕을 뜻하리라. 겐 가이는 그 시절부터 바깥으로 나오지 않았다고 들었다.

"분명히 나는 주상께 아첨했다. 역신을 잡고 모반을 단속하라고 하시기에 그렇게 했다. 백성을 죽이지 않으면 살아남을 수가없었어. 처형한 숫자가 적으면 미온적이라며 나무라시지. 나무라기만 하면 다행이게, 나까지 역심이 있어 싸고돈다고 하실 게야. 의혹을 풀려면 역심 없는 백성까지 죽여야만 했다. 그래서왕은 돌아가셨나?"

"당연하지. ……효왕은 바친 역적의 송장이 몇 구인지로 포상을 내렸다더군."

"결단코, 결단코 그 때문만은 아니었다. 믿어줘."

겐 가이의 목소리는 원망을 머금고 거침없이 흘렀다.

"아쓰유는 나에게 후의 자격이 없다고 지껄였지. 그러면서 나를 이리로 떨어뜨렸다. 하지만 놈이 영윤으로 있을 수 있는 것이 누구 덕이냐. 내가 재상으로 발탁해주었기 때문이야. 후는 나다. 내가 원주를 주상께 하사받았다."

"……효왕의 압제하에 백성을 팔아 지위를 유지했겠지."

"어쩔 수 없었다."

"그런 너를 아쓰유는 경멸했겠지? 네게 간언해도 백성을 학대할 마음은 없지만 왕의 명령이라면서 어쩔 수 없다고 했을 거야."

"당연한 말이로군."

"그렇다고 봉기해서 왕을 바로잡으려고도 하지 않지. 하다못해 주후를 양위하라고 하면 왕이 임명한 것이라며 저항해. 그래서 너는 이런 곳에 버려지는 꼴이 된 거야……."

그런 것이었다. 아쓰유는 겐 가이에게 집정자의 자격이 없다고, 백성에게 도움이 되지 않는다고 판단하고 여기에 감금했다. 도를 잃은 효왕, 도를 바로잡으려면 왕을 치는 수밖에 없었다. 그건 안다. 효왕에게 아첨하는 겐 가이가 보신을 위해 백성을 학대한다면, 백성을 지키기 위해서 겐 가이를 가두어 유폐하는 수밖에 없었으리라. 때는 효왕의 치세하, 아쓰유는 겐 가이가 병이 들었다고 하고 임시로 정무를 양도받았다 변명한다. 거기까지는 이해할 수 있다. 하지만.

……그렇다면 그 죄수는—?

겐 가이의 대답이 멈추었다.

"조만간 운이 따르면 구해주지."

로쿠타가 말했다. 운이 따르면, 내란이 진정되고 왕이 이긴 다면.

가볍게 한숨을 쉬고 힘이 빠진 다리를 질타하며 일어서서, 다시 걸음을 뗀 로쿠타를 저주 같은 목소리가 쫓아왔다.

"나는 알고 있어. ……아쓰유는 그저 후라는 작위가 탐났던 게 야."

로쿠타는 걸음을 멈추었다.

"이유 따위 뭐든 좋았지. 나를 유폐할 구실만 있으면 됐던 게 야."

빠드득 하고 이를 가는 소리마저 들릴 것 같았다.

"알고 있나. 아쓰유는 활 재주가 있지."

"……그런데?"

"섣달그믐의 활쏘기 의식에서도 빗맞힌 적이 없어. 적중하지 못한 것은 딱 한 번뿐이지."

겐 가이는 킥킥거리며 일그러진 웃음소리를 높였다. 로쿠타는 그가 무슨 말이 하고 싶은지 미처 헤아릴 수 없어 그저 귀를 기울이고 있었다.

"유일하게 실수했을 때, 아쓰유는 과녁을 준비한 종복의 잘못이라며 격노했어. 천신의 강림을 기원하며 마를 쫓기 위해 맞히는 과녁을 일부러 기울여둔 까닭은 흉사가 있으리라는 주술이라고 분노하며 종복을 죽였다."

로쿠타는 눈살을 찌푸렸다.

"아쓰유는 똑 부러진 아이야. 못 하는 일이 없지. 이치를 알고 정을 알고 영특하기가 비할 데 없어. 하나, 그놈에게는 딱 하나 빠진 것이 있지. 놈은 자신의 실패를 인정할 수가 없는 게야."

겐 가이는 킥킥 웃는다.

"왕이 붕어한 뒤 그놈이 승산했나? 기린에게 천의를 물었나? 하지 않았겠지. 그놈은 그러지 못할 놈이야. 승산했는데 왕이 아니라면 망신이지. 아쓰유는 그런 치욕을 견디지 못해."

"하지만……."

"대담한가? 무엇이든 잘하는 걸출한 인간으로 보이는가? 암, 그렇게 보이겠지. 잘못은 남에게 덮어씌우고 과오는 없었던 일로 하니까. 그놈은 한 번도 자신이 잘못한 적이 없다고 믿고 있어. 얼마든지 대담해질 수 있지."

로쿠타는 흐릿해지는 눈으로 시선을 가만히 발치로 떨어뜨렸다. 겐 가이의 말에 귀를 기울이면서 가슴속에 스멀스멀 치미는 불안을 느꼈다.

—그 죄수.

"그놈은 자기가 완벽하다고 믿고 있어. 완벽하다고 믿고 싶은 게야. 상처 입히는 것은 무시하지. 상처를 감추기 위해서라면 무슨 짓이든 한다. 그런 놈이니까."

로쿠타는 도망쳤다. 다리가 떨린다.

아쓰유는 백성을 위해 봉기했다고 했다. 아쓰유의 말에는 일리가 있었다. 그래서 얌전히 원주에 잡혀 있었던 것이다. 로쿠타는 정의를 말하는 자가 반드시 정의로운 자가 아님을 잊고 있지 않았던가.

사람은 정의를 내세운다. 왕이나 군주조차 정의의 명분이 없다면 병사를 움직일 수 없다. 실체 없는 정의다. 그러니까 정의를 행하면 백성은 그만큼 괴로워진다.

내란이 일어나면 백성만 고생한다고 아쓰유에게 여러 차례 말했다. 백성을 생각한다면서 아쓰유가 굳이 거병하겠다는 것은 어찌된 영문인가. 진실로 백성을 생각하는 자가 그렇게까지 거병에 집착할까. 아쓰유를 설득하려 할 때마다 기묘하게 맛보아야 했던 무력감이 아쓰유의 정의에 실체가 없었기 때문이라면…….

"아쓰유……."

─그 죄수.

"그 사람이 겐 가이를 대신한 건가, 아쓰유……!"

겐 가이를 유폐하고 대역을 세워 내궁에 숨긴다.

─이제 관뒀다고 노인은 수없이 외치지 않았나.

빛이 없는 감옥, 노인은 아쓰유에게 회유되어 겐 가이의 대역을 맡았다. 하지만 이내 감옥에 붙들린 생활에 질렸다.

─아니야. 이제 안 할래. 꺼내줘.

사슬로 묶고 쓸데없는 소리를 하지 못하도록 혀를 자르고.

"……아쓰유……. 네놈……."

겐 가이의 목소리가 계속 쫓아오는 것만 같았다.

005

고야는 여자를 성 아래쪽으로 데려갔다. 능운산 암반 깊숙한 곳, 햇살도 비치지 않는 구역에 감옥방이 줄지어 있다. 로쿠타를 가두었던 고급 감옥이 아니다. 과연 이 구역이 언제부터, 무슨 목적으로 만들어졌는지 알기 위해서는 사서를 펼쳐야 하리라. 하물며 공적으로 드러낼 수 없는 목적을 위해 만들어진 것이

라면 주후에 오를 때에 제출된 주사州史를 펼쳐도 기술을 찾지는
못하리라.

어찌되었든 고야는 여자를 데리고 익숙한 감옥 길을 거슬러
갔다. 처분을 기다리는 죄인을 이리로 끌고 온다. 대부분 모반
의혹이 있어 갇힌 자들이었다.

당연하지만 아쓰유도 신하가 역심을 품는 것을 막을 수야 없
다. 왕이 현명하든 어리석든 반드시 그에 반발하는 자가 있게 마
련이다.

"들어가."

고야는 감옥의 문을 열었다. 구역 맨 안쪽에 있는 가장 넓은
감옥이다. 여자를 밀어넣고 암흑 속에서 손을 뒤로하여 자물쇠
를 채운다. 이어서 횃불의 불을 방 한쪽에 있는 횃대로 옮겼다.
고야가 든 횃불과 그가 불을 붙인 횃불 두 개에 비추어져 조잡하
게 암반을 깎아냈을 뿐인 감옥 내부 모습이 드러났다. 최소한의
가구만 놓은 실내, 밧줄에 묶여 그 자리에 못 박혀 서 있는 여자.

"앉아."

고야는 침대를 가리켰다. 여자는 불안해하며 침대와 실내를
번갈아 보고 나서 머뭇머뭇 자리에 앉았다.

"어째서 이제 와 경백에게 대들지. 원주가 지금 어떤 상태인지
몰라?"

고야는 담담히 물었다.

"알지. 도의를 등지고 천의를 짓밟으려 하고 있어."

"처음부터 알고 있었던 일이잖아?"

"듣지 못했어."

여자가 대꾸했다.

"경백이 봉기해 도의를 바로 잡는다고 들었어. 모반이라는 말은 듣지 못했어. 이 무슨 무시무시한 짓을. 왕을 쓰러뜨린다는 것이 어떤 일인지 알아?"

"경백은 늘 백성을 생각하고 계셔. 그건 원주의 모든 관리, 말단까지 아는 사실이잖아?"

여자는 실소했다.

"백성을 위한다고? 그러면 왜 둑을 무너뜨리지? 너도 왕사의 숫자를 알잖아. 원주는 졌어. 경백은 수를 잘못 읽었어. 승패는 갈렸어. 어째서 굳이 둑을 무너뜨리고 백성을 괴롭히면서까지 싸울 필요가 있어? 그것이 백성을 생각하는 사람이 할 행동이야?"

고야는 침묵했다. 거병한 이상 질 수는 없다.

"내 친구는 수인부의 하급 관리였어."

여자는 말하고서 횃불을 쳐다보았다.

"소꿉친구였지. 그녀는 줄곧 말했어. 정말로 경백이 원주를 움직여도 되겠느냐고."

"하지만 후는……."

"맞아. 후는 몸이 안 좋아 정무를 볼 수 없어. 그야 그렇겠지. 내궁의 관리가 영문 모를 소리를 고래고래 지르는 후의 목소리를 들었는걸. 최근 십오 년 정도는 말도 거의 하지 못한다지. 그래서 경백이 대신해서 원주를 꾸려가고 있는 거야."

고야는 조용히 여자를 보았다.

"그걸 알면서 왜?"

"나도 그녀에게 그렇게 말했어. 하지만 그녀는 그때마다 화냈어. 경백은 성인군자의 얼굴을 하고 이치를 이야기하고 도를 펼치셔. 하지만 경백이 정말로 사심이 없는 인물이라면 어째서 후의 상태를 국부에 알리고 원주를 나라에 되돌려주지 않느냐고 했어. 원주는 후에게 주어진 땅. 후를 정할 권한은 오로지 왕에게만 있지. 설령 왕이 옥좌에 계시지 않더라도 육관에 이를 아뢰고 지시를 청하는 것이 도리 아니야? 경백은 그러지 않았어. 자신의 손안에 권력을 쥐고 왕이 등극하셔도 이를 돌려주려 하지 않았지."

고야는 말을 내뱉는 여자의 얼굴을 그저 바라보았다.

"이걸 사심이 없다고 해? 정도라고 해? 나는 몰랐어. 그녀는 알았지. 아쓰유는 위선자야. 성인군자의 껍질을 쓴 폭군이야. 그가 바란 것이 권력도 아니고, 하물며 재물도 아니어서 나는 여태 껏 알아차리지 못했어. 아쓰유는 그저 자신을 향한 찬사가 필요한 거야."

"난폭한 주장이로군. 그렇게 극단으로 기울면 안 돼."

"아니. 나는 그녀가 옳았다는 사실을 이제 알았어. 아쓰유는 그저 찬사를 원했던 거야. 그 포상으로 권력을 바랐어. 백성을 위해서도 도의를 위해서도 아니야. 훌륭한 영윤이라고 추어올려주기를 바랐을 뿐이지."

여자는 얼굴을 찡그렸다.

"이런 사실을 깨닫지 못한 자신에게 분통이 터져. 굽히지 않는 그녀를 타이르던 자신이 너무나 어리석게 느껴져. 말단까지 안다고? 경백이 백성을 생각하는 것을? 그렇겠지. 경백에게 바보처럼 속은 어리석은 사람들만 남았는걸. 그러니 성 구석구석까지 신앙이 퍼져 있겠지. 아쓰유의 본성을 꿰뚫어본 예리한 사람들은 어디로 갔지? 내 친구는 어디에 있어?"

고야는 그저 눈을 내리떴다.

"어느 날 그녀는 아쓰유에게 대들었지. 너한테 붙잡혀서 관직을 파면당한 뒤로 행방을 몰라. 대복이 그러더군. 아쓰유를 숭상하는 자가 많아서 성내에 두면 반드시 그녀에게 제재를 가할 놈이 있을 거라고, 그래서 원주에서 내보내기 위해 설득해서 풀어주었다고. 진짜야?"

"그런 일도 있었겠지. 경백은 그러한 죄인을 처벌하고 싶어 하지 않으시니까. 비판에는 아량이 넓은 분이셔."

"그렇다면 어째서 그녀에게 소식 한번 없지? 그녀가 소중히 여기던 물건이 모조리 남아 있어. 어째서지?"

"글쎄."

"괴물⋯⋯."

고야는 내리떴던 눈을 퍼뜩 들고 그녀를 보았다.

"그 요마에게 먹인 거지? 나도 먹이려고 하는 거지? 이 인요."

고야는 가만히 여자를 쳐다보고는 이내 온화하게 미소 지었다.

"마음을 바꿀 생각이 없는 모양이니, 어쩔 수 없네."

여자가 일어났다.

"⋯⋯역시 그랬군."

"내 일이니까. 아쉽게도 나는 네가 말하는 어리석은 인간이라 경백의 도의를 믿어. 네가 끝까지 경백을 비방한다면 네 존재는 경백에게 해를 끼치겠지."

"아쓰유가 명령했겠지."

"아니."

고야는 고개를 가로저었다.

"내가 이런 짓을 한다는 것을 안다면 경백은 용서하지 않으실 거야. 하지만 아무리 생각해도 이게 경백을 위한 길이야."

고야는 말하고서 요마의 털을 쓰다듬었다.

"경백은 너무 상냥해. 적을 없앨 때에는 반드시 숨통을 끊어두 어야 하는 법인데."

고야는 아무 감정도 드러내지 않고 요마를 채근했다.

"자, 로쿠타, 먹이다."

여자가 허겁지겁 도망친다. 비명을 질렀다. 요마는 신이 나서 뛰어올랐다. 살육을 기뻐하는 것이 요마의 본성이다.

아쓰유는 명령하지 않았다.

고야는 여자의 비명을 들으며 생각했다. 결단코 단 한 번도 아 쓰유가 고야에게 살육을 요구한 적은 없다. 단지 아쓰유는 계속 해서 괴로워했을 뿐이다. 이해받지 못해 괴로워하고, 신하가 반 역했다는 사실을 원망하고, 모반자가 잡힌 사실에 불안해했다.

─만에 하나 빈틈을 타 도망쳐서 내 목숨을 노리지는 않을까.

─여차할 때 고야가 자리를 비우면 나는 어찌될까.

아쓰유는 되풀이할 뿐이다. 딱히 겁내는 낌새도 없이 그저 언 외의 뜻을 담은 눈빛으로 고야를 바라보면서 그 말을 끝없이 되 풀이한다. 고야가 죽일까 물어보면 나무란다. 그런데 감옥 안에 모반자가 있다는 위험성을 아쓰유는 고야에게 계속해서 불어넣는다.

참다못한 고야가 혼자 감옥으로 향했다. 벌써 몇 년이나 지난 이야기다.

죄인의 처우를 맡겨달라고 아쓰유에게 자청했다. 아쓰유는 이를 받아들이고, 고야는 요마를 끌고 죄인을 찾아갔다. 로쿠타에게 먹이면 송장이 남지 않는다. 피 한 방울까지 핥아먹은 것을 확인하고 이를 덜덜 떨면서 아쓰유에게 돌아갔다. 돌아가서 어쩔 수 없는 사정을 설명하고 죄인을 성 바깥으로 추방했노라고 보고했다.

어느 누가 고야의 빤히 보이는 거짓말을 믿었을까. 얼굴은 백지장 같고 말을 더듬고 당장에라도 주저앉을 것처럼 떨고 있는 인간의 보고를?

아쓰유는 그러냐며 미소를 짓고는 고야의 머리 위에 손을 얹었다.

—너는 정말로 훌륭한 신하다.

고야는 요마가 먹잇감을 씹는 소리를 들으면서 자신의 손을 보았다.

아쓰유는 말했다. 어딘지 모르게 불온한 눈빛을 하고서도 웃고 있었다.

—너는 내 뜻을 말하지 않아도 헤아려준다. 내가 그것을 바란

것을 용케 깨달아주었다. 이토록 정이 깊은 사사를 얻어 기쁘다.

어깨를 두드리는 손바닥의 무게를 느끼며 그제야 아쓰유가 진실로 뜻하던 바를 깨달았다. 아쓰유는 처음부터 그것을 바랐노라고. 계속해서 고야를 그쪽으로 유도하고 있었노라고.

아쓰유는 이 일을 백관 앞에서 이야기하고 고야를 극찬했다. 앞으로 죄인의 처우는 모두 고야에게 맡기겠다고 선언했다.

결국 고야는 암살자가 되었다. 아쓰유에게 위해를 가하는 자뿐만 아니라 아쓰유의 자리를 음해하는 자를 없애기 위해 줄곧 요마를 이용했다.

이 여자의 운명은 아쓰유를 거슬렀을 때 끝났다. 요마에게 먹이기 위해 이리로 데려왔다. 고야는 평소처럼 바닥에 떨어진 피한 방울까지 놓치지 않고 전부 요마에게 처리하게 한 뒤에 아쓰유에게 보고하러 돌아갔다. 여자는 놓아주었다, 아마 고향에 돌아갔으리라고.

이것이 아쓰유와 고야 사이에 말없이 나눈 밀약이다. 아쓰유는 절대로 죽이라고 명령하지 않는다. 고야는 아쓰유를 위한 충의에 이끌려 죽인다. 이야기가 그렇게 되어야만 한다. 그러므로 아쓰유에게도 그리 보고한다. 여자는 풀어주었다고 말해야만 한다. 그러면 고야는 온정 있는 사사, 훌륭한 신하라고 칭찬받는다.

─이미 익숙해졌다.

고야는 여자를 처리하는 요마를 담담히 지켜보았다.

여기서 아쓰유를 향한 탄핵을 듣고, 비명을 듣고, 자신의 손이 피로 물드는 것에.

……새삼 이런 일로 동요하지 않는다.

006

겐 가이와 헤어지고 시간이 제법 흘렀는데 지하 굴로 다가오는 발소리가 들렸다. 길을 찾아 돌아가, 상당히 위로 올라온 상태였다.

로쿠타는 저도 모르게 움푹 팬 바위에 몸을 숨겼다.

"있어?" 하고 묻는 소리가 들린다.

"안 계십니다."

"더 아래에 계시면 귀찮아지는데. 이 앞은 길을 잃기 딱 좋아."

"너희는 다시 한번 이 위쪽을 찾아라."

"예" 하고 멀어지는 발소리가 들렸다.

"너희는 따라와. 아래로 가보자."

긴박한 남자의 목소리에 묘하게 초연한 목소리가 받아쳤다.

"길을 잃은 걸까요?"

로쿠타는 눈을 동그랗게 떴다. 이 목소리.

"기린이란 생물은 방향감각이 둔한가 보죠? 꽤나 멍청하네요."

"바보야, 잠자코 따라와."

"아, 예."

로쿠타는 바위 그늘에서 기어나왔다. 목소리가 들린 방향을 살폈다.

—설마. 이런 곳에 있을 리가 없다.

"그런데 대복, 우리까지 길을 잃으면 어쩝니까?"

모습은 보이지 않지만 통로 앞에 빛이 보인다. 로쿠타는 "이봐" 하고 소리를 질렀다.

"누가 있으면 와줘!"

잠시 뒤 발소리가 뒤엉켰다. 통로 앞쪽에 불빛이 멀어졌다 가까워졌다 하며 마침내 누군가 "저기다" 하고 외치는 소리가 들렸다. 횃불의 불빛 말고는 없는데, 로쿠타에게는 묘하게 밝은 빛이 다가오는 것처럼 느껴졌다.

"이런 곳에 계셨습니까."

맨 먼저 달려온 모습을 보고 한심하게도 울음을 터뜨릴 뻔했다. 올려다보아야 하는 키, 짓궂은 미소. 꾹 참고 앉아서 손을 들

293
—
7장

어 대답을 대신했다.

"대복, 이 꼬맹이, 아니, 이 도령이 맞는 거죠?"

뒤쫓아온 남자가 그렇다고 대답했다.

"어찌되신 겁니까. 경백과 모든 관리가 태보를 무척 걱정하고 계십니다."

"고야를 찾다가 길을 잃어서……."

"뫼셔라."

대복에게 명령받은 남자는 "예" 하고 대답한다. 로쿠타는 손을 뻗어 남자의 다리를 찔렀다.

"걷지를 못하겠어. 업어줘."

로쿠타는 남자를 쳐다보았다. 남자는 아주 잠깐 쓴웃음을 지었다. 말없이 몸을 구부리고 등을 돌리기에, 그 등에 매달렸다. 어째서 이런 곳에 있지. 어차피 또 슈코와 이탄을 한숨짓게 할 만한 짓을 생각해냈겠지. 로쿠타는 어처구니없는 놈이라고 생각하며 매달린 손에 힘을 주었다.

"……너무 걱정 끼치지 마."

그 목소리는 옷이 스치는 소리에 감춰질 만큼 아주 작았다.

고야는 감옥에서 돌아오는 길에 부하인 대복 목소리를 들었다.

"사사, 찾았습니다."

돌아보니 대복이 밑에서 올라오는 참이었다.

"……길을 잃으신 모양입니다."

대복은 말하며 소신 하나를 가리켰다. 후칸風漢이라는 묘한 자를 쓰는 남자인데, 완박에서 징병한 부민이라고 했다. 후칸 등에 업힌 로쿠타를 보고 고야는 복잡한 심경으로 한숨을 토했다.

도망치라고 뿔을 봉인하지 않았던 것은 아니다. 고야에게 로쿠타는 처음으로 만난 선의를 베풀어준 사람이기 때문이었다. 아쓰유를 위한 일이 아님을 알면서도, 뿔을 봉인했다가 혹시 로쿠타가 잘못될까 걱정되어 도저히 봉인할 수 없었다.

"로쿠타."

고야가 달려왔다.

"괜찮을까요. 어쩨 다 죽어가는 느낌인데요."

로쿠타를 등에 업은 후칸이 말했다. 로쿠타는 눈을 감고 있었다. 아무래도 의식이 없는 듯했다.

"……아무튼 방으로 뫼셔라. 몸 상태가 좋지 않아."

"큰일이네요."

고야는 후칸에게 이쪽이라며 길을 가리키고 앞장서서 걷다가 걸음을 멈추었다. 등뒤에서 대복의 키득거리는 웃음소리가 들렸다.

"그래서 그 여자는 어쩌셨습니까."

고야가 대복을 돌아보았다. 후칸도 고개를 갸웃하며 걸음을 멈추었다.

"잘 타일러 성에서 내보냈다. 도저히 성안에 둘 수는 없으니까. 어디든 좋을 대로 도망쳤겠지."

"설마 저 요마한테?"

"허튼소리하지 마."

고야는 쌀쌀맞게 말하고 발길을 돌렸다. 성안 사람들은 늘 고야를 의심하고 있다. 그 점은 아주 잘 안다. 그들은 죄수를 고향으로 돌려보냈다는 말을 전부 믿을 정도로 어수룩하지 않으리라. 반드시 고야만 의심을 사고 아쓰유에게는 절대로 의혹의 화살이 향하지 않는 것이 중요하다. 그뿐이다.

고야는 후칸을 재촉했다. 후칸은 흥미로운 듯 고야 뒤쪽의 요마를 돌아보았다.

"이 녀석은 역시 요마로군요."

"요마야. 천견이지."

"얌전하네요. 날뛰지는 않습니까?"

"날뛰지 않아."

남자는 "오오" 하고 중얼거리고는 다시 걸었다. 고야는 저도 모르게 남자의 옆얼굴을 빤히 바라보았다. 등뒤에 요마가 걸어오는데 조금도 신경쓰는 낌새가 없다. 성을 드나드는 사람들은 대부분 익숙해졌지만 그래도 요마가 곁에 다가오면 반사적으로 몸을 움츠렸다.

"너, 무섭지 않나?"

"네?"

후칸이 돌아보았다.

"날뛰지 않는다면서요."

"맞아."

묘한 남자다.

007

고야는 새로 마련한 감옥까지 발걸음을 옮겨 후칸을 안으로 들였다.

"거기 눕혀드려."

"예" 하고 남자는 등에 짊어진 아이를 내려놓고 침상 위에 눕혔다.

"꿈쩍도 하지 않는군요."

"정말로 몸이 안 좋아."

고야는 로쿠타의 볼을 만졌다. 볼은 손바닥보다 많이 뜨거웠다. 정말로 이렇게나 피에 약했던가. 복잡한 심경으로 로쿠타의 얼굴을 내려다보았다.

"아까 그 여자를 정말로 요마에게 먹였습니까?"

"설마. 그런 짓은 하지 않아. 경백은 다정한 분이니 그런 짓을 했다가는 용서치 않으실 거야."

"정말요? 여기, 꽤 무서운 곳이구나."

고야는 후칸을 돌아보며 미소 지었다.

"하지 않는다고 했잖아. 하지만 수상한 생각은 관둬. 만약 경백에게 위해를 가한다면 그때는 용서하지 않을 거야."

남자는 조금도 신경쓰는 것처럼 느껴지지 않는 말투로 아이고 무서워, 하고 중얼거렸다.

"잠시 네게 맡기마. 빈틈없이 지키고 있어."

명령하고서 발길을 돌리려는데 로쿠타의 목소리가 들렸다.

"고야."

고야는 돌아서서 침상으로 달려갔다.

"괜찮아? 괴로워?"

"……괜찮아."

로쿠타는 대답하고 나서 깜짝 놀란 표정으로 자신을 들여다본 고야를 쳐다보았다. 잠시 고야를 빤히 응시하고 깊은 한숨을 쉬더니 슬픈 듯이 눈을 감는다.

"로쿠타?"

"고야, 너…… 피 냄새가 나…….”

고야는 저도 모르게 몸을 물렸다.

"……너…… 사람을 죽였구나…….”

로쿠타는 손으로 얼굴을 덮었다.

"요전까지는 분명히 피 냄새가 나지 않았는데…….”

"지금은 비상시니까. 물론 죽이지. 그런 직책인걸. 로쿠타가 경백에게 해를 끼치면 로쿠타도 죽일 거야."

로쿠타가 그러냐며 중얼거렸다.

"고야, 부탁이 있어…….”

"뭔데?"

"나를 왕사로 데려가주지 않을래?"

고야가 눈을 동그랗게 떴다.

"안 돼."

"그러면 아쓰유에게 부탁할래."

"안 돼, 로쿠타."

로쿠타는 아쓰유를 거스르지 않은 덕에 지금까지 목숨이 붙어 있다. 아쓰유는 상당히 궁지에 몰려 있지만 아직 로쿠타까지 해칠 마음은 없다. 하지만 아쓰유에게 거스르면 어찌될까.

로쿠타는 눈을 뜨고 고야를 보았다.

"나, 지금 그걸로 알았어. 나는 아쓰유에게 협력하지 않겠어."

"로쿠타."

"고야에게 살인을 명령하는 놈은 싫어. 너는 그토록 살육을 싫어했는데."

"뭐?"

고야의 눈이 커졌다.

"처음 만난 날, 안타까워하며 그렇게 말했잖아. 큰 것한테 사람을 공격하지 말라고 하는데도 들어주지 않는다고."

허를 찔린 고야는 로쿠타를 응시했다.

"그런데 사람을 죽이라고 명령하다니……. 그런 녀석을 고야의 주인으로 인정할 수 없어."

로쿠타, 하고 고야가 중얼거렸다. 죽이지 않았다고 주장해도 아무도 고야를 믿지 않는다. 덮치지 않는다고 해도 요마를 믿고 다가오는 자는 없다. 아쓰유조차…… 로쿠타를 쓰다듬은 적이 없다.

"……나는 이제 그런 생각 안 해. 나는 아쓰유의 신하니까 아쓰유가 죽이기를 바란다면 누구든 죽일 거야."

고야는 말했다. 로쿠타의 서글픈 얼굴에 덩달아 고야까지 울고 싶어진다.

"기린도 그렇잖아? 왕이 명령하면 결코 거스르지 못하는 생물이라고 들었어."

"쇼류는 사람을 죽이라고 명령하지 않아."

"절대로 하지 않는다고 단언할 수 있어? 인간은 무슨 짓을 할지 몰라. 로쿠타의 주인도 마찬가지야."

청렴결백한 영윤이라 한다. 고야도 아쓰유를 그렇다고 믿었다. 하지만 깨끗하기만 해서는 정사를 돌볼 수 없다. 왕이라면 끝까지 청렴할 수 있을까. 그런 일은 불가능하다.

"그런 짓은 안 해."

난데없이 끼어든 목소리에 고야는 놀라서 후칸을 돌아보았다. 남자는 아무 거리낌도 없이 침상에 앉아 고야를 보고 씩 웃는다.

"나는 로쿠타에게 사람을 죽이라고 명령하지 않아. 이 녀석한테 시킬 바에야 내가 하는 편이 빠르거든."

고야가 눈을 부릅떴다.

"너……"

"쇼류, 바보야!"

반사적으로 몸을 일으킨 로쿠타의 이마를 쇼류가 쿡 찔러서 쓰러뜨렸다.

"누워 있어. 어느 쪽이 바보야?"

"연왕……."

중얼거린 고야를 쇼류가 바라본다.

"고야라고 했나. 너는 정말로 로쿠타의 친구인 것 같으니 부탁한다. 이 녀석을 돌려줄 수 없겠어? 구제불능의 악동이지만 이놈이 없으면 살짝 곤란한 일도 있어서 말이야."

고야는 요마의 목에 손을 댔다.

"기린이 없으면 인의를 잃어버리나?"

"아니, 바가지 긁는 관리의 화살이 나한테만 집중돼."

웃는 남자의 얼굴을 보고 고야는 요마에게 가져다댄 손에 힘을 주었다.

"……무슨 목적으로 원에 침입했지?"

"아무래도 나밖에 잔머리가 도는 인간이 없어서 말이지."

"경백인가."

고야는 요마에게서 스르륵 손을 뗐다. 그 순간 로쿠타가 외쳤다.

"고야, 멈춰! 쇼류에게 무슨 짓을 했다가는 용서하지 않을 거야."

고야가 고개를 갸우뚱했다.

"이제 와서 왕을 감싸는 거야?"

로쿠타는 고개를 끄덕였다.

첫마디로 쇼류인 줄 알았다. 다가오는 그에게서 지하 미로에

는 비칠 리 없는 태양빛이 보였다. 쇼류가 왕이다. 그것만은 부
정할 수 없다.

"말했잖아? ……나는 쇼류의 신하야."

"나도 경백의, 아쓰유의 신하야."

고야는 하얀 얼굴로 담담히 로쿠타를 본다.

"아쓰유가 명령하면 뭐든 해. 아쓰유를 지키기 위해서니까 아
쓰유에게 해가 된다면 누구든 죽여."

"아쓰유가 명령하면 모반에도 가담해? 아쓰유가 역적이 되어
도 좋아? 알아? 아쓰유는 토벌당할지도 몰라."

"역적이라 불리더라도 상제의 관위가 필요하다면 할 수 있어.
역적으로 토벌될 것을 알고 있으니 그래도 상관없겠지? 나라가
망하든 기울든 상제가 되고 싶다면 그렇게 하면 돼. 나는 그저
아쓰유를 도울 뿐이야."

"그럼 나는?"

로쿠타는 고야를 쳐다보았다. 똑같이 한밤중에 눈을 뜨고, 똑
같이 버려진 아이다.

"……나는 고야가 좋아. 하지만 그렇게 피 냄새가 나면 고야
곁에 다가갈 수 없어."

"어쩔 수 없지. 로쿠타가 쇼류를 지키고 싶은 것처럼 나는 아
쓰유를 지키고 싶을 뿐이야."

"그 때문에 누구를 죽여도 상관없어? 신경쓰이지 않아?"

그럴 리가 없다. 적어도 로쿠타가 아는 고야는 그런 사람이 아니었다.

"아쓰유가 괜찮다고 하면 사람을 죽여도 돼? 도의를 저버리고 병사를 일으켜도 돼? 그래서 나라가 기울어도 괜찮으냐고. 너는 너 같은 아이를 만들고 싶어?"

로쿠타의 외침에 고야는 불쑥 대꾸했다.

"남의 일은 알 바 아니야."

고야의 얼굴은 천연덕스럽게 무표정했다.

"나라가 망하면 왜 안 되는데?"

로쿠타는 눈을 부릅떴다.

"고야."

"어째서 사람이 죽으면 안 되지? 사람은 죽게 마련이야. 나라는 기울게 마련이지. 아무리 아쉬워도 망해가는 것을 막을 도리는 없어."

고야는 요마의 아이다. 요마가 배회하는 것이 곧 국토의 황폐를 의미한다면 틀림없이 황폐가 내린 아이였다.

"아쓰유만 좋다면 상관없어."

로쿠타는 고야를 망연히 바라보았다. 어째서 몰랐을까. 고야의 마음속이 완전히 메말라 있다고 해도 전혀 이상하지 않다는 사실을 왜 몰랐을까.

"로쿠타만은 조금 특별했지만 아쓰유가 로쿠타에게 흥미가 없으니까 어쩔 수 없어. 나는 로쿠타를 얼마든지 괴롭힐 수 있어. 누가 얼마나 괴롭든 나라가 망하든 다 어쩔 수 없어. 아쓰유가 그래도 된다고 하니까 그래도 돼."

"고야!"

"나라가 기우는 것이 무서워? 황폐가 무서워? 죽음이 무서워? 편해지는 방법을 가르쳐줄까."

고야가 환하게 웃는다.

"전부 망해버리면 돼."

"……아쓰유가 죽어도 돼?"

로쿠타의 물음에 담담히 고개를 끄덕였다.

"아쓰유가 죽고 싶다면 그래도 괜찮아."

"여기는 네 나라다!"

갑자기 쇼류가 소리쳤다. 로쿠타와 고야는 놀라서 일어난 남자를 쳐다보았다.

"아쓰유만이 네 것이 아니야. 이 나라도 네 것이다."

로쿠타가 시선을 피했다.

"쇼류, ……소용없어."

"웃기지 마!"

쇼류는 로쿠타에게 호통치고는 고야를 보았다.

"나라가 망해도 된다고? 죽어도 된다고 지껄이는 건가, 내 나라 백성이! 백성이 그렇게 말하면 나는 무엇을 위해 존재하면 되지?"

고야는 눈을 깜짝이며 쇼류를 올려다보았다.

"백성이 없는 왕에게 무슨 의미가 있지. 백성이 나라를 부탁한다며 맡겼기 때문에 내가 왕으로 있을 수 있는 거야! 그런 백성이 나라 따위 망해도 된다고? 그러면 나는 무엇을 위해 여기에 존재하는 건가!"

도망치는 사람들을 향해 날아오는 화살. 성과 영지, 그곳에 살던 사람들까지 전부 불길 속에 사라졌다.

"목숨을 부지하는 수모를 겪으면서까지 살아서 도망친 연유가 무어냐! 나는 이미 한 번 내가 맡은 나라를 잃었다. 백성을 따라 죽어버렸으면 좋았을 것을 그러지 않았던 까닭은 아직 책임져야 할 나라가 있다는 이야기를 들었기 때문이야!"

로쿠타는 쇼류에게 나라를 원하느냐고 물었다.

"고야, 나는 너에게 풍요로운 나라를 주기 위해서만 존재한다."

고야는 한동안 멍하니 그 남자를 쳐다보고 있었다.

"나는…… 그런 허울좋은 말을 믿을 만큼 어수룩하지 않아."

고야는 일어났다. 평온히 살 수 있는 장소를 얼마나 바랐을까. 하지만 그런 곳은 없었다. 봉래에는 절대로 갈 수 없듯이 그런 장소에는 이를 수 없다. 나라도 사람도…… 결코.

"나는 아무것도 듣지 못했어. 아무것도 몰라."

얼굴을 찡그리고 등을 돌린다.

"……여기는 너에게 맡긴다, 후칸. 곧바로 태보를 돌볼 관리를 보낼 테니 그때까지 태보를 여기에 붙잡아 두어라."

"고야."

고야가 뒤돌아보았다.

"말해두겠는데. 경백에게 해를 끼치면 요마에게 공격하라고 할 거야. 절대 잊지 마."

001

툭, 하고 한 줄기 은빛이 땅에 내리꽂혔다.

비구름이 드리운 관궁, 온통 낮은 구름이 운해 바닥을 핥는다.

우기가 도래했다.

"제길……. 나도 완박에 갈걸 그랬어."

이탄은 관궁산 산허리에서 운해 바닥을 덮은 구름을 올려다보
았다. 가을이 오고, 차가운 운해 물이 북쪽에서 밀려오면서 운해
바닥이 마치 성에가 끼듯 하얗게 흐려졌다. 옅게 감돌기 시작한
구름은 날이 갈수록 내륙부터 두꺼워졌고 이윽고 비를 내리기
시작했다.

슈코 또한 운해를 올려다보았다.

"내리기 시작했군요."

"같은 도박이라면 곁에서 보고 있는 편이 나아. 멀리서 결과만 기다리기는 정말 괴로워⋯⋯."

"그런데 주상의 의도대로 일이 쉽게 움직일까요. 그러면야 좋겠지만."

"⋯⋯그러게나 말이야. 태평한 자식 같으니라고."

그보다 며칠을 두고 세이쇼는 완박의 대안에서 녹수를 내려다보았다. 강물이 불었다. 상류에서 비가 내리기 시작한 것이다. 관궁이 있는 동쪽을 쳐다보니 구름이 보인다. 원주에도 우기가 다가오고 있다.

신역 주변에는 흙 부대가 산더미 같이 쌓여 있었다. 이미 완박의 둑 높이를 넘었다.

"슬슬 오겠군."

세이쇼가 중얼거리자 하사관이 무슨 말이냐고 묻듯이 돌아보았다.

"아무것도 아니야. 긴장을 늦추지 마. 곧 시작된다."

신역 상류, 북위北圍. 해가 뉘엿뉘엿할 즈음, 유젠勇前은 녹수 부근 농가 마을을 향해 걸었다. 강변길 한쪽에 흙 부대가 높이 쌓여 있다.

"다행이야. 다 왕사 덕택이지."

유젠이 중얼거리자 같이 가던 같은 마을 남녀가 웃었다. 농지에서 집으로 돌아가는 길이었다.

"그러게 말이야. 그동안 살아도 사는 것 같지 않았는데, 올해 우기는 안심하고 지낼 수 있겠어."

한 여자가 말하고 그들은 일제히 둑을 올려다보았다. 유젠은 느닷없이 둑에 발을 디뎠다. 돌과 흙이 쌓여 비탈진 둑 위를 뛰어 올라가 위에서 강을 보았다.

"아, 제법 불었군. 상류는 내리기 시작했나 봐."

유젠의 말에 호기심 많은 두세 사람이 마찬가지로 둑으로 올라왔다.

"이 상태면 정말로 올해는 걱정 없을지도 모르겠네."

"안심하고 드르렁드르렁 코를 골고 있다가는 뼈아픈 꼴을 당한다."

그들은 웃으며 아랫길로 돌아가려 했다. 내려가기 직전에 다시 한번 둑에서 강을 둘러본 유젠은 대안으로 다가오는 기마 무리를 발견했다. 순간적으로 둑에 몸을 숨겼다. 왜 그랬는지는 모르겠다. 요새 들리는 말이 있다. 왕사는 녹수 하류를 막아 완박을 수몰할 작정이다. 그와 동시에 더욱 은밀히 퍼지는 소문. 완박을 지키기 위해 주사가 둑을 무너뜨릴지도 모른다. 어느 쪽이든 둑으로 다가오는 자를 반사적으로 경계하게 된다.

"왜 그래, 유젠."

길에서 말을 거는 사람을 "쉿" 하고 조용히 시켰다. 아래에 있던 사람들이 마찬가지로 몸을 숨기며 다시 둑 위로 올라왔다.

"어라."

저물녘, 이미 햇살이 물러가고 곳곳에 땅거미가 지기 시작했다. 그 탓에 분명히 보이지는 않지만 반대편 강가로 내려온 기마 숫자는 이백 기쯤 되었다.

"저놈들은 뭐야."

"건널 작정 아닌가. 강바닥이 얕은 데를 찾고 있어."

"강을 직접 건너지 않아도 상류에 다리가 있잖아."

"다리를 쓰지 않는 이유가 있겠지."

선두에 선 한 기가 강가에서 망설인 끝에 강으로 들어갔다.

"⋯⋯온다."

"기습인가?"

유젠은 주먹을 쥐었다. 여기서 더욱 하류 쪽에 포진한 왕사를 기습하는 것인가. 아니면⋯⋯.

"기습이라면 완전히 해가 기울기 전에 하겠지. 지금부터 가면 왕사가 포진한 곳에 도착할 즈음에는 해가 저물어 캄캄할 거야."

아랫길에서 여자들까지 올라왔다.

"……괭이를 들고 있어."

마른침을 삼키며 지켜보는 가운데 말들이 강을 건너기 시작했다. 녹수의 물살은 거세다. 물살에 쓸려 광대한 강폭만큼 하류로 밀려나, 유젠 일행과 가까운 곳에서 기마가 뭍으로 올라오기 시작했다. 이 거리라면 보인다. 모두 이백 기, 다들 창이 아니라 괭이를 든 영문이 무엇인가.

병사들이 말에서 내렸다. 유젠은 일어났다.

"네놈들, 둑을 부술 작정이냐?"

병사들이 돌아보았다. 유젠은 옆에 있던 여자들에게 외쳤다.

"마을로 가서 알려! 주사가 둑을 무너뜨리려 한다!"

달려오는 병사들. 유젠 옆의 남자가 돌을 쥐고 병사에게 던졌다.

"무슨 짓을 하는 거야!"

"까불지 마! 돌아가!"

유젠 일행이 기마를 발견하고 얼마 지나지 않아 세이쇼에게 소식이 도착했다. 하늘에는 아직 황혼이 남아 있었다.

"원주사가 북위에서 백성들과 난투를 벌이고 있습니다!"

"뭐야?"

세이쇼가 되묻고는 달려나갔다.

"일려一旅면 충분하다. 나를 따라와!"

세이쇼는 기수에 올라탔다. 효왕에게 받은 길량吉量이라는 기수. 하사한 왕은 밉지만 기수까지 미워할 필요야 없다. 마찬가지로 기수인 천마天馬에 탄 부하에게 명령했다.

"먼저 가! 우선 백성들을 떼어놔!"

세이쇼는 부하를 먼저 보내고 일려 오백 명의 병사를 이끌고 동쪽으로 달려서 이내 현장에 도착했다. 처음부터 세이쇼가 일사一師 이천오백 명만을 이끌고 남몰래 북위에 포진하고 있었던 덕분이다.

"아쓰유 놈, 역시나……."

세이쇼는 중얼거리고서 뒤따르는 병졸에게 앞을 가리켰다.

"둑을 지켜라!"

하마터면 검에 베일 뻔한 유젠은 굴러서 검을 피했다. 뒹굴면서 그대로 돌멩이를 쥔다. 설령 무엇을 잃더라도 녹수를 넘치게 할 수는 없다.

강에서 올라온 주사 이백 기와 가까운 마을에서 달려온 수십 명의 백성이 눈 깜짝할 사이에 난투를 벌였다. 당연히 백성은 병사의 적수가 되지 못하지만, 세 사람이 쓰러지면 새로 세 사람이 달려왔다.

　어디선가 물러나라고 호통이 들렸다. 물러날까 보냐. 유젠은 생각했다. 손에 쥔 돌멩이를 던지고 새로운 돌을 집어 치켜든 채로 눈앞의 병사에게 덤벼들었다. 검의 일격이 덮쳐왔지만 팔을 살짝 베이는 데 그쳤다. 몸을 굴려 도망쳐서 다시 돌멩이를 쥔다. 돌을 던지려 했을 때 가까이에서 함성이 들렸다.

　누군가 왕사라고 외쳤다.

　"왕사가 와주었다!"

　세이쇼는 얄궂은 미소를 씩 짓고는 차고 있던 창의 창집을 벗겨 냈다.

　녹수에 둑을 쌓아 아쓰유를 시험하라.

　쇼류가 모센에게 맡긴 서장에는 그렇게 적혀 있었다. 만약 아쓰유가 둑을 무너뜨리면 자신들에게 승기가 있노라고.

　"웃기는 놈이지만 어리석지는 않아."

　세이쇼는 중얼거리고 길량을 출발시키기 전에 강 너머 완박산을 흘끔 보았다.

002

"이제 몸은 괜찮으십니까?"

아쓰유가 묻기에 로쿠타는 고개를 가로저었다.

"그다지 좋지 않아."

"그럼 돌아다니지 않는 편이 좋겠지요. 아니면 용건이 있어 일부러 저를 찾아주셨습니까?"

"……나, 관궁으로 돌아가고 싶어."

아쓰유가 눈을 부릅떴다.

"죄송하지만 그것만은 아니 됩니다."

"성안 온갖 곳에서 피 냄새가 나. 도저히 쉴 수가 없어. 내 몸을 걱정한다면 주성에서만이라도 내보내줘."

"어렵사옵니다."

아쓰유는 말하고서 고야에게 눈짓했다. 감옥으로 모셔 가라는 뜻을 비쳤다.

"있지, 아쓰유."

"달리 할 말씀이라도 있으십니까."

"너는 어째서 아버지를 유폐했어?"

아쓰유는 눈을 부릅뜨고 관리들 역시 어리둥절해했다.

"조금도 상태가 나빠 보이거나 정신이 나간 것 같지 않았어.

겐 가이는 병으로 은퇴하고 너에게 전권을 위임했다고 했지. 유폐를 은퇴라고 하지는 않잖아?"

아쓰유가 일어났다. 순간 눈살을 찌푸리고 나서는 미소 지었다.

"아버지는 정말로 상태가 좋지 않으십니다. 그리 보이지 않았다면 다른 사람을 보셨겠지요. 어디서 보셨습니까? 어째서 아버지의 이름을 사칭했는지 사정을 물어보지요."

"그럼 내궁에 사로잡혀 있는 사람은 누구지?"

아쓰유의 얼굴이 험상궂어졌다.

"내궁. 그분이야말로 아버님이겠지요."

"너는 아버지를 사슬로 묶어?"

로쿠타는 아쓰유를 똑바로 응시했다.

"사슬로 묶고 제대로 돌보지도 않고 내버려둬? 혀를 잘라서 입을 막아? 대답해, 아쓰유!"

"그것은……."

로쿠타는 백관을 돌아보았다.

"……너희도 알았어? 알면서 아쓰유를 섬겼어? 그렇다면 원주는 관위를 찬탈한 도둑 무리야."

관리 대부분은 눈을 동그랗게 뜨고 아쓰유를 보았다. 몇몇만이 시선을 피했다.

"네 말은 훌륭해, 아쓰유. 하지만 의를 행한다고 하면서 네가 실제로 한 짓은 뭐지? 유괴하고 가두고. 그것이 도의인가?"

"태보를 비열한 수단으로 모신 것은 사과드립니다. 사사가 태보를 모셔 올 수 있을 것이라 했을 때 설마 도의에 벗어난 짓을 저지를 줄은 꿈에도 생각지 못했습니다."

그 말에 고야는 흠칫 놀라 시선을 들고는 아쓰유의 고뇌에 가득찬 옆얼굴을 빤히 쳐다보았다.

―너는 훌륭한 사사다.

그 말의 뒤에 숨은 진의라면 알고 있다.

―어렵게 얻은 사사를 죽게 하고 싶지는 않아.

그것이 설령 자신이 부리기 편한 신하를 잃고 싶지 않다는 의미였더라도 상관없다.

고야의 목숨을 아까워해준 사람은 아쓰유 한 사람뿐이었다.

고개 숙인 고야를 보고 나서 아쓰유는 로쿠타를 돌아보았다.

"하오나 분명히 신하의 소행은 저의 책임. 차마 사죄드릴 길이 없습니다. 부디 너그러이 봐주십시오. ……아버지의 일은 저도 모릅니다. 누가 그런 잔인한 짓을 했는지. 서둘러 사람을 보내 알아보겠습니다."

로쿠타는 눈살을 찌푸렸다. 때마침 실내로 달려 들어온 자가 있었다. 주재인 하쿠타쿠다.

"경백, 무슨 짓을 하셨습니까!"

하쿠타쿠는 쓰러지듯 다가와 아쓰유의 발치에 무릎을 꿇었다.

"설마 정말로 둑을 무너뜨리려 하실 줄이야! 소관이 그토록 그만두시라 청하였거늘!"

관리 대부분이 경악하며 소리를 질렀다.

아쓰유는 불쾌한 듯이 손사래를 쳤다.

"하쿠타쿠, 물러가."

"아니요! 백성을 위해 의를 행한다 말씀하시지 않았습니까. 왕사가 쌓은 둑을 경백이 무너뜨리려 했습니다. 그런 짓을 하면 백성이 어느 쪽을 옳다 여기고 어느 쪽을 그르다 여길지 모르셨습니까!"

"하쿠타쿠."

"둑을 지키려 한 백성과 다투던 주사의 병사가 백성에게 검을 들었는데 왕사가 이를 구했답니다. 어쩌실 작정입니까. 소문을 들은 완박 백성들이 뿔뿔이 흩어지기 시작했습니다. 징병한 자는 물론이고 주사의 병졸까지 성문을 열고 완박에서 도망치고 있습니다!"

"뭐라."

아쓰유는 창가로 달려갔다. 운해 아래, 구름이 끼어 하계 모습은 보이지 않았다.

"이것으로 원주는 끝장입니다. 필시 간절히 바라시던 바겠지요. 경백께서는 틀림없는 천하의 역적이 되셨습니다."

하쿠타쿠는 동요하는 기색이 역력한 관리들에게 비틀거리며 향했다.

"너희도 도망쳐라. 왕사로 가서 죄를 털어놓고 온정을 청하시게. 혈기가 넘치는 주사 일부가 북위로 향했다. 이것으로 전투가 시작되겠지. 시작되고 나서는 늦는다. 그대들까지 모조리 토벌당할 것이야."

아쓰유는 어깨를 크게 흔들며 창가를 뿌리치듯 돌아보았다. 돌아본 형상은 전과 달라져 있었다.

"하쿠타쿠!"

아쓰유는 하쿠타쿠에게 다가가 멱살을 잡고 내던졌다.

"천하의 역적, 불충한 작자는 네놈이다, 하쿠타쿠!"

아쓰유는 원망을 담은 눈으로 하쿠타쿠를 내려다보았다.

"훌륭한 영윤이라고 치켜세우고 발등에 불이 떨어지자 버리나. 애초에 그대는 주재가 아닌가. 주가 길을 잘못 들면 막는 것이 그대가 할 일이 아니었던가. 내가 모반을 말해도 말리기는커녕 이를 지지하다가 막상 역신이라 불리니 손바닥을 뒤집어 주인이라 부른 자를 버리는가! 그대들도 마찬가지다."

아쓰유는 주춤거리는 관리들을 응시했다.

"그대들이 둑이 필요하다고 하지 않았더냐! 원주를 위해 권력이 필요하다, 치수를 하고 땅을 고르게 다지고 싶다고 하지 않았나. 백성을 위해 그것이 필요하지 않았던가. 애초에 너희는 왕이 아니라 나에게 충성을 맹세하지 않았던가!"

아쓰유는 외치고서 하쿠타쿠에게 걸어갔다.

"따지고 보면 네가 부추겼지."

"저는……."

"이대로 연왕에게 맡겨두면 천하의 도가 서지 않는다. 분별 있는 자가 일어나 도를 바로 잡아야 한다고 말한 이는 그대가 아니었나."

"경백, 저는……."

"그럴 수 있는 자는 나밖에 없다고 치켜세우며 부추긴 자는 그대였다."

"저는…… 그 같은……."

"역신은 그대를 말하는 것이다, 이 더러운 인간!"

"아쓰유 님!"

"백성을 생각하는 내 마음을 이용해 역적이 되도록 부추기고 불리하다고 생각되자마자 사람에게 죄를 씌우고는 도망치려 하는가. 이런 간신에게 이용당한 내가 어리석었다."

분개한 아쓰유는 한쪽에 서 있던 고야를 돌아보았다.

"끌고 가."

"경백……."

아쓰유는 비탄의 빛을 띤 고야를 무시하고 주사마를 향했다.

"어떻게든 백성의 이탈을 막고 주성을 사수하라. 나는 태보를 모시고 관궁으로 가서 사태의 전말을 주상께 보고하고 진실로 죄가 있는 자가 누구였는지 재량을 부탁드리고 오겠다."

로쿠타는 우두커니 아쓰유를 보았다.

'상처 입히는 것은 무시하지. 상처를 감추기 위해서라면 무슨 짓이든 한다.'

로쿠타를 돌아본 아쓰유의 얼굴에는 고뇌하는 기색이 배어 있다. 신하에게 배신당하고 간신의 함정에 빠진 비운의 영윤, 관객이 있다면 믿으리라. 그렇게밖에 보이지 않는다.

"태보, 불편을 끼쳐드렸습니다만 반드시 제가 목숨을 다해 관궁으로 모시고 가겠습니다. 분명히 간신에게 이용당한 것은 저의 불찰, 어떠한 벌이라도 받아들이겠으나 부디 원주 관리들에게는 문책이 없도록 태보께서도 주상께 부탁드려주시지 않겠습니까."

로쿠타는 비탄에 젖은 남자를 보았다.

"아쓰유……. 그것이 네 본성인가……."

아쓰유가 어리둥절해했다.

"백성을 위해 일어선다고 하면서 둑을 무너뜨릴 만큼 승리에 목매지. 자신이 주인이라고 지껄이면서 고야와 하쿠타쿠에게 모든 죄를 덮어씌웠어. ……그것이 너인가."

로쿠타는 넋이 나간 모습의 관리들을 둘러보았다.

"이것이 겐 가이를 유폐하면서까지 상석에 앉힌 너희의 주인인가."

다들 입도 열지 않는 모습을 보고 로쿠타는 발길을 돌렸다.

"태보, 어디로 가십니까."

"……관궁으로 돌아갈래. 동행은 필요 없어. 주상께는 내가 전말을 설명하지."

돌아보지도 않는 로쿠타를 구석에서 지켜보며 고야는 한숨을 쉬었다.

―무너져 내린다.

주의 관리 대부분은 아쓰유의 청렴함을 믿고 있다. 믿기 때문에 지금까지 고야의 손에 걸리지 않고 살아남을 수 있었다. 유능하고 이상이 크고 세상 물정 모르는 관리들. 하지만 그들 또한 잘못되었음을 깨닫고 나면 아쓰유 곁에서 영화를 누리거나 그에게 충성을 다하기보다 도의를 선택하는 데 주저하지 않으리라.

로쿠타를 지켜보면서 아쓰유가 입가를 일그러뜨렸다. 고야는 그 모습을 보다 못해 요마의 목을 끌어안고 고개를 숙였다.

"그랬군요. 태보까지 합세하여 제가 죄를 짓도록 계략을 파신 겁니까……."

로쿠타는 대답하지 않았다. 모든 것이 무의미하다고 느꼈기 때문이다.

"하쿠타쿠."

아쓰유는 주재를 바라보았다.

"설마 그대가 왕과 태보와 함께 일을 꾸몄나."

"경백!"

"그랬구나? 처음부터 태보와 꾸민 일이었구나? 왕은 내 인망을 질투해서 구태여 역적이 되도록 너를 부추겼다. ……그런 거였어."

"아쓰유."

로쿠타는 한숨을 쉬었다.

"왕은 그런 짓을 하지 않아. 그런 짓을 할 필요가 없으니까."

"제가 왕의 어리석음을 한탄하는 육관의 소리를 모를 줄 아셨습니까. ……아아, 정말이지 나는 어찌하여 자신을 믿지 않았나. 일찍이 필요 이상으로 자신을 부끄러워하지 않고 봉산에 승산하여 천의를 도모하였더라면."

"소용없어."

로쿠타가 나직하게 내뱉었다.

"너는 옥좌에 군림할 그릇이 못 돼."

"제가 왕보다 모자라다는 말씀이십니까!"

"쇼류에 비하면 너는 쓰레기야."

로쿠타는 그렇게 내뱉고 나서 발길을 돌려 방을 나가려고 발걸음을 옮기기 시작했다. 그러다 불쑥 뒤돌아 아쓰유와 그 뒤쪽에 서 있는 소신들을 보았다.

"말해두지만, 이건 쇼류를 칭찬하는 말이 아니야!"

하쿠타쿠는 이렇게 외치고 떠나는 기린과 자신이 조금 전까지 주인이라 믿은 남자의 얼굴을 번갈아 보았다. 서글프게 한숨을 토하고 나서 아쓰유 뒤쪽 소신들에게 명령했다.

"너희에게 조금이라도 도의를 바로잡을 마음이 있다면 경백을 포박하라⋯⋯."

말하고 나서 눈을 부릅떴다. 아쓰유 뒤에 서 있는 소신들 중 한 사람과 안면이 있지 않던가.

"설마."

그 남자는 씩 웃었다. 그럴 리가 없다고 고개를 흔드는 하쿠타쿠의 눈앞에서 당사자인 남자는 어쩔 줄 몰라 하는 표정의 소신들 사이를 빠져나와 곧장 아쓰유에게 걸어갔다.

아쓰유는 다가온 소신을 보았다.

"너는 선악이 어디에 있는지 모르겠느냐."

"아니요."

소신은 웃으며 무릎을 꿇었다.

"알려드리는 편이 나을 것 같아서."

아쓰유는 눈살을 찌푸렸다.

"나에게 무엇을 알린다는 말인가? 너는 분명 주사에서 등용한 자였지."

"예에, 덕분에."

"그런가. 그래서 무엇을 알린다고? 네 이름은 무어냐."

남자는 미소 지으며 아쓰유의 얼굴을 똑바로 보았다.

"고마쓰 나오타카."

귀에 익지 않는 음에 아쓰유는 갸웃거렸다. 남자가 일어난다.

"연왕 쇼류라 부르는 자도 있지."

방어할 틈도 주지 않고 걸음을 내딛자마자 검을 뽑은 남자는 망설임 없이 칼끝을 아쓰유의 목에 겨누었다.

"네놈……!"

"고야, 움직이지 마. 아쓰유의 목에 검이 닿는다."

반사적으로 경계 태세를 취한 고야는 자신을 향한 시선에 얼어붙었다.

"누구라도 움직이면 용서치 않겠다. 무기를 내려놓으라고는 하지 않을 테니 벽까지 물러서 있어."

쇼류는 문에서 걸음을 멈춘 로쿠타를 슬쩍 보았다.

"아주 좋은 말을 들었어."

"칭찬이 아니라고 했잖아!"

쇼류는 칼끝을 아쓰유에게 겨눈 채 큰 소리로 웃었다.

"네놈이 어째서……."

쇼류는 중얼거리는 아쓰유를 바라보았다.

"너는 천의를 시험하고 싶었겠지. 그럴 기회를 주마."

"……뭐라."

"천의가 어디에 있는지 알고 싶다면 굳이 백성을 끌어들이지 않더라도 나와 네가 겨루어보면 끝날 일이다. 아닌가, 아쓰유."

아쓰유는 쇼류를 사납게 노려보았다. 쇼류는 가볍게 웃고 멀뚱히 서 있는 관리들을 훑어보았다.

"말 들어. 움직이지 마."

도망치려 했는지 아쓰유를 도우려 했는지 움직이던 몇 사람이 움찔하고 얼어붙었다.

"나는 천의를 받아 옥좌에 올랐다. 그것이 불만이라면 나무라지는 않겠다. 하지만 왕을 치는 것은 곧 하늘을 치는 것이다. 천의를 확인하고 싶다면 병사를 움직일 필요는 없지 않은가. 군량이라면 다시 비축하면 되지만 백성은 그렇게 할 수 없어. 소비된 목숨은 이듬해 결실로 보충할 수 있는 것이 아니니까. 여기서 네

가 나를 베면 그 뒤로는 너희의 천하다. 안국을 다시 일으켜 세우든 몰락시키든 마음대로 해. 그것이 하늘의 뜻일 테니 말이다."

쇼류는 그렇게 말하고 고야를 보았다.

"고야, 되도록 네 요마를 움직이지 마. 주인 앞에서 베고 싶지는 않아. 너도 마찬가지다. 죽이면 로쿠타가 원망할 테니까."

쇼류는 미소 짓더니 이번에는 누구에게랄 것도 없이 말했다.

"아쓰유를 위해서 목숨을 버릴 충성심 있는 자가 있다면 아쓰유 주위를 지켜라. 아무나 아쓰유를 위해 무기를 가져와. 아쓰유가 자신 있어 하는 무기를 줘라."

쇼류의 말에도 자리에서 움직이는 자는 없었다.

"왜 그러지? 아쓰유를 지킬 자는 없나."

더욱 부추겨도 누구 한 사람 꼼짝하지 않는다. 쇼류는 살짝 쓴웃음을 지었다.

"그래. 아쓰유, 이 지경까지 버림받았구나."

"네놈……."

"무기만이라도 들려줘."

쇼류가 소신 중 한 사람에게 눈짓하자 소신은 머뭇거리며 아쓰유 옆으로 나아가 허리에 찬 검을 떠맡기듯 아쓰유에게 건넨다. 검을 쥔 아쓰유의 손이 떨렸다.

"외람되오나, 주상."

하쿠타쿠가 평복했다. 하쿠타쿠를 따라 모든 이가 머리를 조아렸다.

"주상, 부끄럽지만 이것이 원주 모반의 전말이옵니다."

"확실히 그리 자랑할 만한 전말은 아니군."

"예. 하오나 경백은 이미 주상 앞에서 단죄받은 것이나 마찬가지입니다. 쓸데없는 싸움이 싫으시다면 예까지 하십시오. 부디 경백께는 온정 있는 처단을 내려주십시오."

"그래."

쇼류가 쓴웃음을 지었다. 아쓰유를 보니 그는 검을 내리고 그 자리에 무릎을 꿇었다.

"아쓰유, 주성을 열어. 일단 주사를 해산하라."

"말씀…… 받잡았습니다."

아쓰유는 고개를 깊이 떨구었다. 쇼류가 뒤를 보았다. 검을 넣고 아쓰유 곁에서 떨어졌다. 로쿠타는 그 모습을 묘하게 섬뜩한 심정으로 지켜보았다.

"누가 포박해. 온정이란 놈을 아낌없이 베풀어줄 테니까 파수꾼을 세워 자해하지 않도록 해."

쇼류의 등뒤에서 아쓰유가 검을 슥 쳐들었다.

"쇼류!"

순간적으로 돌아서 검자루를 잡은 쇼류와 검을 치켜들며 크게 내디딘 아쓰유. 둘 사이는 겨우 세 걸음 떨어져 있다. 달려든 아쓰유가 빠를지, 맞받아칠 쇼류가 빠를지.

그 자리에 있던 모두가 숨을 삼켰다.

"리카쿠!"

"로쿠타!"

로쿠타와 고야가 거의 동시에 외쳤고, 세 걸음 떨어진 거리가 모든 것을 결정했다.

두 사람이 달려드는 것보다 리카쿠가 빨랐다.

리카코에게 물어뜯긴 아쓰유가 피거품을 뿜었다.

로쿠타는 그 모습에서 눈을 돌려 고야를 보았다. 동시에 외쳤다. 하지만 고야는 요마를 막기 위해 불렀다. 목숨을 구하려 한 목소리와 살육을 멈추려 한 목소리가 아쓰유와 쇼류의 운명을 갈랐다.

딱딱하고 묵직한 소리가 들리며 아쓰유의 검이 떨어졌다. 리카쿠는 정확하게 아쓰유의 숨통을 물어뜯고 재빠르게 떨어졌다. 끼어든 리카쿠를 보고 재빠르게 물러섰던 쇼류는 바닥에 쓰러진 아쓰유 곁으로 다가왔다.

불행히도 아쓰유는 신선. 목의 절반을 뜯겨 나가고도 여전히 숨이 붙어 있었다. 자신의 핏속에 옆얼굴을 묻고 허망하게 시선을 든 아쓰유는 대체 무엇을 보았을까.

"……편하게 해주지."

쇼류는 검을 겨누었다. 머리 위로 높이 쳐들었다가 내려친다. 목을 자르고 바닥을 때린 강철 소리가 그 자리에 있던 모든 이의 귀에도 들렸다.

003

넋을 놓고 움직이지 않는 관리들을 둘러보고 쇼류는 검을 집어넣었다. 고야, 하고 부르더니 곧장 그에게 걸어간다. 허망해 보이는 얼굴을 살짝 들여다보았다.

"고야, 미안하다."

"하지만" 하고 대답한 고야의 목소리는 당장에라도 끊어질 것처럼 가녀렸다.

"……나는……."

"고맙다."

로쿠타도 그 옆으로 다가갔다.

"……고야."

응, 하고 살짝 고개를 끄덕이고서 고야는 쇼류 앞에 무릎을 꿇었다. 고개를 떨구고 목을 내밀었다.

"어떠한 처분이라도 받겠습니다."

"고야!"

쇼류는 그 모습을 그저 내려다보기만 했다.

"……나는 베지 않을 거야, 고야."

"대역죄는 참수가 관례입니다."

"거절하지."

고야는 고개를 들었다. 표정을 일그러뜨리고 외친다.

"나는 당신을 도우려고 한 것이 아니야!"

요마가 꾸르르 하고 울며 고야의 어깨에 부리 끝을 댔다.

"당신을 살리고 싶었던 것이 아니야. 아쓰유를 구해주고 싶었어. 하지만 순간적으로 로쿠타를 말리고 말았어. 내가 말린 게 아니야. 당신이 말리게 한 거야. 아쓰유를 죽도록 내버려둔 것은 내 의사가 아니야!"

"고야."

"나는 아쓰유를 위해서라면 뭐든 괜찮았어! 사람을 죽이는 것도 조금도 괴롭지 않아! 그러니까 쇼류도 죽일 수 있었어! 나라가 망하든 사람들이 얼마나 괴로워하든, 아이가 얼마나 버려지든 그딴 거 조금도 신경쓰지 않아!"

"고야, 말했잖아. 나는 너에게 풍요로운 나라를 주기 위해 있다. 받아들 상대가 없다면 모든 것이 의의를 잃어."

"나 말고 다른 놈에게 주면 돼. 원하는 놈이야 얼마든지 있겠지."

"나는 욕심쟁이니까. 백만 명의 백성과 백만 하고 한 명의 백성이라면 후자를 고르겠어."

고야는 고개를 떨어뜨렸다. 부리 끝으로 어깨를 쓰다듬는 요마의 목에 팔을 둘렀다. 눈물이 뚝 떨어졌다.

"……하지만 내게도 큰 것에게도 갈 곳 따위 없어."

"고야."

"아무리 나라가 풍요로워도 그 나라에 내가 있을 곳은 없어. ……요마의 자식이니까."

고야가 쇼류를 올려다보았다.

"나라가 풍요로워질수록 꿈처럼 평화로울수록 나는 분명히 서글프고 원망스럽겠지. 눈앞에 꿈꾸던 봉래가 있는데 나는 그곳에 절대로 들어갈 수 없어. 나를 가엾게 여긴다면 그런 기분 맛보게 하지 말아줘."

"단숨에 죽여달라는 소리인가. 절대로 그럴 수야 없지."

쇼류는 고야 앞에 무릎을 꿇었다.

"요마는 사람을 덮친다. 네가 공격받으면 괴롭듯이 백성 누구든 공격당하면 괴로워. 그 요마는 너만을 골랐다. 선택받지 못한 사람들과 그 요마가 함께 살 수는 없어."

"큰 것은 사람을 공격하지 않아!"

고야는 요마를 힘껏 껴안았다.

"내 말을 잘 들어. 나를 거스르고 사람을 덮치는 일은 없어. 요마는 사람을 사냥하지 않으면 살 수 없는 생물이지만, 큰 것은 나를 위해 줄곧 참아주고 있단 말이야!"

쇼류가 고개를 끄덕였다.

"그러면 너와 요마에게 살 곳을 주마."

고야는 웃는다. 애처롭게 얼굴을 일그러뜨리며 웃는다.

"얼마나 호화로운 감옥이지? 은으로 된 창살이 있는 우리일까."

"요마가 사람을 해칠 일이 없는 나라다."

쇼류가 손을 뻗어, 고야의 어깨에 부리를 묻은 요마의 머리에 손을 얹었다. 눈을 동그랗게 뜬 고야 옆에서 요마 로쿠타는 긴장한 채 굳어 있었지만 그래도 쓰다듬는 대로 가만히 있었다.

"사람이 요마를 멀리하는 까닭은 황폐한 나라에 요마가 배회하며 사람을 덮치기 때문이다. 나라가 풍요로워지고 자연의 섭리가 갖추어지고 요마가 서성거리지 않게 되면 요마에게 공격받는 일도 없어지지. 그러면 사람들은 너나 너를 길러준 어미도 무서워하지 않을 거야. 신기한 요수라고 하면 그만이지."

쇼류, 하고 중얼거리며 눈을 동그랗게 뜬 고야를 향해 쇼류가 미소 지었다.

"너를 처벌하지 않겠다. 원주의 관리 모두. 그렇지 않아도 안국은 백성이 적어. 여기서 더 줄이고 싶지는 않아."

"하지만……."

"네 선적도 박탈하지 않겠다. 일이십 년 만에 할 일이 아니니까. ……시간을 줘. 반드시 너와 너를 길러준 요마가 쫓기는 일이 없는 땅을 주마. 그때까지 왕궁 정원에서 참고 견뎌줘."

고야는 그렇게 말하는 남자를 응시했다.

"그런 세상이 정말로 올까……?"

"고야, 그 때문에 내가 있는 거야."

고야는 눈을 깜빡였다. 오래도록 가슴속에 내려앉은 말을 음미하는 듯했다.

"……그럼 나는 금강산에서 그날을 기다릴게."

"고야, 관궁으로 와."

"로쿠타가 있으니까 황해에서 살 수 있어. 황해에서 안국이 그런 나라가 되기를 기다릴게……."

고야는 한층 더 힘을 실어 요마를 안았다.

"……언제까지고 기다릴게……."

004

　요마의 날개가 서쪽으로 멀어졌다. 로쿠타는 모습이 보이지 않을 때까지 노대에서 가만히 지켜보았다.

　로쿠타, 하고 고야는 요마를 말렸다.

　로쿠타는 요마를 불렀다. 리카쿠, 쇼류를 구해줘.

　로쿠타는 늘 쇼류의 목숨을 아까워한다. 옛날에도 그랬다. 역시 로쿠타는 도망치는 사람들 속에서 리카쿠를 불렀다.

　나오타카는 눈을 번쩍 떴다. 머리 위에 연한 쪽빛으로 물든 맑은 하늘이 펼쳐졌다. 하늘이 흔들리는 이유는 자신 때문일까, 아니면 달리 이유가 있을까.

　멍하니 있다가 몇 번인가 눈을 깜빡이고는 물소리를 들었다. 바닷바람이 분다. 저물기 시작한 하늘에는 하얗고 작은 별이 보이기 시작하더니 천천히 일렁였다. 배의 일렁임이다. 그렇게 생각했다.

　누운 채 고개를 옆으로 돌리자 뱃머리에 아이가 앉아 있었다. 나오타카가 주운 아이다. 바닷가 바위 밭에 쓰러져 있기에 죽은 줄 알았다. 장례를 치러줄 요량으로 거두고 보니 아직 숨이 붙어 있었다.

"……왜 내가 이런 곳에 있지."

중얼거린 나오타카의 목소리는 심하게 갈라졌다.

패주하는 백성을 위해 퇴로를 지켰다. 하지만 그 사이가 분단되어 도망치던 백성이 무라카미 군세에 포위당했다. 어떻게든 구하러 가고 싶었지만 그 자리에 버티고 있기조차 어려웠다. 화살이라도 있다면 상륙하는 무라카미의 발을 묶을 수 있겠지만 이미 화살은 떨어지고 없었다.

세 사람을 베고 빼앗은 창으로 두 사람을 찌른 데까지는 기억한다. 세 번째 사람을 공격하기 전에 운이 다했다. 아마도 등뒤에서 창에 찔려서…… 그 뒤에 어떻게 되었더라.

나오타카는 얼굴을 찡그리며 몸을 일으켰다. 어딘가에 상처가 있겠지만 어디를 다쳤는지 분명치 않다. 온몸이 욱신거리고 숨을 쉬기가 곤란했다.

"설마…… 네가 살려주었나."

로쿠타는 나오타카의 물음에 그저 고개만 끄덕였다. 마지막까지 망설였다. 하지만 도저히 그냥 죽게 둘 수가 없었다. 피 냄새에 병든 로쿠타 탓에 덩달아 괴로워하는 리카쿠를 쇼류의 목숨을 구하라며 보냈다. 그리고 쇼류를 그 자리에서 낚아채 도망쳤다.

"다른 녀석들은?"

로쿠타는 고개를 가로저었다. 그토록 피가 흐르지만 않았더라도. 로쿠타는 여러 나라를 방랑하는 동안에 피에 취하고 고마쓰의 전란으로 완전히 병들었다. 남은 사람 모두를 구할 여력이 남아 있지 않았다.

"어째서 구해줬지."

"너도 나를 구해주었으니까."

"너는 죽고 싶어서 바닷가에 드러누워 있었던 것은 아니겠지. 아니면 죽을 작정이었나."

"아니."

로쿠타는 고개를 가로저었다. 뱃전에 등을 기댄 나오타카의 얼굴을 들여다보았다.

"너는 죽을 작정이었어?"

나오타카는 고개를 젖혀 저물어가는 하늘을 올려다보았다.

"도련님이라고 불릴 때마다 잘 부탁한다는 말을 듣는 것 같았지. ……나라를 잘 부탁한다, 우리를 잘 부탁한다. 그런데 지켜주지 못했어."

"네 탓이 아니잖아."

국력이 부족했다. 병사가 압도적으로 부족했다. 도저히 이길 수 없는데다 무라카미는 처음부터 화의할 마음이 없었다.

"내 탓이 아니지. ……방도가 없었어."

"그럼 풀죽을 필요 없지 않나. 너는 할 수 있는 일을 했잖아?"

"나는 후계자라서 마을 녀석들에게 떠받들어지며 자란 거야."

"그건⋯⋯."

"도련님이라고 불릴 때마다 함께 맡기는 것이 있었지. 한마디
마다 떠맡아 쌓아놓은 것을 나는 녀석들에게 갚지 못했어. ⋯⋯
이제 갚을 길이 없어."

나오타카는 하늘을 올려다본 채 로쿠타에게 시선을 주지 않았
다. 나오타카가 가슴을 젖히고 숨을 크게 들이쉬는 것은 상처의
아픔 탓일까.

"⋯⋯녀석들의 바람이다. 나는 그것을 한 몸에 짊어지고 말았
는데 이제 내려놓을 길이 없어. 살아 있는 한 의미도 없이 계속
짊어지고 있어야만 해. ⋯⋯내가 아무리 태평하다지만 넌더리가
나는군⋯⋯."

배는 해류에 실려 세토우치 바다를 떠돌았다. 나오타카를 리
카쿠의 등에 얹고 정처 없이 날아올라 표류하는 이 작은 배를 발
견했다.

로쿠타는 나오타카를 응시했다. 이 마당에 이르러서도 여전히
망설이고 있다.

나오타카의 상처는 깊다. 저러고 있어도 상당히 괴로우리라.
아니면⋯⋯ 더 괴로운 것에 묻혀 깨닫지 못하고 있을까. 하지만

동의 해신 서의 창해

상처는 나오타카의 목숨을 확실하게 갉아먹고 있다. 로쿠타가 망설이면 망설일수록 나오타카는 돌아오지 못할 세상에 가까워진다. 그리고 틀림없이 로쿠타는 가만두지 못하리라. 나오타카를 구하기 위해 죽지 않는 목숨을 내릴 것이다. 그것이 로쿠타의 운명이기 때문이다. 어쩌면 이것이 안국의 민의인가.

"……너, 나라를 원해?"

로쿠타가 나직하게 묻자 나오타카는 하늘을 올려다본 채 대답했다.

"원하지."

"풍요롭지도 않고 깡마른 나라라도?"

나오타카는 간신히 몸을 일으켰다. 수척한 얼굴이지만 그래도 평소와 똑같은 미소를 지었다.

"나라 크기는 관계없어. 나는 나라를 잇기 위해 자랐고, 실제로 아버지로부터 나라를 이었다. 나라가 없는 영주 따위 웃음거리밖에 더 되나. 그뿐이야."

"국토가 황폐해지면 사람들 마음도 메마르지. 인심이 길을 잃어서 네가 하는 말은 듣지 않을지도 몰라."

"그거야 내 근성에 달렸지."

로쿠타는 나오타카를 바라보았다.

"……성을 줄까."

"네가 말이야?"

"나라와 백성을 줄 수도 있어. 네게 그럴 마음이 있다면."

"어느 나라지?"

"너는 말해도 몰라. 만약 네가 왕이 되기를 바란다면 너는 모든 것에 작별을 고해야만 해."

나오타카가 쓴웃음을 지었다.

"……작별을 고해야 할 것이 나에게 아직 남아 있다면 가르쳐 줘."

"두 번 다시 세토우치의 바다로도 섬으로도 돌아올 수 없어."

"……호오?"

"그래도 괜찮다면 너에게 일국을 주지. 옥좌를 원해?"

로쿠타가 응시한 시선에 나오타카는 조용히 대답했다.

"……원한다."

로쿠타는 고개를 끄덕이고 뱃머리에서 떨어져 나오타카 발치로 향했다. 그곳에서 무릎을 꿇고 고개를 깊이 숙였다.

"천명으로 주상을 맞이합니다. 이후 왕명을 거스르지 않고 어전에서 떠나지 않으며, 충성을 맹세할 것을 서약드립니다."

"로쿠타?"

로쿠타는 고개를 들고 나오타카를 응시했다.

"나라를 원한다고 말해. 나를 신하로 맞이하겠다고. 네가 기대를 짊어졌다면 나는 나라를 짊어졌어."

나오타카는 그저 조용히 로쿠타를 바라보았다. 대체 로쿠타의 무엇을 믿었는지 불현듯 미소 지으며 고개를 끄덕였다.

"신하로 맞이한다. 단, 반드시 일국 一國이다. 성만 있거나 토지만 있다면 용납하지 않을 거야."

로쿠타는 고개를 떨구고 그의 발에 머리를 조아리며 그가 바라는 것을 주었다.

왕궁과 절산의 황폐에 처한 국토와, 고작 삼십만 명의 안국 백성을.

그는 지금 만족했을까. 아쓰유 건은 시작에 불과하다. 앞으로도 비슷한 일이 얼마든지 일어나리라. 전부 쇼류가 이기리라는 보장은 없다. 언제든 안국은 황폐의 위기에 처해 있다. 과연 안정되는 날이, 고야에게 약속한 그런 평화로운 날이 찾아올까.

작고 희미해진 모습이 푸른 하늘 속으로 사라지고, 옆에서 자신과 마찬가지로 지켜보던 쇼류를 올려다보았다.

"고마워……."

"뭐가."

퉁명스레 대꾸하는 쇼류는 아직 서쪽을 보고 있다.

"고야를 용서해줘서."

"딱히 너를 위해서 한 일이 아니야."

무뚝뚝하고 냉랭하기 그지없는 말투에 로쿠타는 고개를 갸웃거렸다.

"……혹시 화났어?"

쇼류는 그제야 서쪽 하늘에서 시선을 거두고 로쿠타를 보았다.

"화가 안 났을 것 같아? 네가 멍청하게 붙잡힌 탓에 대체 무슨 일이 일어났는지 알아?"

"……미안."

"용서 안 해."

나직한 말에 로쿠타는 쇼류의 옆얼굴을 어쩔 줄 몰라 하며 올려다보았다.

"에키신, 리비, 갓난아이. 적어도 세 사람이야. 내 몸을 세 사람 몫만큼 네가 도려낸 것이나 다름없어."

로쿠타는 흠칫 놀라 고개를 들었다.

"나는 백성을 살리기 위해 존재하는데 기린인 네가 손 놓고 죽게 했어."

"미안……."

"구할 방도는 없었나. 기린은 자비로운 생물이라면서 자비를 베풀 상대를 착각하지 않았어?"

"쇼류, 미안."

볼 낯이 없어서 고개를 숙인 채 쇼류에게 매달렸다. 머리를 가볍게 두드리는 손바닥 감촉이 난다. 손이 큼직하다. 로쿠타가 열세 살인 채 제자리걸음만 한 탓이다.

"맡겨두라고 했잖아."

"응."

맡겨두라는 말에 맡기겠다고 결심했건만. 기린은 민의의 구현이라니까, 자신이 내키는 대로 하면 된다고 믿기로 마음먹었다 생각했는데.

바보처럼 눈물이 나는 통에 정말로 자신은 열세 살에서 조금도 어른이 되지 않았다고 생각했다.

"슈코와 이탄도 그렇고 로쿠타도 그렇고. 정말이지 내 신하들은 보는 눈이 너무 없어."

너스레를 떨어서 로쿠타는 키득키득 웃었다.

"쇼류……."

"뭐야."

"고야에게 약속했듯이 나에게도 나를 위한 장소를 줄 거야?"

물으니 머리 위에서 실소하는 기척이 난다.

"……너도 안국 백성 나부랭이니까. 그래서……."

묻는 투에 로쿠타가 고개를 들었다.

"어떤 곳을 원하지."

"……푸른 산야."

로쿠타는 한 걸음 떨어져서 쇼류를 응시했다.

"아무도 굶지 않아도 되는 풍족한 나라. 추위에 떨거나 밤이 슬에 젖을 일 없는 집, 백성 모두가 편안하고 굶을 걱정이나 전화에 쫓길 걱정도 없는, 안락한 땅을 원해. 나는 줄곧 그런 나라가 탐났어. 부모가 자식을 버리지 않아도 살 수 있는 풍족한 나라……."

쇼류는 씩 미소 지었다.

"너는 약속을 어기지 않고 나에게 일국을 주었다. 그러니 나도 너에게 반드시 일국을 갚아주마."

"……응."

로쿠타가 고개를 끄덕였다.

"그러면 나는 쇼류가 됐다고 할 때까지 눈을 감고 있을게……."

종
장

"슈코, 쇼류 어디 있는지 몰라?"

로쿠타는 내조의 관청을 들여다보았다.

아쓰유의 난을 진압한 지 십 년이 지났다. 안은 얼마 전에 육
관 제후의 정리가 끝나고 관리 등용도 시작되어 드디어 조정이
형태를 갖추기 시작했다. 새로운 조정에서 슈코는 대사구大司寇
로 발탁되었다. 육관 중에 추관장이다.

"모릅니다."

슈코는 여전히 한숨 섞인 말투였다. 추관청 관리 몇 사람과 이
탄이 그 자리에 있었다.

"어차피 관궁에라도 내려가셨겠지요."

슈코가 말하자 이탄도 손에 든 서면을 흔들었다. 이탄은 지관

장인 대사도로 임명되었다.

"마구간을 들여다봐. 다마가 있는지 없는지."

다마는 쇼류가 타고 다니는 추우騶虞라는 요수다.

"오, 화 안 내?"

"포기했다. 마을에 내려가 백성들이 태평하게 사는 모습을 보

고 만족하는 것이 놈의 유일한 낙이야. 이제 방해할 마음도 없어

졌어."

"아, 그래."

"하나부터 열까지 왕한테 기댈 필요는 없잖아. 우리 마음대로

할게. 불만이 있으면 뭐라고 하겠지."

"정말로 해탈했구나."

로쿠타가 이탄을 빤히 보자 슈코까지 매몰찬 소리를 한다.

"조의에 오셔도 어차피 훼방만 놓으시니 억지로 오지 않으셔

도 괜찮습니다. 왕이라는 존재는 가장 중요한 부분에서 도움이

되어주면 그만이니까요."

"이놈이고 저놈이고 깨달음을 얻었군. ……그 경지에 이른 과

정을 생각하면 마음이 아려."

"가엾게 여기신다면 가끔은 진지한 척 정도는 해달라고 주상

께 전해주시죠."

"네에."

대답을 남기고 로쿠타는 뒤돌았다. 등뒤에서 소관들이 키득거리며 웃었다.

로쿠타는 곧장 왕궁으로 올라가 금문으로 향했다. 연침燕寢이라 불리는 구역 안에 있는 건물의 계단을 내려가면 능운산 중턱, 그곳에 마련된 대문이 금문이다. 문은 열려 있다. 문지기를 향해 가볍게 손을 들고 금문 바깥으로 달려나갔다.

바깥은 거대한 반석을 편편하게 깎아서 하늘을 나는 짐승이 내려설 수 있도록 되어 있다. 그 안쪽에 있는 마구간으로 달려가자 안에서 쇼류가 다마에 안장을 얹던 참이었다.

"어땠어?"

돌아본 쇼류를 향해 로쿠타는 웃으며 고개를 끄덕였다.

"녀석들 전혀 신경쓰이지 않나 봐."

쇼류가 씩 웃었다.

"그럼 열흘쯤 없어도 어떻게든 되겠군."

"그건 걱정 없어. 알아채고 난리를 피울 때는 이미 늦었지."

로쿠타가 머리에 천을 두른다.

"그래서? 어디로 갈 거야?"

"주奏나라에 가볼까. 종왕宗王은 아주 슬기로운 왕이라던데."

"자신에게 자신감을 잃고 낙담하지 마."

쇼류는 짓궂은 미소를 지으며 로쿠타 몫의 짐을 던져준다.

"소린宗麟은 흠 잡을 데 없는 미녀라더군. 여신처럼 사랑받는 다더라고. 과연 어느 쪽이 자신감을 잃을까."

"흥이다."

"시장을 통제하고 그 밖에도 이런저런 재미있는 일을 한다더 군."

"따라 하는 거야? 싫다. 촌스러워."

"뭘, 나라가 풍요로워지면 그걸로 충분해. 지적하면 얼간이라 서 남의 흉내밖에 재주가 없다고 받아쳐주지, 뭐."

"얼간이. 사실이잖아?"

"호오, 숨기고 있었는데 역시 알아챘나?"

"……너 진짜 어이없는 왕이로구나."

"제법이지."

"말이나 못하면."

"로쿠타, 조만간 봉래에 가지 않겠어?"

그 말에 로쿠타는 고삐를 쥔 쇼류를 올려다보았다. 그는 살짝 돌아본다.

"저쪽이 어떤 상태인지 알고 싶어."

"나는 싫어. 왕을 데려가면 재해가 일어나니까."

두 세계는 본디 섞여서는 안 된다. 억지로 뒤섞어 길을 열면 재해가 일어난다. 기린만 건너가면 그리 큰 피해는 없지만.

"그러니까 혼자 갔다 와."

로쿠타가 눈을 동그랗게 떴다.

"……괜찮아?"

"사령이 있으니 괜찮겠지."

"남을 따라 하는 김에 봉래도 따라 하게?"

짓궂게 말한 야유에는 쾌활한 웃음소리가 돌아왔다.

"그러니까 말했잖아. 요는 나라가 부유해지면 돼."

"너는 정말로 절조가 없구나. 가는 거야 좋지만, 피 냄새가 걱정이야."

"아직 그 나라는 안정되지 않았나."

"시간이 더 걸리겠지……."

로쿠타가 무심코 중얼거리자 쇼류는 옳거니 하고 갑자기 빙그레 웃는다.

"역시 봉래에 갔었군."

"어?"

"관궁에서 보이지 않기에 어디로 갔나 했더니만."

"그거야 어쩌다가……."

"마을로 내려갔다면 화려한 머리를 숨겼겠지. 아무래도 숨기는 낌새조차 없어서 그렇겠거니 했다만."

"에헤헤헤."

들켜버렸으니 웃을 수밖에 없다.

"……으음, 하지만, 뭐어."

"안국은 관리가 유능하니까."

"그래 맞아. 왕과 재보가 다소 얼간이라도."

쇼류가 소리 높여 웃었다.

"갈까."

"응."

로쿠타가 추우에 올라탔다. 마구간을 나가, 그것을 알아챈 문지기가 허둥지둥 달려나와 막을 새도 없이 도약하며 절벽을 날아올랐다. 한 나라를 하루 만에 달리는 짐승은 사뿐히 휙 내려갔다 비상했다.

내려다보이는 하계에는 온통 푸른 들판이 펼쳐져 있었다.

대화大化 21년, 원주 영윤 세쓰 유接祐,
상제가 되고자 계책하여 군대를 일으킨다.
세쓰 유의 자는 아쓰유, 원주후 가이의 외아들이다.
왕이 원주 완박에서 이를 토벌하여 천하의 소란을 잠재운다.
세쓰 유, 완박에 효수. 왕, 연호를 백치白雉라 바꾼다.

백치 87년, 연호를 대원大元으로 바꾼다.
원년에 왕이 기수가금령을 내린다.
기수는 자고로 말, 소, 요수이다.
이에 요마를 더해 사 기騎라 한다.
가금家禽은 육 축畜에 요마를 더해 칠 축으로 삼는다.
사당과 성문,
이려里閭(마을 어귀에 세운 문)에 이를 높이 걸고
청해 흑해 연안, 금강산까지 국토 구석구석에 이를 발포한다.
십이국을 보건대 삼 기 육 축에 요마를 더한 곳은 오로지 안국뿐이다.

—『안사방서雁史邦書』

동의 해신 서의 창해 — 십이국기 3

1판 1쇄 2015년 2월 16일
1판 8쇄 2023년 3월 10일
–
지은이 오노 후유미 ◎ **일러스트** 야마다 아키히로 ◎ **옮긴이** 추지나
책임편집 지혜림 ◎ **편집** 임지호 ◎ **아트디렉팅** 이혜경 ◎ **조판** 최윤미
저작권 박지영 형소진 이영은
마케팅 정민호 이숙재 김도윤 한민아 이민경 안남영 김수현 왕지경 황승현 김혜원
브랜딩 함유지 함근아 박민재 김희숙 고보미 정승민
제작 강신은 김동욱 임현식 ◎ **제작처** 영신사
펴낸곳 (주)문학동네 ◎ **펴낸이** 김소영 ◎ **출판등록** 1993년 10월 22일 제2003-000045호
–
주소 10881 경기도 파주시 회동길 210
문의 031-955-1901(편집) ◎ 031-955-2696(마케팅) ◎ 031-955-8855(팩스)
전자우편 editor@elmys.co.kr ◎ **홈페이지** www.elmys.co.kr

ISBN 978-89-546-3484-7(04830) ◎ **SET** 978-89-546-2614-9(04830)
–
엘릭시르는 출판그룹 문학동네의 장르문학 브랜드입니다.

잘못된 책은 구입하신 서점에서 교환해드립니다.
기타 교환 문의: 031-955-2661, 3580